21世纪高等学校规划教材

HUHUANXING YU CELIANG JISHU JICHU

互换性与测量技术基础

主　编　孙京平　魏　伟
副主编　郭培培　刘　瑛
编　写　张　宇　段　虹　罗陆锋
主　审　孙　爽

中国电力出版社
http://jc.cepp.com.cn

内 容 提 要

本书是 21 世纪高等学校规划教材。全书共分十一章,主要内容包括极限与配合,测量技术基础,形位公差,表面粗糙度,圆锥连接的互换性,滚动轴承的公差与配合,键、花键连接的互换性,螺纹连接的互换性,圆柱齿轮的互换性,尺寸链等。本书采用最新的国家标准,注重标准与实际的联系。各章后附有习题,以供学生巩固、练习。

本书可作为高等院校机械类和近机类专业教材,也可作为高职高专院校相关专业教材,还可作为机械工程技术人员的参考用书。

图书在版编目 (CIP) 数据

互换性与测量技术基础/孙京平,魏伟主编. —北京:中国电力出版社,2009
21 世纪高等学校规划教材
ISBN 978 - 7 - 5083 - 8391 - 0

Ⅰ. 互…　Ⅱ. ①孙…②魏…　Ⅲ. ①零部件-互换性-高等学校-教材②零部件-测量-技术-高等学校-教材
Ⅳ. TG801

中国版本图书馆 CIP 数据核字 (2009) 第 009761 号

中国电力出版社出版、发行
(北京三里河路 6 号　　100044　http://jc.cepp.com.cn)
北京市同江印刷厂印刷
各地新华书店经售

＊

2009 年 2 月第一版　2009 年 2 月北京第一次印刷
787 毫米×1092 毫米　16 开本　13 印张　313 千字
定价 21.00 元

敬 告 读 者

本书封面贴有防伪标签,加热后中心图案消失
本书如有印装质量问题,我社发行部负责退换

前　言

本书为 21 世纪高等学校规划教材，是根据教育部审定的机械设计制造类专业主干课程的教学大纲编写而成的，可作为高等工科院校和高等职业教育院校机械制造专业和近机类专业教学用书。

本书体现了高等学校教育的性质、任务和培养目标；符合高等工科教育的课程教学基本要求和有关岗位资格和技术等级要求；具有思想性、科学性、适合国情的先进性和教学的适应性；符合工科教育的特点和规律，具有明显的职业教育特色；符合国家有关部门颁发的技术质量标准。本书既可作为学历教育教学用书，也可作为职业资格和岗位技能培训教材。

本书是结合多年教育教学实践经验，在分析同类教材和最新国家标准的基础上，组织内容，为满足高等教育目标编写而成。针对目前高等教育以能力为本，突出技能培养的特点，力求使教材编写具有以下特点：

（1）基础理论贯彻了以"实用为主，够用为度"的原则，筛选并精选内容和标准，删除了不必要的教学推导过程。

（2）根据学科体系是由基础标准、测量和检测以及标准应用三大模块构成，将长度测量基础与光滑工件的检测合并为一章，这样使学科体系脉络更清晰，同时，也加强了常用几何量检测基本技能的培养。

（3）为使学生能正确理解图样上表达的精度要求，学会标准的查阅并能根据零件图正确的检测零件，教材充实了形位精度和表面粗糙度标注及检测的内容；充实了尺寸精度设计的内容。

（4）本书全部采用最新的国家标准，并注重标准与实际的联系。为了使新旧标准更好地衔接，书中将新旧标准用表格的形式进行对比，一目了然。为了便于自学、教学和应用能力的提高，书中增加了针对性强的实例，并且各章后附有复习题，以供学生巩固、练习。

本书由孙京平、魏伟主编，郭培培、刘瑛副主编。第一章、第五章、第十章由孙京平编写；第二章由魏伟编写；第四章、第八章、第十一章由郭培培编写；第六章由张宇编写；第三章由刘瑛编写；第九章由魏伟、孙京平编写；第七章由罗陆锋、段虹编写。

本书由天津工程师范学院的孙爽副教授审阅，并提出了很多宝贵的意见，在此表示衷心的感谢！

由于编者水平有限，书中欠妥之处在所难免，欢迎读者批评指正。

编　者

2008 年 12 月

目　录

第一章　绪　　论

一、课程作用与任务

本课程由互换性与测量技术两个密切联系的部分组成，是一门技术基础课。目前涉及的范围，只限于几何参数的互换性和检测。前者主要是学习研究公差与配合的标准及其初步应用，是从精度的角度去分析研究机械零件及结构的几何参数，属精度设计的范畴；后者是学习测量技术的基本知识与技能，属计量学范畴。这两方面的知识，都是机械类和仪器仪表类专业的学生所必须掌握的。

与本课程密切有关的前导课程有"机械制图"、"金属工艺学"、"机械原理"等，后续课程有"机械设计"及有关专业的设计课和工艺课。特别是公差与配合选用这一部分内容，更有待后续课程和课程设计及毕业设计去实践提高。

本课程术语代号及具体规定较多，实践性及实用性强。对刚学完系统性较强的理论基础课的同学，学习时要抓住几何精度这一关键概念，不断归纳、对比和总结，掌握其内在联系和规律。

二、机械产品的几何精度

现代机械产品的质量，包括工作精度、耐用性、可靠性、效率等，与产品的几何精度（尺寸、形状、相互位置、表面粗糙度等精度）密切有关。在合理设计结构和正确选用材料的前提下，零部件和整机的几何精度，就是产品质量的决定性因素。

当前，随着科学技术的发展和生产水平的提高，对机械产品几何精度的要求也越来越高。例如，车间用的精度等级最低的 630×400 mm 的 3 级划线平板，其平面度误差，即工作面的不平整，不得超过 $70 \mu m$，与一般人的头发直径差不多。而 0 级千分尺测砧测量面的平面度，要求不大于 $0.6 \mu m$。又如作为尺寸传递媒介的量块（见第三章），尺寸精度要求更高，10mm 的 0 级量块，其长度的极限偏差不得大于 $\pm 0.12 \mu m$。体现现代科技水平的大规模集成电路，要在 $1 mm^2$ 的硅片面积上集成数以万计的元件，其上的线条宽度约为 $1 \mu m$，形状和位置误差要小于 $0.05 \mu m$。

当两个或多个零件相互配合组装在一起时，还要进一步考虑装配后的配合精度要求。例如，一般磨床的主轴与滑动轴承装配后的间隙要求为几个微米，过小将旋转不灵活，甚至烧伤卡死，过大则旋转精度不能满足要求。

对传动件，如齿轮副、蜗轮副、丝杠副等，还有运动准确性、平稳性、可靠性、承载能力等要求。高精度的丝杠，其螺距误差也只允许几个微米。

对部件和整机，也同样有几何精度要求。例如，一般精度的 CA6140 车床两顶尖的同轴度，即两顶尖轴心线的重合程度，最大偏差不得超过 $10 \mu m$；0 级千分尺两侧砧测量面的平行度误差要求不大于 $1 \mu m$，否则不能满足加工精度和测量精度的要求。

三、互换性在机械制造中的应用

1. 互换性的概念及其作用

现代化的机械产品生产，是建立在互换性原则基础之上的。所谓互换性，是指按规定的技术条件和要求（主要是几何精度要求）来分别制造机械产品的各组成部分和零件，使其在装配和更换时，不需任何挑选、辅助加工和修配，就能顺利地装入整机中的预定位置，并能满足使用性能要求。例如汽车、拖拉机……以至人们日常使用的自行车、手表等产品，都是按互换性要求生产的。如果有零件损坏，修理时可很快地用同样规格的备件换上，并能恢复原有的使用性能。当然，这样的零部件都具有互换性。

按互换性原则组织生产，可实行大规模的分工协作，尽可能多地采用标准化的刀、夹、量具和高效率的专用设备，组织专业化的流水生产线，从而有利于提高产品质量和生产效率，并降低成本。装配时不用修配，效率也得到明显的提高和改善。

从设计的角度看，可大量采用按互换性原则设计的经过实践考验的标准零部件，以大幅度减少设计工作量；可采用标准化的计算方法和程序，进行高效率的优化设计。

从使用角度看，不仅修配方便，而且有利于获得物美价廉的产品。在许多情况下，还有更明显的效益。例如，拖拉机等农用机械迅速更换易损零件，可保证不误农时；发电设备的立即修复，可保障连续供电；战场上武器弹药的互换性，可保证不贻误战机等。

由上述可知，互换性是机械制造中的重要生产原则和效果显著的技术经济措施。

互换性是伴随近代大规模生产特别是军火生产而出现的，但互换性原则并不是仅限用于大批量生产。近年发展起来的被称为机械工业生产重大改革的柔性生产系统（FMS），可迅速在生产线上改变产品的规格和品种，以适应小批量的多品种生产。但它对产品零部件以及生产线本身的互换性和标准化程度，要求更高。

2. 保证互换性生产的技术措施

为使零件具有互换性，最理想的是使同一规格零件的功能参数（包括几何参数、材质等）完全相同。但这是办不到的，且无必要如此要求。在实际生产中，是将零件的有关参数（主要是几何参数）的量值，限制在一定的能满足使用性能要求的范围之内，这个允许参数量值的变动范围，称为"公差"。

公差的大小，应按产品和零件的使用性能要求设计给定。例如，前面讲到的磨床主轴与滑动轴承装配后的间隙，有的要求为 $4\sim5\mu m$，它取决于主轴和轴承直径的尺寸公差。0级千分尺测量面的平面度误差要求不大于 $0.6\mu m$，这就是它的形状公差；装配后两测量面的平行度误差不大于 $1\mu m$，是其位置公差。

规定公差，是保证互换性生产的一项基本技术措施。在设计机械产品时，合理地规定公差十分重要。公差过大，则不能保证产品质量；公差过小，则加工困难，且成本增加。所以在精度设计规定公差时，要力求获得技术经济最佳综合效益。

至于生产出来的零件和产品是否都满足公差要求，就需要靠正确的测量检验来保证，所以测量检验是保证互换性生产的又一基本技术措施。

实现互换性生产，还要求广泛的标准化。产品的品种规格要标准化、系列化；各种尺寸、参数要标准化；各种零件的公差与配合以及一些检验方式方法也都要标准化。在满足使用要求的前提下，产品的规格、品种、参数以及公差与配合的种类，应尽可能减少，以利于互换性生产。

由上述可知，合理规定公差、正确的测量检验和广泛的标准化，都是保证互换性生产的基本技术措施。

四、标准化与优先数系

标准化的意义在于生产中要实现互换性原则，搞好标准化与计量工作是前提，是基础。它是组织现代化大生产的重要手段，是实行科学管理的基础，也是对产品设计的基本要求之一。通过对标准化的实施，以获得最佳的社会经济成效。标准化是个总称，它包括系列化和通用化的内容。

所谓标准，就是由一定的权威组织对经济、技术和科学中重复出现的共同技术语言、技术事项等方面规定出来的统一技术准则。它是各方面共同遵守的技术依据。简言之即是技术法规。

标准化是指以制定标准和贯彻标准为主要内容的全部活动过程，标准化程度的高低是评定产品的指标之一，是我国很重要的一项技术政策。

标准一经颁布，即成为技术法规。标准是为标准化而规定的技术文件。

根据标准法规定，我国的标准分为国家标准、行业标准、地方标准和企业标准四级。

按照标准的适用领域、有效作用范围和发布权力不同，一般分为：国际标准如 ISO、IEC 分别为国际标准化组织和国际电工委员会制定的标准；区域标准（或国家集团标准）如 EN、ANST、DIN 各为欧共体、美国、德国制定的标准；我国国家标准为 GB；行业标准（或协会、学会标准），如 JB、YB 为原机械部和冶金部标准；地方标准和企业（或公司）标准。

在产品设计或生产中，为了满足不同要求，同一品种的某一参数，从大到小取不同数值，形成不同规格的产品系列。例如，机床主轴转速的分级间距，钻头直径尺寸的分类等。我国目前采用的数值分级标准为优先数和优先数系。

优先数系中的任一个数值均称为优先数。

优先数系是国际上统一的数值分级制度，是一种无量纲的分级数系，适用于各种量值的分级。在确定产品的参数或参数系列时，应最大限度地采用优先数和优先数系。

产品（或零件）的主要参数（或主要尺寸）按优先数形成系列，可使产品（或零件）走上系列化，便于分析参数间的关系，可减轻设计计算的工作量。

优先数系由一些十进制等比数列构成，其代号为 Rr（R 是优先数系创始人 Renard 的第一个字母，r 代表 5、10、20、40 等项数）。等比数列的公比为 $q_r = \sqrt[r]{10}$，其含义是在同一个等比数列中，每隔 r 项的后项与前项的比值增大为 10。如 R5：设首项为 a，其依次各项为 aq_5、$a(q_5)^2$、$a(q_5)^3$、$a(q_5)^4$、$a(q_5)^5$，则 $a(q_5)^5/a = 10$，故 $q_5 \approx 1.6$。其他各系列的公比分别为：$q_{10} \approx 1.25$，$q_{20} \approx 1.12$，$q_{40} \approx 1.06$，补充系列的公比 $q_{80} \approx 1.03$。优先数系的基本系列见表 1-1。

优先数的主要优点是：相邻两项的相对差均匀，疏密适中，运算方便，简单易记。在同一系列中，优先数的积、商、整数乘方仍为优先数。因此，数系得到广泛应用。

表 1 - 1 　　　　　　　　　　　优 先 数 基 本 系 列

R5	R10	R20	R40	R5	R10	R20	R40	R5	R10	R20	R40
1.00	1.00	1.00	1.00			2.24	2.24		5.00	5.00	5.00
			1.06				2.36				5.30
		1.12	1.12	2.50	2.50	2.50	2.50			5.60	5.60
			1.18				2.65				6.00
	1.25	1.25	1.25			2.80	2.80	6.30	6.30	6.30	6.30
			1.32				3.00				6.70
		1.40	1.40		3.15	3.15	3.15			7.10	7.10
			1.50				3.35				7.50
	1.60	1.60	1.60			3.55	3.55		8.00	8.00	8.00
1.60			1.70				3.75				8.50
		1.80	1.80	4.00	4.00	4.00	4.00			9.00	9.00
			1.90				4.25				9.50
	2.00	2.00	2.00			4.50	4.50	10.0	10.0	10.0	10.0
			2.12				4.75				

复 习 题

1. 互换性在机器制造业中有什么作用?

2. 何谓标准? 何谓标准化? 互换性生产与标准化的关系是什么?

3. 试写出基本系列 R5 中 0.1~100 的优先数。

4. 自 3 级开始至 9 级，普通螺纹公差等系数为 0.50、0.63、0.80、1.00、1.25、1.60、2.00。试判断它们属于哪个优先数系列。

第二章　极限与配合

第一节　基本术语及定义

为了正确掌握极限与配合标准及其应用，统一设计、工艺、检验等人员对极限与配合标准的理解，必须明确规定极限与配合的术语和定义，即 GB/T 1800.1—1997 中规定的术语及定义。

一、孔和轴

1. 孔（hole）

通常指工件的圆柱形内表面，也包括非圆柱形内表面（由两平行平面或切面形成的包容面），如图2-1（a）所示。

2. 轴（shaft）

通常指工件的圆柱形外表面，也包括非圆柱形外表面（由两平行平面或切面形成的被包容面），如图2-1（b）所示。

对于形状复杂的孔和轴可用以下几种方法来进行判断。从加工制造来看，孔的尺寸越加工越大，轴的尺寸越加工越小；从装配关系来看，孔是包容面，轴是被包容面；此外，孔、轴在测量上也有所不同，例如用游标卡尺测孔时用内量爪，测轴时用外量爪。

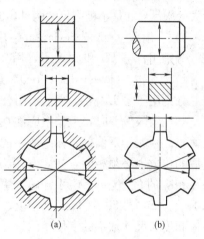

(a) 　　　　(b)

图 2-1　孔和轴

二、尺寸

尺寸是指以特定单位表示线性尺寸值的数值，包括直径、半径、宽度、深度、高度、中心距等的尺寸，由数字和特定单位组成。在技术图样和一定范围内，已经注明共同单位（如在尺寸标准中，以 mm 为单位）时，均可只写数字不写单位。

1. 基本尺寸（basic size）

通过基本尺寸应用上、下偏差可算出极限尺寸的尺寸。基本尺寸可以是一个整数或一个小数，它是设计者通过计算、试验或类比的方法确定的，一般应按标准尺寸系列取值，以减少定值刀具、量具的规格和数量。孔的基本尺寸用大写字母 D 表示，轴的基本尺寸用小写字母 d 表示。

2. 实际尺寸（actual size）

通过测量获得的某一孔、轴的尺寸。由于存在测量误差，实际尺寸并非被测尺寸的真值。其值是客观存在的，但又是不知道的，因此只能以测得的尺寸作为实际尺寸。

此外，由于工件存在着形状误差，所以不同部位的实际尺寸也不完全相同，如图 2-2 所示。孔的实际尺寸用 D_a 表示，轴用 d_a 表示。

3. 极限尺寸（limits of size）

孔或轴允许的尺寸的极限值。孔或轴允许的最大尺寸为最大极限尺寸，即两个极限值中

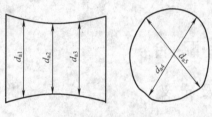

图 2-2　实际尺寸

较大的一个；孔或轴允许的最小尺寸为最小极限尺寸，即两个极限值中较小的一个。孔的最大、最小极限尺寸分别用 D_{max}，D_{min} 表示，轴的最大、最小极限尺寸分别用 d_{max}、d_{min} 表示。

上述尺寸中，基本尺寸和极限尺寸是设计者确定的尺寸，而实际尺寸是加工后对零件进行测量得到的尺寸。为了保证使用要求，零件的实际尺寸一定要控制在极限尺寸范围内，而基本尺寸却不一定。

三、偏差与公差

1. 偏差（deviation）

某一尺寸（极限尺寸、实际尺寸等）减其基本尺寸所得的代数差。根据某一尺寸的不同，偏差可分为极限偏差和实际偏差两种。

（1）极限偏差（limit deviation）。极限尺寸减其基本尺寸所得的代数差。由于极限尺寸有最大极限尺寸和最小极限尺寸两种，因而极限偏差有上偏差和下偏差之分，如图 2-3 所示。

1）上偏差（upper deviation）。最大极限尺寸减其基本尺寸所得的代数差。孔和轴的上偏差分别用符号 ES 和 es 表示，用公式表示为 $ES = D_{max} - D$，$es = d_{max} - d$。

2）下偏差（lower deviation）。最小极限尺寸减其基本尺寸所得的代数差。孔和轴的下偏差分别用符号 EI 和 ei 表示，用公式表示为 $EI = D_{min} - D$，$ei = d_{min} - d$。

标注极限偏差时，上偏差应注在基本尺寸的右上方，下偏差注在基本尺寸的右下方，且上偏差必须大于下偏差，偏差数字的字体比尺寸数字的字体小一号，小数点必须对齐，小数点后的位数也必须相同，如 $\phi 20^{+0.098}_{+0.065}$ mm、$\phi 40^{-0.031}_{-0.560}$ mm；若上偏差或下偏差为零，也必须标注在相应的位置上，不可省略，并与上偏差或下偏差的小数点前的个位数对齐，如 $\phi 100^{\ 0}_{-0.087}$ mm、$\phi 50^{+0.025}_{\ 0}$ mm；当上、下偏差数值相同符号相反时，需简化标注，偏差数字的字体高度与尺寸数字的字体相同，如 $\phi 80 \pm 0.023$ mm。

由于极限偏差是用代数差来定义的，极限尺寸可能大于、小于、等于基本尺寸，所以极限偏差可以为正、负或零值。偏差使用时，除零外，前面必须标上相应的"+"号或"-"号。

（2）实际偏差（actual deviation）。实际尺寸减其基本尺寸所得的代数差。合格零件的实际偏差应在规定的极限偏差范围内。

2. 尺寸公差（tolerance）

最大极限尺寸减最小极限尺寸之差，或上偏差减下偏差之差，简称公差，如图 2-4 所示。它是允许尺寸的变动量。

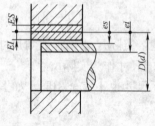

图 2-3　极限偏差

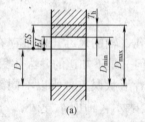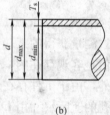

(a)　　　　　　(b)

图 2-4　公差
(a) 孔的公差；(b) 轴的公差

零件的实际尺寸若想合格，它只有在最大极限尺寸与最小极限尺寸之间的范围内变动。变动仅涉及大小，因此用绝对值定义，所以公差等于最大极限尺寸与最小极限尺寸之代数差的绝对值，或等于上偏差与下偏差之代数差的绝对值。孔和轴的公差分别用 T_h 和 T_s 表示，其计算方式为

$$T_h = |D_{max} - D_{min}| = |ES - EI|$$
$$T_s = |d_{max} - d_{min}| = |es - ei|$$

应当指出，公差与偏差是两个不同的概念，公差是用绝对值来定义的，没有正、负，所以前面不能标"＋"号或"－"号；而且零件在加工时不可避免地存在着各种误差，其实际尺寸的大小总是变动的，所以公差不能为零。

【例 2-1】 求孔 $\phi 30^{+0.075}_{+0.050}$ mm 的公差。

解 $T_h = |D_{max} - D_{min}| = |30.075 - 30.050| = 0.025$ (mm)

或 $T_h = |ES - EI| = |+0.075 - (+0.050)| = 0.025$ (mm)

图 2-5 所示为极限与配合的示意图，它表明了两个相互结合的孔、轴的基本尺寸，极限尺寸、极限偏差与公差的相互关系。

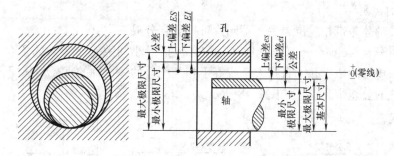

图 2-5 极限与配合示意图

3. 极限与配合图解

由于公差和偏差的数值比基本尺寸数值小得太多，不便于用同一比例表示，为此可只将公差值按规定放大画出，这种图称为极限与配合图解，简称公差带图，如图 2-6 所示。公差带图由零线和公差带组成。

(1) 零线。在极限与配合图解中，表示基本尺寸的一条直线，以其为基准确定偏差和公差。通常，公差带图的零线水平放置，正偏差位于零线的上方，负偏差位于零线的下方，零偏差与零线重合。偏差数值以 mm 为单位时可省略标注，而以 μm 为单位时，则必须注明。

(2) 公差带。在公差带图解中，由代表上偏差和下偏差或最大极限尺寸和最小极限尺寸的两条直线所限定的一个带状区域。公差带由公差带大小和公差带位置两个要素组成，前者指

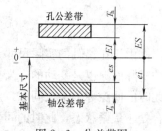

图 2-6 公差带图

公差带在零线垂直方向上的宽度，由标准公差决定；后者指公差带相对于零线的位置，由基本偏差确定。画公差带图时，注意孔、轴公差带剖面线方向及疏密程度应予以区别。

【例 2-2】 画出孔 $\phi 50^{+0.025}_{0}$ mm、轴 $\phi 50^{-0.025}_{-0.041}$ mm 的公差带图。

解 1) 画零线，标注出"0"、"＋"、"－"，用箭头指在零线的左侧，注出基本尺

寸 $\phi 50 \mathrm{mm}$。

2）选适当比例，画出孔、轴公差带，并将极限偏差数值标注出来，如图 2-7 所示。

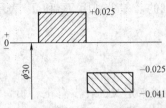

图 2-7　[例 2-2] 公差带图

4. 极限制

经标准化的公差与偏差制度。为了使公差带标准化，GB/T 1800.1—1997 相应提出了标准公差和基本偏差两个术语，后面将详细介绍。

四、配合

1. 配合的概念

（1）配合（fit）。基本尺寸相同的、相互结合的孔和轴公差带之间的关系。由于配合是指一批孔、轴的装配关系，而不是指单个孔和单个轴的相配关系，所以用公差带关系来反映配合就比较确切。

（2）间隙（clearance）或过盈（interference）。孔的尺寸减去相配合的轴的尺寸所得的代数差。此差值为正时是间隙，用 X 表示；为负时是过盈，用 Y 表示。间隙的大小决定两相配件相对运动的活动程度，过盈大小则决定两相配件连接的牢固程度。

2. 配合的类别

根据孔、轴公差带相对位置关系不同，可把配合分成三类：

（1）间隙配合（clearance fit）。具有间隙（包括最小间隙等于零）的配合。间隙配合，必须保证同一规格的一批孔的直径大于或等于相互配合的一批轴的直径。其配合特点是：孔的公差带在轴的公差带之上，如图 2-8 所示。

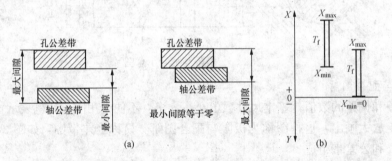

图 2-8　间隙配合

（a）间隙配合孔、轴公差带图；（b）间隙配合公差带图

由于孔、轴的实际尺寸允许在最大极限尺寸和最小极限尺寸之间变动，因此配合后形成的实际间隙也是变动的。当孔为最大极限尺寸、轴为最小极限尺寸时，配合处于最松状态，此时的间隙称为最大间隙，用 $X_{\max}$ 表示。当孔为最小极限尺寸、轴为最大极限尺寸时，配合处于最紧状态，此时的间隙称为最小间隙，用 $X_{\min}$ 表示。最大间隙和最小间隙用下列公式确定：

$$X_{\max} = D_{\max} - d_{\min} = (D + ES) - (d + ei) = ES - ei$$
$$X_{\min} = D_{\min} - d_{\max} = (D + EI) - (d + es) = EI - es$$

最大间隙和最小间隙统称为极限间隙。

任何间隙配合，若孔、轴加工合格，其实际间隙 X 应该满足关系式 $X_{\min} \leqslant X \leqslant X_{\max}$。

【例 2-3】 试确定孔 $\phi 30^{+0.021}_{0} \mathrm{mm}$ 与轴 $\phi 30^{-0.020}_{-0.033} \mathrm{mm}$ 配合的极限间隙。

解 $X_{max} = ES - ei = +0.021 - (-0.033) = +0.054(mm)$

$X_{min} = EI - es = EI - es = 0 - (-0.020) = +0.020(mm)$

（2）过盈配合（interference fit）。具有过盈（包括最小过盈等于零）的配合。过盈配合，必须保证同一规格的一批孔的直径小于或等于相互配合的一批轴的直径。其配合特点是：孔的公差带在轴的公差带之下，如图 2-9 所示。

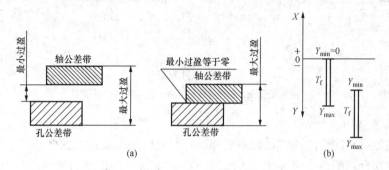

图 2-9 过盈配合

（a）过盈配合孔、轴公差带图；（b）过盈配合公差带图

由于孔、轴的实际尺寸允许在最大极限尺寸和最小极限尺寸之间变动，因此配合后形成的实际过盈也是变动的。当孔为最小极限尺寸、轴为最大极限尺寸时，配合处于最紧状态，此时的过盈为最大过盈，用 Y_{max} 表示。当孔为最大极限尺寸、轴为最小极限尺寸时，配合处于最松状态，此时的过盈为最小过盈，用 Y_{min} 表示。最大过盈和最小过盈用下列公式确定：

$$Y_{max} = D_{min} - d_{max} = (D + EI) - (d + es) = EI - es$$

$$Y_{min} = D_{max} - d_{min} = (D + ES) - (d + ei) = ES - ei$$

最大过盈和最小过盈统称为极限过盈。任何过盈配合，若孔、轴加工合格，其实际过盈 Y 应该满足关系式 $Y_{max} \leqslant Y \leqslant Y_{min}$。

间隙配合中的零间隙和过盈配合中的零过盈，都是孔的尺寸减轴的尺寸所得的代数差等于零，那么实际工作中如何判断它们到底是零间隙还是零过盈呢？若 $EI = es$，且 $ES > ei$，则是间隙配合的零间隙；若 $ES = ei$，且 $EI < es$，则是过盈配合的零过盈。零间隙是间隙配合中最小间隙等于零，孔、轴处于最紧的配合状态；零过盈是过盈配合中最小过盈等于零，孔、轴处于最松的配合状态。

【例 2-4】 试确定孔 $\phi 25^{+0.033}_{0}$ mm 与轴 $\phi 25^{+0.069}_{+0.048}$ mm 配合的极限过盈。

解 $Y_{max} = EI - es = 0 - (+0.069) = -0.069(mm)$

$Y_{min} = ES - ei = +0.033 - (+0.048) = -0.015(mm)$

（3）过渡配合（transition fit）。可能具有间隙或过盈的配合。过渡配合，同一规格的一批孔的直径可能大于、小于或等于相互配合的一批轴的直径。其配合特点是：孔的公差带与轴的公差带相互交叠，如图 2-10 所示。

过渡配合中，若孔的尺寸大于轴的尺寸时则形成间隙，反之形成过盈，若孔的尺寸和轴的尺寸相等时形成零间隙或零过盈，但它不能代表过渡配合的性质特征。过渡配合松紧程度的特征值是最大间隙和最大过盈。

任何过渡配合，若孔、轴加工合格，其实际间隙或实际过盈均应该满足 $Y_{max} \leqslant Y$ 或 $X \leqslant X_{max}$。

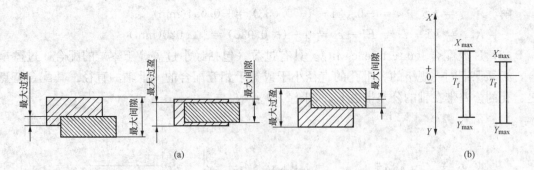

图 2-10 过渡配合

（a）过渡配合孔、轴公差带图；（b）过渡配合公差带图

3. 配合公差（fit tolerance）

配合公差定组成配合的孔、轴公差之和，它是允许间隙或过盈的变动量，用 T_f 表示。

对于间隙配合，配合公差等于最大间隙与最小间隙之代数差的绝对值；对于过盈配合，配合公差等于最大过盈与最小过盈之代数差的绝对值；对于过渡配合，配合公差等于最大间隙与最大过盈之代数差的绝对值。计算公式如下：

间隙配合 $T_f = |X_{max} - X_{min}|$

过盈配合 $T_f = |Y_{max} - Y_{min}|$

过渡配合 $T_f = |X_{max} - Y_{max}|$

若将以上三式中的极限间隙或极限过盈分别用孔和轴的极限尺寸代入，可得出

$$T_f = T_h + T_s$$

当基本尺寸一定时，配合公差 T_f 表示配合松紧的变化范围，即配合的精确程度，是功能要求（即设计要求）；而孔公差 T_h 和轴公差 T_s 分别表示孔和轴加工的精确程度，是制造要求（即工艺要求）。通过关系式 $T_f = T_h + T_s$，将这两方面的要求联系在一起。若功能要求或设计要求提高，即 T_f 减小，则（$T_h + T_s$）也要减小，加工更困难，成本也将提高。因此，这个关系式正好说明"公差"的实质，反映出零件的功能要求与制造要求的矛盾或设计与工艺的矛盾。

【例 2-5】 计算孔 $\phi 50^{+0.025}_{0}$ mm 与轴 $\phi 50^{+0.018}_{+0.002}$ mm 配合的最大间隙、最大过盈及配合公差。

解 $X_{max} = ES - ei = +0.025 - (+0.002) = +0.023 \text{(mm)}$

$Y_{max} = EI - es = 0 - (+0.018) = -0.018 \text{(mm)}$

$T_f = |X_{max} - Y_{max}| = |(+0.023) - (-0.018)| = 0.041 \text{(mm)}$

4. 配合制

配合制指同一极限制的孔和轴组成配合的一种制度。极限制和配合制，统称为"极限与配合制"。

第二节 公差带的标准化

公差带的标准化是指公差带大小和公差带位置的标准化，这是极限与配合标准的核心内容。

一、标准公差系列

标准公差（ISO Tolerance，IT）是指标准极限与配合制中表列的用以确定公差带大小的任一公差。由若干标准公差所组成的系列称为标准公差系列，它以表格的形式列出，称为标准公差数值表，见表2-1。由此表可以看出标准公差的数值大小与两个因素有关：标准公差等级和基本尺寸分段。

表 2-1　　　　　　　　　　　　　　　　标 准 公 差 数 值

基本尺寸 (mm)		标 准 公 差 等 级																	
大于	至	IT1	IT2	IT3	IT4	IT5	IT6	IT7	IT8	IT9	IT10	IT11	IT12	IT13	IT14	IT15	IT16	IT17	IT18
		μm											mm						
0	3	0.8	1.2	2	3	4	6	10	14	25	40	60	0.1	0.14	0.25	0.4	0.6	1	1.4
3	6	1	1.5	2.5	4	5	8	12	18	30	48	75	0.12	0.18	0.3	0.48	0.75	1.2	1.8
6	10	1	1.5	2.5	4	6	9	15	22	36	58	90	0.15	0.22	0.36	0.58	0.9	1.5	2.2
10	18	1.2	2	3	5	8	11	18	27	43	70	10	0.12	0.27	0.43	0.7	1.1	1.8	2.7
18	30	1.5	2.5	4	6	9	13	21	33	52	84	130	0.21	0.33	0.52	0.84	1.3	2.1	3.3
30	50	1.5	2.5	4	7	11	16	25	39	62	100	160	0.25	0.39	0.62	1	1.6	2.5	3.9
50	80	2	3	5	8	13	19	30	46	74	120	190	0.3	0.46	0.74	1.9	1.9	3	4.6
80	120	2.5	4	6	10	15	22	35	54	87	140	220	0.35	0.54	0.87	1.4	2.2	3.5	5.4
120	180	3.5	5	8	12	18	25	40	63	100	160	250	0.4	0.63	1	1.6	2.5	4	6.3
180	250	4.5	7	10	14	20	29	46	72	115	185	290	0.46	0.72	1.15	1.85	2.9	4.6	7.2
250	315	6	8	12	16	23	32	52	81	130	210	320	0.52	0.81	1.3	2.1	3.2	5.2	8.1
315	400	7	9	13	18	25	36	57	89	140	230	360	0.57	0.89	1.4	2.3	3.6	5.7	8.9
400	500	8	10	15	20	27	40	63	97	155	250	400	0.63	0.97	1.55	2.5	4	6.3	9.7

注　1. 基本尺寸大于500mm的IT1至IT5的标准公差数值为试行的。

　　2. 基本尺寸小于或等于1mm时，无IT14至IT18。

1. 标准公差等级（standard tolerance grades）

确定尺寸精确程度的等级。同一公差等级对所有基本尺寸的一组公差被认为具有同等精确程度。其划分通常以加工方法在一般条件下所能达到的经济精度为依据，并满足广泛且不同的使用要求。

标准公差等级用字母IT加阿拉伯数字表示。IT表示标准公差，阿拉伯数字表示标准公差等级数。GB/T 1800.3—1998在基本尺寸至500mm内，规定了IT01、IT0、IT1、…、IT18共20个标准公差等级，但IT01和IT0在工业上很少用到，因而将其数值列入了附录中，见表2-2。从IT01至IT18，公差等级依次降低，而相应的标准公差值依次增大。IT01精度最高，IT18精度最低。国家标准规定的标准公差是由公差等级系数 a 和标准公差因子 i 的乘积值来决定的。

（1）标准公差因子（standard tolerance factor）。

零件的制造误差不仅与加工方法有关，而且与基本尺寸的大小有关，为了便于评定零件尺寸公差等级的高低，规定了标准公差因子。

表 2 - 2　　　　　　　　　　　　**IT01 和 IT0 的标准公差数值**

基本尺寸 (mm)		标准公差等级		基本尺寸 (mm)		标准公差等级	
		IT01	IT0			IT01	IT0
大于	至	公差 (μm)		大于	至	公差 (μm)	
—	3	0.3	0.5	80	120	1	1.5
3	6	0.4	0.6	120	180	1.2	2
6	10	0.4	0.6	180	250	2	3
10	18	0.5	0.8	250	315	2.5	4
18	30	0.6	1	315	400	3	5
30	50	0.6	1	400	500	4	6
50	80	0.8	1.2				

通过大量的生产实践和科学实验，发现零件的加工误差与基本尺寸间有如下关系：

当尺寸≤500mm 时，$i = 0.45\sqrt[3]{D} + 0.001D$

当尺寸>500～3 150mm 时，$I = 0.004D + 2.1$

式中　i、I——标准公差因子，μm；

　　　D——基本尺寸分段的几何平均值，mm。

以上两个关系式表明，标准公差因子是基本尺寸的函数。

1) 当基本尺寸≤500mm 时，函数式中的第一项表示标准公差与基本尺寸的三次方根有关，反映加工误差；第二项是考虑测量误差的影响而设置的补偿，当直径很小时，这一项所占比例很小；当直径较大时，该项所占比例随之增大，即测量误差的影响增大，标准公差值相应增大。

2) 当基本尺寸>500～3 150mm 时，属于大尺寸范围。在这一尺寸范围，与直径成正比的误差因素影响增长很快，特别是温度变化影响大，而温度变化引起的误差是随直径的增大呈线性关系的，因而大尺寸的标准公差因子与基本尺寸呈线性关系。

3) 当基本尺寸>3 150mm 时，以 $I = 0.004D + 2.1$ 为基础来计算标准公差已经不能完全反映实际出现的误差规律。但目前尚未确定出合理的计算公式，只能暂按直线关系式计算，列于国家标准附录供参考使用。

(2) 公差等级系数。

每一个公差等级对应一个确定的公差等级系数。

对于 IT5～IT8，标准公差可用下式表达：

$$IT = a \cdot i \quad 或 \quad IT = a \cdot I$$

式中　IT——标准公差，mm；

　　　a——标准公差等级系数，见表 2 - 3。

由表 2 - 3 可以看出，自 IT6 起，a 值按 R5 优先数系递增，公比 $q = \sqrt[5]{10} \approx 1.6$，即每增加 5 个等级，公差值增加 10 倍。

对于高精度的 IT01、IT0、IT1，主要考虑测量误差的影响，采用线性关系式；对 IT2、IT3 及 IT4 三个等级，国家标准没有给出计算公式，其公差值在 IT1～IT5 之间大致按几何级数递增。标准公差值的计算公式按表 2-4 所示。

表 2-3 IT5～IT18 的标准公差计算公式

基本尺寸 (mm)		标准 公 差 等 级													
		IT5	IT6	IT7	IT8	IT9	IT10	IT11	IT12	IT13	IT14	IT15	IT16	IT17	IT18
大于	至	计算公式（μm）													
—	500	$7i$	$10i$	$16i$	$25i$	$40i$	$64i$	$100i$	$160i$	$250i$	$400i$	$640i$	$1\,000i$	$1\,600i$	$2\,500i$
500	3 150	$7I$	$10I$	$16I$	$25I$	$40I$	$64I$	$100I$	$160I$	$250I$	$400I$	$640I$	$1\,000I$	$1\,600I$	$2\,500I$

表 2-4 IT01～IT4 的标准公差计算公式

标准公差等级		IT01	IT0	IT1	IT2	IT3	IT4
大于	至	计算公式(μm)					
—	500	$0.3+0.008D$	$0.5+0.012D$	$0.8+0.020D$	$(IT1)(IT5/IT1)^{1/4}$	$(IT1)(IT5/IT1)^{1/2}$	$(IT1)(IT5/IT1)^{3/4}$
500	3 150	$1I$	$\sqrt{2}I$	$2I$			

2. 基本尺寸分段

在确定标准公差数值时，每一个基本尺寸，都可计算出一个相应的公差值。但在生产实践中，基本尺寸很多，这样会形成极为庞大的公差数值表，既不实用，也没必要，反而给生产带来困难。为了减少公差数目，简化表格，便于实现标准化，必须对基本尺寸进行分段，即在同一标准公差等级下，同一尺寸段的所有基本尺寸，规定相同的标准公差值。基本尺寸分段分为主段落和中间段落，主段落用于标准公差中的基本尺寸分段（见表 2-1 和表 2-2），中间段落用于基本偏差中的基本尺寸分段（见表 2-5 和表 2-6）。基本尺寸 D 一律以所属尺寸分段内首尾两个尺寸的几何平均值 $\sqrt{D_首 \times D_尾}$ 进行计算（在≤3mm 段中，用 1 和 3 的几何平均值计算）。

表 2-5 孔和轴的基本偏差代号

A	B	C	D	E	F	G	H	J	K	M	N	P	R	S	T	U	V	X	Y	Z
孔		C		E	F		J												Z	Z	Z
		D		F	G		S												A	B	C
a	b	c	d	e	f	g	h	j	k	m	n	p	r	s	t	u	v	x	y	z
轴		c		e	f		j												z	z	z
		d		f	g														a	b	c

从标准公差数值表不难看出：公差等级相同时，随着基本尺寸的增大，标准公差数值也随之增大。这是因为在相同的加工精度条件下，加工误差随着基本尺寸的增大而增大。因此，尽管不同基本尺寸所对应的标准公差值不同，但它们却具有相同的精度，即相同的加工难易程度。

二、基本偏差系列

基本偏差（fundamental deviation）是指标准极限与配合中，确定公差带相对零线位置的那个极限偏差。它可以是上偏差或下偏差，一般指靠近零线的那个偏差。

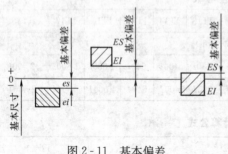

图 2-11　基本偏差

当公差带在零线以上时，基本偏差为下偏差；当公差带在零线以下时，基本偏差为上偏差，如图 2-11 所示。基本偏差是决定公差带位置的参数。为了公差带位置的标准化，满足孔和轴配合松紧程度的不同要求，GB/T 1800.2—1998 规定了孔和轴各有 28 个基本偏差如图 2-12 所示。这些不同的标准化了的基本偏差便构成了基本偏差系列。

1. 基本偏差代号及特点

基本偏差代号用拉丁字母表示。大写字母表示孔，小写字母表示轴，如图 2-12 所示。在 26 个字母中，除去容易与其他含义混淆的 I、L、O、Q、W（i、l、o、q、w）5 个字母外，再加上用两个字母 CD、EF、FG、JS、ZA、ZB、ZC（cd、ef、fg、js、za、zb、zc）表示的 7 个，共有 28 个代号（见表 2-3），构成孔或轴的基本偏差系列，反映了 28 种公差带的位置。

由图 2-12 可以看出，基本偏差有如下特点：

（1）孔和轴同字母的基本偏差相对零线基本呈对称分布。对于轴的基本偏差，从 a~h 为上偏差 es，h 的上偏差为零，其余均为负值，其绝对值依次逐渐减小；j~zc 为下偏差 ei（除 i 和 k 外）为正值，其绝对值依次逐渐增大。对于孔的基本偏差，从 A~H 为下偏差 EI，J~ZC 为上偏差 ES，其正负号情况与轴的基本偏差正好相反。

（2）H 和 h 的基本偏差均为零，即 H 的下偏差 EI=0，h 的上偏差 es=0，H 和 h 分别表示基准孔和基准轴。

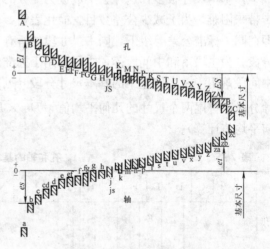

图 2-12　基本偏差系列图

（3）由 JS 和 js 组成的公差带，在各公差等级中都对称于零线，基本偏差可为上偏差（+IT/2），也可为下偏差（−IT/2）。J 和 j 是旧标准中保留的近似对称的基本偏差代号，孔仅保留了 J6、J7、J8 三种，基本偏差为上偏差；轴仅保留了 j5、j6、j7、j8 四种，其基本偏差为下偏差。J 和 j 已逐渐被 JS 和 js 代替，因此，在基本偏差系列中将 J 和 j 放在 JS 和 js 的位置上。

（4）基本偏差的大小原则上与公差等级无关，仅有 JS（js）、J（j）、K（k）、M、N 的基本偏差随公差等级变化。在基本偏差系列图中，公差带的一端是封闭的，表示基本偏差，另一端是开口的，其位置取决于公差等级，这正体现了公差带包含标准公差和基本偏差这两个要素。

2. 基准制

在生产中，需要各种不同性质的配合，即使配合公差一定，也可以通过改变孔和轴公差带的位置，使配合获得很多种不同的孔、轴公差带的组合形式。为了便于设计和制造，把其中孔的公差带（或轴的公差带）位置固定，通过改变轴的公差带（或孔的公差带）位置来形成所需要的各种配合，这种制度称为基准制。GB/T 1800.1—1997 规定有基孔制和基轴制两种基准制。

（1）基孔制配合（hole‑basis system of fits）。基本偏差为一定的孔的公差带，与不同基本偏差的轴的公差带形成各种配合的一种制度。基孔制配合的孔称为基准孔，用"H"表示，孔公差带在零线之上，且下偏差 $EI=0$，如图 2‑13 所示。

显然，基准孔 H 与基本偏差为 a～h 的轴形成间隙配合；与基本偏差为 j～n 的轴一般形成过渡配合；与基本偏差为 p～zc 的轴一般形成过盈配合。

（2）基轴制配合（shaft‑basis system of fits）。基本偏差为一定的轴的公差带，与不同基本偏差的孔的公差带形成各种配合的一种制度。基轴制配合的轴称为基准轴，用"h"表示，轴公差带在零线之下，且上偏差 $es=0$，如图 2‑14 所示。

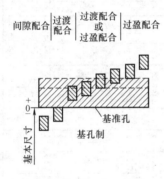

图 2‑13　基孔制配合

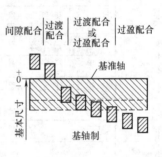

图 2‑14　基轴制配合

同理，基准轴 h 与基本偏差为 A～H 的孔形成间隙配合；与基本偏差为 J～N 的孔一般形成过渡配合；与基本偏差为 P～ZC 的孔形成过盈配合。

3. 基本偏差的确定

轴的基本偏差是在基孔制配合的基础上制订的。它是根据设计要求、生产经验、科学实验，并经数理统计分析，整理出一系列经验公式计算得到的。

孔的基本偏差是在基轴制配合的基础上确定的。由于基孔制与基轴制是两种平行等效的配合制度（即配合性质完全相同），所以孔的基本偏差可以直接由轴的基本偏差换算得到。当基本尺寸不大于 500mm 时，孔的基本偏差按以下两种规则换算：

（1）通用规则。用同一字母表示的孔、轴的基本偏差的绝对值相等，而符号相反，即对于基本偏差为 A～H 的孔，$EI=-es$，对于基本偏差为 J～ZC 的孔，$ES=-ei$。

（2）特殊规则。对于基本尺寸为 3～500mm，且公差等级高于或等于 8 级（≤IT8）的 K、M、N 及公差等级高于或等于 7 级（≤IT7）的 P～ZC，孔的基本偏差 ES 和轴的基本偏差 ei 符号相反，而绝对值相差一个 Δ 值（补偿值），即 $ES=-ei+(IT_n-IT_{n-1})=-ei+\Delta$。式中，$IT_n$ 表示孔所在等级的标准公差值，IT_{n-1} 表示比 IT_n 高一等级的轴的标准公差值。

在标准中，将计算得到的数值列为轴的基本偏差数值表和孔的基本偏差数值表，见表 2‑6 和表 2‑7。

表 2-6　基本尺寸至 500mm 轴的基本偏差数值

单位：μm

说明：代号 a～h 为上偏差 (es)，所有等级；js、j、k～zc 为下偏差 (ei)，所有等级。js = ±IT/2。

基本尺寸(mm)	a	b	c	cd	d	e	ef	f	fg	g	h	j 5,6	j 7	j 8	k 4~7	k ≤3,>7	m	n	p	r	s	t	u	v	x	y	z	za	zb	zc
≤3	−270	−140	−60	−34	−20	−14	−10	−6	−4	−2	0	−2	−4	−6	0	0	+2	+4	+6	+10	+14	—	+18	—	+20	—	+26	+32	+40	+60
>3~6	−270	−140	−70	−46	−30	−20	−14	−10	−6	−4	0	−2	−4	—	+1	0	+4	+8	+12	+15	+19	—	+23	—	+28	—	+35	+42	+50	+60
>6~10	−280	−150	−80	−56	−40	−25	−18	−13	−8	−5	0	−2	−5	—	+1	0	+6	+10	+15	+19	+23	—	+28	—	+34	—	+42	+52	+67	+97
>10~14	−290	−150	−95	—	−50	−32	—	−16	—	−6	0	−3	−6	—	+1	0	+7	+12	+18	+23	+28	—	+33	—	+40	—	+50	+64	+90	+130
>14~18	−290	−150	−95	—	−50	−32	—	−16	—	−6	0	−3	−6	—	+1	0	+7	+12	+18	+23	+28	—	+33	+39	+45	—	+60	+77	+108	+150
>18~24	−300	−160	−110	—	−65	−40	—	−20	—	−7	0	−4	−8	—	+2	0	+8	+15	+22	+28	+35	—	+41	+47	+54	+63	+73	+98	+136	+188
>24~30	−300	−160	−110	—	−65	−40	—	−20	—	−7	0	−4	−8	—	+2	0	+8	+15	+22	+28	+35	+41	+48	+55	+64	+75	+88	+118	+160	+218
>30~40	−310	−170	−120	—	−80	−50	—	−25	—	−9	0	−5	−10	—	+2	0	+9	+17	+26	+34	+43	+48	+60	+68	+80	+94	+112	+148	+200	+274
>40~50	−320	−180	−130	—	−80	−50	—	−25	—	−9	0	−5	−10	—	+2	0	+9	+17	+26	+34	+43	+54	+70	+81	+97	+114	+136	+180	+242	+325
>50~65	−340	−190	−140	—	−100	−60	—	−30	—	−10	0	−7	−12	—	+2	0	+11	+20	+32	+41	+53	+66	+87	+102	+122	+144	+172	+226	+300	+405
>65~80	−360	−200	−150	—	−100	−60	—	−30	—	−10	0	−7	−12	—	+2	0	+11	+20	+32	+43	+59	+75	+102	+120	+146	+174	+210	+274	+360	+480
>80~100	−380	−220	−170	—	−120	−72	—	−36	—	−12	0	−9	−15	—	+3	0	+13	+23	+37	+51	+71	+91	+124	+146	+178	+214	+258	+335	+445	+585
>100~120	−410	−240	−180	—	−120	−72	—	−36	—	−12	0	−9	−15	—	+3	0	+13	+23	+37	+54	+79	+104	+144	+172	+210	+254	+310	+400	+525	+690
>120~140	−460	−260	−200	—	−145	−85	—	−43	—	−14	0	−11	−18	—	+3	0	+15	+27	+43	+63	+92	+122	+170	+202	+248	+300	+365	+470	+620	+800
>140~160	−520	−280	−210	—	−145	−85	—	−43	—	−14	0	−11	−18	—	+3	0	+15	+27	+43	+65	+100	+134	+190	+228	+280	+340	+415	+535	+700	+900
>160~180	−580	−310	−230	—	−145	−85	—	−43	—	−14	0	−11	−18	—	+3	0	+15	+27	+43	+68	+108	+146	+210	+252	+310	+380	+465	+600	+780	+1000
>180~200	−660	−340	−240	—	−170	−100	—	−50	—	−15	0	−13	−21	—	+4	0	+17	+31	+50	+77	+122	+166	+236	+284	+350	+425	+520	+670	+880	+1150
>200~225	−740	−380	−260	—	−170	−100	—	−50	—	−15	0	−13	−21	—	+4	0	+17	+31	+50	+80	+130	+180	+258	+310	+385	+470	+575	+740	+960	+1250
>225~250	−820	−420	−280	—	−170	−100	—	−50	—	−15	0	−16	−26	—	+4	0	+17	+31	+50	+84	+140	+196	+284	+340	+425	+520	+640	+820	+1050	+1350
>250~280	−920	−480	−300	—	−190	−110	—	−56	—	−17	0	−16	−26	—	+4	0	+20	+34	+56	+94	+158	+218	+315	+385	+475	+580	+710	+920	+1200	+1550
>280~315	−1050	−540	−330	—	−190	−110	—	−56	—	−17	0	−16	−26	—	+4	0	+20	+34	+56	+98	+170	+240	+350	+425	+525	+650	+790	+1000	+1300	+1700
>315~355	−1200	−600	−360	—	−210	−125	—	−62	—	−18	0	−18	−28	—	+4	0	+21	+37	+62	+108	+190	+268	+390	+475	+590	+730	+900	+1150	+1500	+1900
>355~400	−1350	−680	−400	—	−210	−125	—	−62	—	−18	0	−18	−28	—	+4	0	+21	+37	+62	+114	+208	+294	+435	+530	+660	+820	+1000	+1300	+1650	+2100
>400~450	−1500	−760	−440	—	−230	−135	—	−68	—	−20	0	−20	−32	—	+5	0	+23	+40	+68	+126	+232	+330	+490	+595	+740	+920	+1100	+1450	+1850	+2400
>450~500	−1650	−840	−480	—	−230	−135	—	−68	—	−20	0	−20	−32	—	+5	0	+23	+40	+68	+132	+252	+360	+540	+660	+820	+1000	+1250	+1600	+2100	+2600

注　1. 基本尺寸小于 1mm 时各级 a 和 b 均不采用；

　　2. js 的数值：对 IT7 至 IT11，若 IT 的数值（μm）为奇数，则取 js=±$\dfrac{IT-1}{2}$。

表 2-7　　　　基本尺寸至 500mm 孔的基本偏差数值　　　　μm

基本偏差		下 偏 差 (EI)											JS	上 偏 差 (ES)								
		A①	B①	C	CD	D	E	EF	F	FG	G	H		J			K		M		N	
基本尺寸 (mm)		公 差 等 级																				
大于	至	所 有 的 级												6	7	8	≤8	>8	≤8	>8	≤8	>8
—	3	+270	+140	+60	+34	+20	+14	+10	+6	+4	+2	0	偏差=±IT/2	+2	+4	+6	0	0	−2	−2	−4	−4
3	6	+270	+140	+70	+46	+30	+20	+14	+10	+6	+4	0		+5	+6	+10	−1+Δ	—	−4+Δ	−4	−8+Δ	0
6	10	+280	+150	+80	+56	+40	+25	+18	+13	+8	+5	0		+5	+8	+12	−1+Δ	—	−6+Δ	−6	−10+Δ	0
10	14	+290	+150	+95	—	+50	+32	—	+16	—	+6	0		+6	+10	+15	−1+Δ	—	−7+Δ	−7	−12+Δ	0
14	18	+290	+150	+95	—	+50	+32	—	+16	—	+6	0		+6	+10	+15	−1+Δ	—	−7+Δ	−7	−12+Δ	0
18	24	+300	+160	+110	—	+65	+40	—	+20	—	+7	0		+8	+12	+20	−2+Δ	—	−8+Δ	−8	−15+Δ	0
24	30	+300	+160	+110	—	+65	+40	—	+20	—	+7	0		+8	+12	+20	−2+Δ	—	−8+Δ	−8	−15+Δ	0
30	40	+310	+170	+120	—	+80	+50	—	+25	—	+9	0		+10	+14	+24	−2+Δ	—	−9+Δ	−9	−17+Δ	0
40	50	+320	+180	130	—	+80	+50	—	+25	—	+9	0		+10	+14	+24	−2+Δ	—	−9+Δ	−9	−17+Δ	0
50	65	+340	+190	+140	—	+100	+60	—	+30	—	+10	0		+13	+18	+28	−2+Δ	—	−11+Δ	−11	−20+Δ	0
65	80	+360	+200	+150	—	+100	+60	—	+30	—	+10	0		+13	+18	+28	−2+Δ	—	−11+Δ	−11	−20+Δ	0
80	100	+380	+220	+170	—	+120	+72	—	+36	—	+12	0		+16	+22	+34	−3+Δ	—	−13+Δ	−13	−23+Δ	0
100	120	+410	+240	+180	—	+120	+72	—	+36	—	+12	0		+16	+22	+34	−3+Δ	—	−13+Δ	−13	−23+Δ	0
120	140	+460	+260	+200	—	+145	+85	—	+43	—	+14	0		+18	+26	+41	−3+Δ	—	−15+Δ	−15	−27+Δ	0
140	160	+520	+280	+210	—	+145	+85	—	+43	—	+14	0		+18	+26	+41	−3+Δ	—	−15+Δ	−15	−27+Δ	0
160	180	+580	+310	+230	—	+145	+85	—	+43	—	+14	0		+18	+26	+41	−3+Δ	—	−15+Δ	−15	−27+Δ	0
180	200	+660	+340	+240	—	+170	+100	—	+50	—	+15	0		+22	+36	+47	−4+Δ	—	−17+Δ	−17	−31+Δ	0
200	225	+740	+380	+260	—	+170	+100	—	+50	—	+15	0		+22	+36	+47	−4+Δ	—	−17+Δ	−17	−31+Δ	0
225	250	+820	+420	+280	—	+170	+100	—	+50	—	+15	0		+22	+36	+47	−4+Δ	—	−17+Δ	−17	−31+Δ	0
250	280	+920	+480	+300	—	+190	+110	—	+56	—	+17	0		+25	+36	+55	−4+Δ	—	−20+Δ	−20	−34+Δ	0
280	315	+1 050	+540	+330	—	+190	+110	—	+56	—	+17	0		+25	+36	+55	−4+Δ	—	−20+Δ	−20	−34+Δ	0
315	355	+1 200	+600	+360	—	+210	+125	—	+62	—	+18	0		+29	+39	+60	−4+Δ	—	−21+Δ	−21	−37+Δ	0
355	400	+1 350	+630	+400	—	+210	+125	—	+62	—	+18	0		+29	+39	+60	−4+Δ	—	−21+Δ	−21	−37+Δ	0
400	450	+1 500	+760	+440	—	+230	+135	—	+68	—	+20	0		+33	+43	+66	−5+Δ	—	−23+Δ	−23	−40+Δ	0
450	500	+1 650	+840	+480	—	+230	+135	—	+68	—	+20	0		+33	+43	+66	−5+Δ	—	−23+Δ	−23	−40+Δ	0

续表

基本偏差		上　偏　差　（ES）											Δ②　（μm）					
	P~ZC	P	R	S	T	U	V	X	Y	Z	ZA	ZB	ZC						
基本尺寸（mm）		公　差　等　级																	
大于　至	≤7	>7级												3	4	5	6	7	8
—　　3		-6	-10	-14	—	-18	—	-20	—	-26	-32	-40	-60	0					
3　　6		-12	-15	-19	—	-23	—	-28	—	-35	-42	-50	-80	1	1.5	1	3	4	6
6　　10		-15	-19	-23	—	-28	—	-34	—	-42	-52	-67	-97	1	1.5	2	3	6	7
10　　14		-18	-23	-28	—	-33	—	-40	—	-50	-64	-90	-130	1	2	3	3	7	9
14　　18							-39	-45		-60	-77	-108	-150						
18　　24	在>7级的相应数值上增加一个Δ值	-22	-28	-35	—	-41	-47	-54	-63	-73	-98	-136	-188	1.5	2	3	4	8	12
24　　30					-41	-48	-55	-64	-75	-88	-118	-160	-218						
30　　40		-26	-34	-43	-48	-60	-68	-80	-94	-112	-148	-200	-274	1.5	3	4	5	9	14
40　　50					-54	-70	-81	-97	-114	-136	-180	-242	-325						
50　　65		-32	-41	-53	-66	-87	-102	-122	-144	-172	-226	-300	-405	2	3	5	6	11	16
65　　80			-43	-59	-75	-102	-120	-146	-174	-210	-274	-360	-480						
80　　100		-37	-51	-71	-91	-124	-146	-178	-214	-258	-335	-445	-585	2	4	5	7	13	19
100　　120			-54	-79	-104	-144	-172	-210	-254	-310	-400	-525	-690						
120　　140		-43	-63	-92	-122	-170	-202	-248	-300	-365	-470	-620	-800	3	4	6	7	15	23
140　　160			-65	-100	-134	-190	-228	-280	-340	-415	-535	-700	-900						
160　　180			-68	-108	-146	-210	-252	-310	-380	-465	-600	-780	-1 000						
180　　200		-50	-77	-122	-166	-236	-284	-350	-425	-520	-670	-880	-1 150	3	4	6	9	17	26
200　　225			-80	-130	-180	-258	-310	-385	-470	-575	-740	-960	-1 250						
225　　250			-84	-140	-196	-284	-340	-425	-520	-640	-820	-1 050	-1 350						
250　　280		-56	-94	-158	-218	-315	-385	-475	-580	-710	-920	-1 200	-1 550	4	4	7	9	20	29
280　　315			-98	-170	-240	-350	-425	-525	-650	-790	-1 000	-1 300	-1 700						
315　　355		-62	-108	-190	-268	-390	-475	-590	-730	-900	-1 150	-1 500	-1 900	4	5	7	11	21	32
355　　400			-114	-208	-294	-435	-530	-660	-820	-1 000	-1 300	-1 650	-2 100						
400　　450		-68	-126	-232	-330	-490	-595	-740	-920	-1 100	-1 450	-1 850	-2 400	5	5	7	13	23	34
450　　500			-132	-252	-360	-540	-660	-820	-1 000	-1 250	-1 600	-2 100	-2 600						

注　①1mm 以下各级 A 和 B 及大于 8 级的 N 均不采用；
　　②标准公差≤IT8 级的 K、M、N 及≤IT7 级的 P~ZC 时，从表的右侧选取 Δ 值。
　　例：大于 18~30mm 的 P7。Δ=8，因此 ES=-14。

4. 另一极限偏差的确定

有了基本偏差和标准公差，就不难求出另一极限偏差（上偏差或下偏差），计算公式如下：

孔　$EI = ES - IT$ 或 $ES = EI + IT$

轴　$ei = es - IT$ 或 $es = ei + IT$

5. 公差带和配合的表示方法及其在图样上的标注

（1）公差带代号。用基本偏差代号（位置要素）和公差等级数字（大小要素）表示，两者要用同一字号的字体书写（见图 2-15）。例如，H8、F8、K7、P7 等为孔的公差带代号；h7、f7、k7、p6 等为轴的公差带代号。尺寸公差的标注方法有三种形式：

1）只注公差带代号，不注具体极限偏差数值，如 $\phi 50H8$、$\phi 50f7$；

2）只注极限偏差数值，不注公差带代号，如 $\phi 50^{+0.039}_{0}$、$\phi 50^{-0.025}_{-0.050}$；

3）公差带代号、极限偏差数值同时注出，如 $\phi 20f7$ $\left(^{-0.025}_{-0.050}\right)$。

（2）配合代号。用公差带代号的组合来表示，写成分数形式，分子为孔的公差带代号，分母为轴的公差带代号（见图 2-16）。如 $\phi 50H8/f7$、$\phi 25K7/h6$。

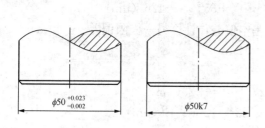

图 2-15　公差带代号在零件图上的标注

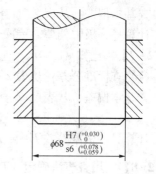

图 2-16　公差带代号在装配图上的标注

（3）公差带代号和配合代号的意义（见表 2-8）。

表 2-8　　　　　　　　　　　公差带代号和配合代号的意义

序号	实　例	表　示　意　义
1	$\phi 30F8$	基本尺寸 $\phi 30mm$，公差等级 8 级，基本偏差是 F 的基轴制间隙配合的孔
2	$\phi 40H4$	1. 基本尺寸 $\phi 40mm$，公差等级 4 级，基本偏差是 H 的基孔制的基准孔 2. 基本尺寸 $\phi 40mm$，公差等级 4 级，基本偏差是 H 的基轴制间隙配合的孔
3	$\phi 60T6$	基本尺寸 $\phi 60mm$，公差等级 6 级，基本偏差是 T 的基轴制过盈配合的孔
4	$\phi 25u5$	基本尺寸 $\phi 25mm$，公差等级 5 级，基本偏差是 u 的基孔制过盈配合的轴
5	$\phi 50b13$	基本尺寸 $\phi 50mm$，公差等级 13 级，基本偏差是 b 的基孔制间隙配合的轴
6	$\phi 30h9$	1. 基本尺寸 $\phi 30mm$，公差等级 9 级，基本偏差是 h 的基轴制的基准轴 2. 基本尺寸 $\phi 30mm$，公差等级 9 级，基本偏差是 h 的基孔制间隙配合的轴

序号	实　例	表　示　意　义
7	$\phi25\mathrm{H8/h7}$	1. 基本尺寸$\phi25\mathrm{mm}$，基孔制（分子是 H），公差等级孔是 8 级、轴是 7 级，基本偏差孔是 H、轴是 h 的间隙配合 2. 基本尺寸$\phi25\mathrm{mm}$，基轴制（分母是 h），公差等级孔是 8 级、轴是 7 级，基本偏差孔是 H、轴是 h 的间隙配合 3. 基本尺寸$\phi25\mathrm{mm}$，公差等级孔是 8 级、轴是 7 级，基本偏差孔是 H、轴是 h 的基准件配合（间隙配合）
8	$\phi35\mathrm{H7/p6}$	基本尺寸$\phi35\mathrm{mm}$，基孔制（分子是 H），公差等级孔是 7 级、轴是 6 级，基本偏差孔 H、轴是 p 的过盈配合
9	$\phi45\mathrm{K7/h6}$	基本尺寸$\phi45\mathrm{mm}$，基轴制（分母是 h），公差等级孔是 7 级、轴是 6 级，基本偏差孔是 K、轴是 h 的过渡配合

【例 2 - 6】　已知$\phi100\mathrm{t7}$，查标准公差和基本偏差，计算另一极限偏差。

解　（1）查标准公差：从表 2 - 1 查得 IT7＝35（$\mu\mathrm{m}$）

（2）查基本偏差：从表 2 - 5 查得 ei＝＋91（$\mu\mathrm{m}$）

（3）计算另一极限偏差 es＝ei＋IT7＝＋91 ＋（＋35）＝＋126（$\mu\mathrm{m}$）

【例 2 - 7】　已知$\phi130\mathrm{N4}$，查标准公差和基本偏差，计算另一极限偏差。

解　（1）查标准公差：从表 2 - 1 查得 IT4＝12$\mu\mathrm{m}$

（2）查基本偏差：从表 2 - 6 查得

$$ES =-27+\Delta=-27+4=-23(\mu\mathrm{m})$$

（3）计算另一极限偏差 $EI = ES - \mathrm{IT}4 = -23-12=-35(\mu\mathrm{m})$

【例 2 - 8】　用查表法确定$\phi30\dfrac{\mathrm{H8}}{\mathrm{f7}}$和$\phi30\dfrac{\mathrm{F8}}{\mathrm{h7}}$配合中孔、轴的极限偏差，计算两对配合的极限间隙，并绘出公差带图。

解　（1）查标准公差：从表 2 - 1 查得 IT7＝21$\mu\mathrm{m}$，IT8＝33$\mu\mathrm{m}$

（2）确定极限偏差。

1）$\phi30\dfrac{\mathrm{H8}}{\mathrm{f7}}$的极限偏差。

从表 2 - 7 查得，孔的基本偏差 EI＝0，所以

$$ES = EI + \mathrm{IT}8 = 0+33=+33(\mu\mathrm{m})$$

从表 2 - 6 查得，轴的基本偏差 es＝$-20\mu\mathrm{m}$，所以

$$ei = es - \mathrm{IT}7 =-20-21=-41\mu\mathrm{m}$$

由此可得孔为$\phi30^{+0.033}_{0}\mathrm{mm}$，轴为$\phi30^{-0.020}_{-0.041}\mathrm{mm}$。

2）$\phi30\dfrac{\mathrm{F8}}{\mathrm{h7}}$的极限偏差。

从表 2 - 5 查得，孔的基本偏差 EI＝＋20，所以

$$ES = EI + \mathrm{IT}8 =+20+33=+53(\mu\mathrm{m})$$

从表 2 - 4 查得，轴的基本偏差 es＝0，所以

$$ei = es - \mathrm{IT}7 = 0-21=-21(\mu\mathrm{m})$$

由此可得孔为$\phi30^{+0.053}_{+0.020}\mathrm{mm}$，轴为$\phi30^{0}_{-0.021}\mathrm{mm}$。

（3）计算两对配合的极限间隙。

1）$\phi 30 \dfrac{H8}{f7}$ 的极限间隙。

$$X_{\max} = ES - ei = 33 - (-41) = +74(\mu m)$$
$$X_{\min} = EI - es = 0 - (-20) = +20(\mu m)$$

2）$\phi 30 \dfrac{F8}{h7}$ 的极限间隙。

$$X_{\max} = ES - ei = +53 - (-21) = +74(\mu m)$$
$$X_{\min} = EI - es = +20 - 0 = +20(\mu m)$$

绘制公差带图见图 2-17。

由［例 2-8］可以看出，$\phi 30 \dfrac{H8}{f7}$ 和 $\phi 30 \dfrac{F8}{h7}$ 两对配合的最大间隙和最小间隙均相等，即配合性质相同。对于有相同的极限间隙或极限过盈的一对基孔制和基轴制配合，若配合孔与配合轴的基本偏差代号相同，且配合中的公差等级也完全相同，则称为同名配合。

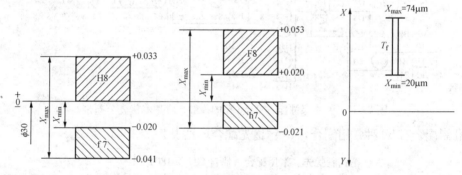

图 2-17 ［例 2-8］的公差带图

三、公差带与配合的优化

由 20 个标准公差等级和 28 个基本偏差可以组成许多公差带。孔有 $20 \times 27 + 3$（J6、J7、J8）= 543（种），轴有 $20 \times 7 + 4$（j5、j6、j7、j8）= 544（种）。当它们与基准轴和基准孔配合时又可得到大量的配合。在生产实践中，使用数量过多的公差带与配合，必将使标准繁杂，不利于生产；许多公差带与配合使用甚少，形同虚设；增加了定值刀具、量具的品种规格，给管理带来困难，影响经济效益。所以，必须对公差带与配合的选用加以优化。

1. 公差带系列

国家标准对基本尺寸至 500mm 的孔、轴规定了优先、常用和一般用途公差带。轴的一般用途公差带有 119 种，即如图 2-18 所示的所有公差带，方框内的常用公差带有 59 种，圆圈内的优先公差带有 13 种。

同样对孔规定了 105 种一般用途公差带，44 种常用公差带，13 种优先公差带，如图 2-19 所示。

选用公差带时，应首先选优先公差带，其次常用公差带，再次一般用途公差带。

2. 配合系列

国家标准不仅规定了基本尺寸至 500mm 的常用和优先孔、轴公差带，并在此基础上又规定了常用和优先基孔制配合和基轴制配合。

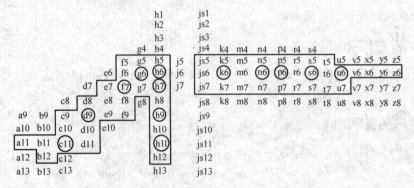

图 2-18　基本尺寸至 500mm 轴的一般、常用和优先公差带

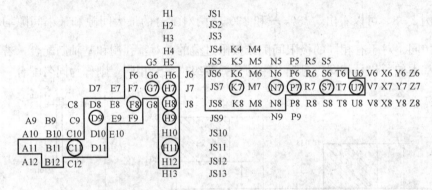

图 2-19　基本尺寸至 500mm 孔的一般、常用和优先公差带

基孔制配合有 59 种常用配合，13 种优先配合，见表 2-9。

表 2-9　　　　　　　　基孔制优先、常用配合（摘自 GB/T 1801—1999）

基准孔	轴																				
	a	b	c	d	e	f	g	h	js	k	m	n	p	r	s	t	u	v	x	y	z
	间		隙	配			合		过渡配合			过			盈			配			合
H6						$\dfrac{H6}{f5}$	$\dfrac{H6}{g5}$	$\dfrac{H6}{h5}$	$\dfrac{H6}{js5}$	$\dfrac{H6}{k5}$	$\dfrac{H6}{m5}$	$\dfrac{H6}{n5}$	$\dfrac{H6}{p5}$	$\dfrac{H6}{r5}$	$\dfrac{H6}{s5}$	$\dfrac{H6}{t5}$					
H7						$\dfrac{H7}{f6}$	$\dfrac{H7}{g6}$	$\dfrac{H7}{h6}$	$\dfrac{H7}{js6}$	$\dfrac{H7}{k6}$	$\dfrac{H7}{m6}$	$\dfrac{H7}{n6}$	$\dfrac{H7}{p6}$	$\dfrac{H7}{r6}$	$\dfrac{H7}{s6}$	$\dfrac{H7}{t6}$	$\dfrac{H7}{u6}$	$\dfrac{H7}{v6}$	$\dfrac{H7}{x6}$	$\dfrac{H7}{y6}$	$\dfrac{H7}{z6}$
H8					$\dfrac{H8}{e7}$	$\dfrac{H8}{f7}$	$\dfrac{H8}{g7}$	$\dfrac{H8}{h7}$	$\dfrac{H8}{js7}$	$\dfrac{H8}{k7}$	$\dfrac{H8}{m7}$	$\dfrac{H8}{n7}$	$\dfrac{H8}{p7}$	$\dfrac{H8}{r7}$	$\dfrac{H8}{s7}$	$\dfrac{H8}{t7}$	$\dfrac{H8}{u7}$				
				$\dfrac{H8}{d8}$	$\dfrac{H8}{e8}$	$\dfrac{H8}{f8}$		$\dfrac{H8}{h8}$													
H9			$\dfrac{H9}{c9}$	$\dfrac{H9}{d9}$	$\dfrac{H9}{c9}$	$\dfrac{H9}{f9}$		$\dfrac{H9}{h9}$													
H10			$\dfrac{H10}{c10}$	$\dfrac{H10}{d10}$				$\dfrac{H10}{h10}$													
H11	$\dfrac{H11}{a11}$	$\dfrac{H11}{b11}$	$\dfrac{H11}{c11}$	$\dfrac{H11}{d11}$				$\dfrac{H11}{h11}$													
H12		$\dfrac{H12}{b12}$						$\dfrac{H12}{h12}$													

注　1. H6/n5，H7/p6 在基本尺寸小于或等于 3mm 和 H8/f7 在小于或等于 100mm 时，为过渡配合。

　　2. 标注 ◣ 的配合为优先配合。

基轴制配合有 47 种常用配合，13 种优先配合，见表 2-10。

表 2-10　　　　基轴制优先、常用配合（摘自 GB/T 1801—1999）

基准轴	孔																					
	A	B	C	D	E	F	G	H	Js	K	M	N	P	R	S	T	U	V	X	Y	Z
	间	隙		配		合						过		盈		配		合				
h5						$\frac{F6}{h5}$	$\frac{G6}{h5}$	$\frac{H6}{h5}$	$\frac{Js6}{h5}$	$\frac{K6}{h5}$	$\frac{M6}{h5}$	$\frac{N6}{h5}$	$\frac{P6}{h5}$	$\frac{R6}{h5}$	$\frac{S6}{h5}$	$\frac{T6}{h5}$					
h6						$\frac{F7}{h6}$	$\frac{G7}{h6}$	$\frac{H7}{h6}$	$\frac{Js7}{h6}$	$\frac{K7}{h6}$	$\frac{M7}{h6}$	$\frac{N7}{h6}$	$\frac{P7}{h6}$	$\frac{R7}{h6}$	$\frac{S7}{h6}$	$\frac{T7}{h6}$	$\frac{U7}{h6}$				
h7					$\frac{E8}{h7}$	$\frac{F8}{h7}$		$\frac{H8}{h7}$	$\frac{Js8}{h7}$	$\frac{K8}{h7}$	$\frac{M8}{h7}$	$\frac{N8}{h7}$									
h8				$\frac{D8}{h8}$	$\frac{E8}{h8}$	$\frac{F8}{h8}$		$\frac{H8}{h8}$													
h9				$\frac{D9}{h9}$	$\frac{E9}{h9}$	$\frac{F9}{h9}$		$\frac{H9}{h9}$													
h10				$\frac{D10}{h10}$				$\frac{H10}{h10}$													
h11	$\frac{A11}{h11}$	$\frac{B11}{h11}$	$\frac{C11}{h11}$	$\frac{D11}{h11}$				$\frac{H11}{h11}$													
h12		$\frac{B12}{h12}$						$\frac{H12}{h12}$													

注　1. 标注▟的配合为优先配合。

　　　2. 选用配合时，应首先选优先配合，其次常用配合。

四、一般公差

一般公差尺寸也称"未注公差的尺寸"，即通常所说的"自由尺寸"，指对配合性质无直接影响的尺寸，其精度通常不影响该零件的工作性能和质量。因此，在图样上不标出它们的公差值。但这并不是说对这类尺寸没有任何要求，只是说明比一般配合尺寸的要求要低。

1. 一般公差的概念

一般公差指在车间一般加工条件下可保证的公差。在正常维护和操作的条件下，它代表经济加工精度。采用一般公差的尺寸，在该尺寸后不注出极限偏差（或公差），并且在正常条件下可不进行检验。这样有利于简化制图，使图面清晰，并突出重要的、有公差要求的尺寸，以便在加工和检验时引起对重要尺寸的重视。

2. 一般公差的应用

一般公差主要用于低精度的非配合尺寸，以及由工艺方法保证的尺寸。例如，冲压件和铸件的尺寸由模具保证。

3. 一般公差的规定

GB/T 1804—2000 规定了线性尺寸的一般公差等级和极限偏差。一般公差等级分为四级，即 f（精密级）、m（中等级）、c（粗糙级）、v（最粗级）。线性尺寸的极限偏差数值见表 2-11，倒圆半径与倒角高度尺寸的极限偏差数值见表 2-12。

表 2 - 11　　　　　　　　　线性尺寸的极限偏差数值　　　　　　　　　　　mm

公差等级	尺 寸 分 段							
	0.5～3	>3～6	>6～30	>30～120	>120～400	>400～1 000	>1 000～2 000	>2 000～4 000
f（精密级）			±0.1	±0.15	±0.2	±0.3	±0.5	
m（中等级）	±0.1	±0.1	±0.2	±0.3	±0.5	±0.8	±1.2	±2
c（粗糙级）	±0.2	±0.3	±0.5	±0.8	±1.2	±2	±3	±4
v（最粗级）		±0.5	±1	±1.5	±2.5	±4	±6	±8

表 2 - 12　　　　　　　倒角半径与倒角高度尺寸的极限偏差数值　　　　　　mm

公差等级	尺 寸 分 段			
	0.5～3	>3～6	>6～30	>30
f（精密度）	±0.2	±0.5	±1	±2
m（中等级）				
c（粗糙级）	±0.4	±1	±2	±4
v（最粗级）				

4. 一般公差的标注

在规定图样上的一般公差时，应考虑车间的一般加工精度选取本标准规定的公差等级。在图样上、技术文件或相应的标准中用标准号和公差等级符号表示。例如，选用中等级时，表示为 GB/T 1804—m。

五、温度条件

因为物体特别是金属材料都具有热胀冷缩的性质，零件在加工、测量和使用过程中，温度的变化会引起零件尺寸的变化。因此，国家标准明确规定，尺寸的标准温度为 20℃。其含义有两个：一是图样上和标准中规定的极限与配合是在 20℃时给定的；二是检测时测量结果应以工件和计量器具的温度在 20℃时为准。若偏离标准温度，应予以修正。

第三节　极限与配合的选择

在产品设计时，选用极限与配合是必不可少的重要环节，也是确保产品质量、性能、互换性和经济效益的一项极其重要的工作。选用时主要解决三个问题，即确定基准制、公差等级和配合种类。

一、基准制的选用

基准制包括基孔制配合和基轴制配合两种，而且这两种基准制的同名配合（如 H8/f7 与 F8/h7、H7/p6 与 P7/h6 等）其配合性质是相同的，即二者均可满足同样的使用要求。所以，基准制的选用与使用要求无关，主要应从经济效益考虑，同时兼顾零件功能、结构、工艺条件、采用的标准件等方面。

1. 一般情况下，优先采用基孔制配合

从工艺上看，加工中小尺寸的孔通常需要采用价格昂贵的钻头、铰刀、拉刀等定值刀具，而且每把刀具只能加工一种尺寸的孔。加工轴则不然，一把车刀或砂轮可加工不同尺寸的轴。此外，孔在加工、测量等方面要比轴复杂。因此，采用基孔制配合可以减少备用定值刀具和量具的品种规格和数量，减少加工与测量孔的调整工作量，降低生产成本，提高加工的经济效益。

2. 某些情况下应当选用基轴制

(1) 直接采用冷拉钢材作轴，其表面不再切削加工，宜采用基轴制配合。例如，在农业和纺织等机械中，常采用精度可达 IT8～IT11 的冷拉棒材，不加工直接作轴，可获得明显的经济效益。

(2) 有些零件由于结构或工艺上的原因，必须采用基轴制。图 2-20 (a) 所示为活塞连杆机构。工作时活塞销与连杆的衬套需有相对运动，而与活塞孔无相对运动。因此，前者应采用间隙配合，后者采用过渡配合。如果采用基孔制，三段配合为 $\phi34H6/m5$，$\phi34H6/g5$，$\phi34H6/m5$，如图 2-20 (b) 所示，即必须将活塞销作成两头大、中间小的阶梯轴。这种形状的活塞销不易加工，装配也不方便，会使连杆的衬套孔刮伤。如果改用基轴制，则三段的配合可改为 $\phi34M6/h5$，$\phi34G6/h5$，$\phi34M6/h5$，如图 2-20 (c) 所示。活塞销按一种公差带加工，做成光轴，而连杆和活塞孔因为分别在两个零件上，按不同的公差带加工，不会给加工带来困难，又利于装配。

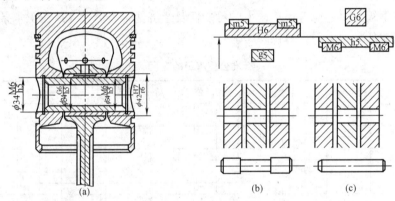

图 2-20　基轴制选用示例

(a) 活塞连杆机构；(b) 基孔制；(c) 基轴制

3. 与标准件配合时，应根据标准件确定基准制

例如，滚动轴承内圈与轴的配合采用基孔制，而滚动轴承外圈与孔的配合采用基轴制。

4. 特殊需要时可选用非基准制配合

图 2-21 所示的隔套是将两个滚动轴承隔开以提高刚性并作为轴向定位的。为便于安装，隔套与齿轮轴筒的配合应选用间隙配合。由于齿轮轴筒与滚动轴承内圈的配合已按基孔

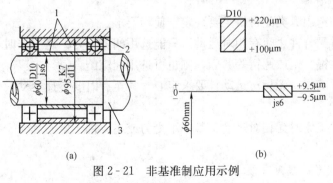

(a)　　　　　　　　　　(b)

图 2-21　非基准制应用示例

1—隔套；2—主轴箱孔；3—齿轮轴筒

制选定了 $\phi60js6$ 公差带，因此隔套内孔公差带只好选用非基准孔公差带 $\phi60D10$，见图2-21(b)，才能得到所需配合。

二、公差等级的选用

公差等级的选择是一项重要而又较困难的工作。因为公差等级的高低直接影响产品使用性能和加工的经济性。公差等级过低，产品质量得不到保证；公差等级过高，将使制造成本增加。所以，必须综合考虑使用性能、制造工艺和成本之间的关系，正确合理地确定公差等级。选择公差等级的原则，是在满足零件使用要求的前提下，尽量选用较低的公差等级。

对于基本尺寸不大于 500mm 的较高公差等级的配合，由于孔比同级轴的加工成本高，所以当不大于 IT8 时，国标推荐孔比轴采用公差等级低一级。大于 IT8 或基本尺寸大于 500mm 的配合，孔、轴加工难易程度相当，故公差等级取同级。

生产中主要采用类比法来确定公差等级，即参考经过实践证明为合理的类似产品上相应尺寸的公差，来确定孔、轴的公差等级。表 2-13 列出了国家标准规定的 20 个公差等级的大致应用范围。

确定公差等级时，还应考虑工艺上的可能性及经济性。表 2-14 是在正常条件下，公差等级和加工方法的大致关系，可供参考。

表 2-13 标准公差等级的应用

应用	公差等级（IT）																			
	01	0	1	2	3	4	5	6	7	8	9	10	11	12	13	14	15	16	17	18
量块																				
量规																				
配合尺寸																				
特别精密零件的配合																				
非配合尺寸（大制造公差）																				
原材料公差																				

三、配合的选择

确定了基准制之后，选择配合就是根据使用要求确定配合类别、配合松紧程度（包括孔、轴公差等级）。

1. 配合类别的选择

在机械设计中选用哪类配合，主要决定于使用要求。

（1）若工作时配合件之间有相对运动，只能选用间隙配合；若工作时不要求配合件之间有相对运动，并靠键、销或螺钉等紧固，则也可选用间隙配合。

（2）若配合件工作时无相对运动且要求定心，甚至有时要传递运动或受力，则需要选用过盈配合。

（3）若配合件工作时无相对运动，基本不受力或主要用于定心和便于装拆，则应选用过渡配合。

2. 基本偏差代号的确定

确定了配合类别后，再进一步确定配合的松紧程度，即确定与基准件配合的轴或孔的基本偏差代号。常用确定方法有计算法、试验法和类比法。

表 2 - 14　　　　　各种加工方法可能达到的标准公差等级

加工方法	公差 等 级 (IT)																	
	01	0	1	2	3	4	5	6	7	8	9	10	11	12	13	14	15	16
研 磨	━	━	━	━	━	━	━											
珩						━	━	━	━									
圆 磨							━	━	━	━								
平 磨							━	━	━	━								
金刚石车							━	━	━									
金刚石镗							━	━	━									
拉 削							━	━	━	━								
铰 孔								━	━	━	━							
车									━	━	━	━	━					
镗									━	━	━	━	━					
铣										━	━	━	━					
刨、插												━	━					
钻孔												━	━	━				
滚压、挤压												━	━					
冲 压												━	━	━	━	━		
压 铸													━	━	━	━		
粉末冶金成型								━	━	━								
粉末冶金烧结									━	━	━							
砂型铸造、气割																	━	━
锻 造																	━	━

　　（1）计算法。根据理论公式，计算出使用要求的间隙或过盈大小来选定配合的方法。例如，根据液体润滑理论计算保证液体摩擦状态所需要的最小间隙。在依靠过盈来传递运动和负载的过盈配合时，可根据弹性变形理论公式，计算出能保证传递一定负载所需要的最小过盈和不使工作损坏的最大过盈。由于影响间隙和过盈的因素很多，理论计算也是近似的，所以在实际应用中还需经多次试验来确定。

　　【例 2 - 9】　已知基本尺寸为 $\phi25$ 的孔、轴配合，要求保证间隙在 $+40 \sim +95\mu m$ 之间，确定孔、轴的公差带和配合的代号。

　　解　1）选择基准制。本设计没有特殊结构要求，因而优先选用基孔制。

　　2）选用公差等级。

　　配合公差 $T_f = X_{max} - X_{min} = 55\mu m$。查表 2 - 1，IT8 $=33\mu m$，IT7 $=21\mu m$。根据公差等级的选用原则，孔取 IT8，轴取 IT7，此时的配合公差为 $54\mu m$，符合设计要求，且最经济。

　　因而，基准孔的公差带为 $\phi25\mathrm{H}8\ \left(^{+0.033}_{\ 0}\right)$。

3）选配合。因为本配合为间隙配合，因而轴的基本偏差应为上偏差，可采用最小间隙确定：

由 $X_{min}=EI-es$，$es=EI-X_{min}=0-40=-40\mu m$，查表2-3，得轴的基本偏差代号为e。因而，轴的公差带代号为 $\phi25e7$ $\binom{-0.040}{-0.061}$。

4）校核。

计算配合 $\phi25H8/e7$ 所得的实际极限间隙或过盈：

$$X'_{max}=+0.033-(-0.061)=+0.094$$
$$X'_{min}=0-(-0.040)=+0.040$$

根据计算结果，配合 $\phi25H8/e7$ 满足设计要求。

（2）试验法。用试验的方法确定满足产品工作性能的间隙或过盈范围。该方法主要用于对产品性能影响大而又缺乏经验的场合。试验法比较可靠，但周期长，且须进行大量的试验，成本高。

（3）类比法。参考现有同类机器或类似结构中经生产实践验证过的配合情况，与所设计零件的使用条件相比较，经过修正后确定配合的一种方法，它是生产中应用最广泛的简便方法。表2-15和表2-16可供参考。此外，实际工作中还应根据工作条件的要求，首先从标准规定的优先配合中选用，不能满足要求时，再从常用配合中选用。若常用配合还不能满足要求，则可依次由优先公差带、常用公差带及一般用途公差带中选择适当的孔、轴组成要求的配合。在个别情况下，还可以根据国家标准对标准公差系列和基本偏差系列的规定，组成孔、轴公差带，获得满足特殊使用要求的配合。表2-17列出了基孔制和基轴制各种优先配合的选用说明供参考。

表 2-15　　　　　　　　　　　　**工作条件对配合松紧的要求**

工作条件	配合要求	工作条件	配合要求
经常拆卸	松	有冲击和振动	紧
工作时孔的温度比轴低		表面较粗糙	
形状和位置误差较大		对中性要求高	

表 2-16　　　　　　　　　　　　**轴的基本偏差选用说明**

配　合	基本偏差	特　性　及　应　用
间隙配合	a、b	可得到特别大的间隙，应用很少
	c	可得到很大的间隙，一般适用于缓慢、松弛的动配合。用于工作条件较差（如农业机械），受力变形，或为了便于装配，而必须保证有较大的间隙时。推荐配合为H11/c11，例如光学仪器中，光学镜片与机械零件的连接；其较高等级的 H18/c7 配合，适用于轴在高温工作的紧密动配合，如内燃机排气阀和导管
	d	一般用于IT7~IT11级，适用于松的转动配合，如密封盖、滑轮、空转皮带轮等与轴的配合。也适用于大直径滑动轴承配合，如汽轮机、球磨机、轧滚成型和重型弯曲机，以及其他重型机械中的一些滑动轴承
	e	多用于IT7~IT9级，通常用于要求有明显间隙，易于转动的轴承配合，如大跨距轴承、多支点轴承等配合。高等级的e轴适用于大的、高速、重载支撑，如涡轮发电机、大型电动机及内燃机主要轴承，凸轮轴轴承等配合

续表

配 合	基本偏差	特 性 及 应 用
间隙配合	f	多用于 IT6～IT8 级的一般转动配合。当温度影响不大时，被广泛用于普通润滑油（或润滑脂）润滑的支撑，如齿轮箱、小电动机、泵等的转轴与滑动轴承的配合，手表中秒轮轴与中心管的配合（H8/f7）
	g	配合间隙很小，制造成本高，除很轻负荷的精密装置外，不推荐用于转动配合。多用于 IT5～IT7 级，最适合不回转的精密滑动配合，也用于插销等定位配合，如精密连杆轴承、活塞及滑阀、连杆销、光学分度头主轴与轴承等
	h	多用于 IT4～IT11 级。广泛用于无相对转动的零件，作为一般的定位配合。若没有温度、变形影响，也用于精密滑动配合
过渡配合	js	偏差完全对称（±IT/2），平均间隙较小的配合，多用于 IT4～IT7 级，要求间隙比 h 轴小，并允许略有过盈的定位配合。如联轴节、齿圈与钢制轮毂，可用木槌装配
	k	平均间隙接近于零的配合，适用于 IT4～IT7 级，推荐用于稍有过盈的定位配合。例如为了消除振动用的定位配合。一般用木槌装配
	m	平均过盈较小的配合，适用于 IT4～IT7 级，一般可用木槌装配，但在最大过盈时，要求相当的压入力
	n	平均过盈比 m 轴稍大，很少得到间隙，适用于 IT4～IT7 级，用锤或压入机装配，通常推荐用于紧密的组件配合。H6/n5 配合时为过盈配合
过盈配合	p	与 H6 或 H7 配合时是过盈配合，与 H8 孔配合时则为过渡配合。对非铁类零件，为较轻的压入配合，当需要时易于拆卸。对钢、铸铁或铜、钢组件装配是标准压入配合
	r	对铁类零件为中等打入配合，对非铁类零件，为轻打入的配合，当需要时可以拆卸。与 H8 孔配合，直径在 100mm 以上时为过盈配合，直径小时为过渡配合
	s	用于钢、铁制零件的永久性和半永久性装配，可产生相当大的结合力。当用弹性材料，如轻合金时，配合性质与铁类零件的 p 轴相当，例如套环压装在轴上、阀座等的配合。尺寸较大时，为了避免损伤配合表面，需要热胀或冷缩法装配
	t	过盈较大的配合。对钢和铸铁零件适于作永久性结合，不用键可传递力矩，需用热胀或冷缩法装配。例如联轴节与轴的配合
	u	这种配合过盈大，一般应验算在最大过盈时，工件材料是否损坏，要用热胀或冷缩法装配。例如火车轮毂和轴的配合
	v、x y、z	这些基本偏差所组成配合的过盈量更大，目前使用的经验和资料还很少，须经试验后才应用。一般不推荐

表 2-17   优先配合的选用说明

优 先 配 合	说 明
$\dfrac{H11}{c11}$，$\dfrac{C11}{h11}$	间隙极大，用于转速很高，轴、孔温差很大的滑动轴承；要求大公差、大间隙的外露部分；要求装配极方便的配合
$\dfrac{H9}{d9}$，$\dfrac{D9}{h9}$	间隙很大，用于转速较高、轴颈压力较大、精度要求不高的滑动轴承
$\dfrac{H8}{f7}$，$\dfrac{F8}{h7}$	间隙不大，用于中等转速、中等轴颈压力、有一定精度要求的一般滑动轴承；要求装配方便的中等定位精度的配合
$\dfrac{H7}{g6}$，$\dfrac{G7}{h6}$	间隙很小，用于低速转动或轴向移动的精密定位的配合；需要精确定位又经常装拆的不动配合

续表

优　先　配　合	说　　明
$\dfrac{H7}{h6}$，$\dfrac{H8}{h7}$，$\dfrac{H9}{h9}$，$\dfrac{H11}{h11}$	最小间隙为零，用于间隙定位配合，工作时一般无相对运动；也用于高精度低速轴向移动的配合。公差等级由定位精度决定
$\dfrac{H7}{k6}$，$\dfrac{K7}{h6}$	平均间隙接近于零，用于要求装拆的精密定位的配合
$\dfrac{H7}{n6}$，$\dfrac{N7}{h6}$	较紧的过渡配合，用于一般不拆卸的更精密定位的配合
$\dfrac{H7}{p6}$，$\dfrac{P7}{h6}$	过盈很小，用于要求定位精度高、配合刚性好的配合；不能只靠过盈传递载荷
$\dfrac{H7}{s6}$，$\dfrac{S7}{h6}$	过盈适中，用于靠过盈传递中等载荷的配合
$\dfrac{H7}{u6}$，$\dfrac{U7}{h6}$	过盈较大，用于靠过盈传递较大载荷的配合。装配时需加热孔或冷却轴

四、配合应用实例

以下是一些典型功能结构的配合应用实例，可供设计时参考。每类配合均依照世纪功能要求确定，注意灵活掌握。

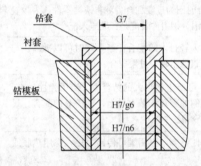

图 2-22　钻模板、衬套和钻套的配合

（1）钻模板上的钻模板、衬套和钻套。如图 2-22 所示，钻模板上有衬套，为保证钻孔的精度，要求钻套、衬套和钻模板三者的轴线同轴。在钻孔过程中，三者保持相对静止。

1）基准制的选择。对钻套与衬套的配合和衬套与钻模板的配合，因结构上并无特殊要求，因而优先选用基孔制；而对于钻头与钻套内孔的配合，因为钻头为标准刀具，可以视为标准件，因而选用基轴制配合。

2）钻套与衬套的配合。由于更换钻头的需要，钻套经常要手动更换，所以需要一定的间隙保证更换迅速，但因为有准确的定心要求，因而间隙不能过大。根据表 2-16，为此精密移动的配合选为 H7/g6。

3）衬套与钻模板的配合。要求承受一定的冲击载荷的作用。即使衬套内孔磨损了，需要更换的次数也不多。为保证连接的可靠性和可拆卸，选用过渡配合 H7/n6。

（2）车床尾座顶尖套筒与尾座体的配合。如图 2-23 所示，车床尾座顶尖与主轴顶尖共同支持工件，进行工件的切削，要求尾座顶尖轴线与主轴同轴，并在工作时不允许晃动。切削作业时，尾座体与套筒相对静止；根据工件进行调整时，套筒与顶尖一起在尾座孔中缓慢轴向移动。由表 2-17 可知，可优先选用 H/h 配合。为满足车床加工精度的要求，可选用 H6/h5 配合。

（3）联轴器与轴的配合。如图 2-24 所示，在此配合中，联轴器与轴的连接没有附加销、键等紧固件，依靠的是两者间的过盈量承受中等负荷的作用。其最小过盈量应能满足保证传递所需力矩，最大过盈应不使材料破坏。这里选用的是 H7/t6。一般用压力机进行装配，也有用热胀冷缩法装配的。

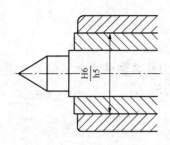

图 2-23 车床尾座顶尖套筒与尾座体的配合

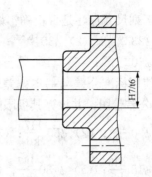

图 2-24 联轴器与轴的配合

复 习 题

1. 何谓极限尺寸？它是如何分类的？其作用是什么？

2. 何谓公差和偏差，它们的主要区别是什么？

3. 何谓配合？它有哪几种配合性质？各是如何定义的？其公差带特点是什么？

4. 何谓标准公差？其数值大小与哪些因素有关？何谓标准公差等级？国家标准规定了哪些标准公差等级？

5. 何谓基本偏差？孔和轴各有多少个基本偏差代号？

6. 基准制有哪两种？各是如何定义的？为什么在一般情况下应优先采用基孔制？什么情况下应采用基轴制配合？

7. 选用配合（基本偏差代号）的方法有哪几种？最常用的是哪一种？

8. 何谓配合公差？对各种配合应如何计算？

9. 已知两轴，$\phi d_1 = 50mm$，$T_{d_1} = 16\mu m$，$\phi d_2 = 150mm$，$T_{d_2} = 46\mu m$，哪根轴更容易加工？

10. 根据表 2-18 中已知数据，填写表中空格的数值，并绘出尺寸公差带图。

表 2-18   mm

基本尺寸	最大极限尺寸	最小极限尺寸	上偏差	下偏差	公差
轴 $\phi20$	0.011	20.002			
孔 $\phi30$		30.007			0.021
轴 $\phi48$			−0.009	−0.020	
孔 $\phi90$			0.051		0.054

11. 已知表 2-19 中的数值，填写表中空格的数值。

表 2-19   mm

基本尺寸 $D(d)$	孔			轴			X_{max} 或 Y_{min}	X_{min} 或 Y_{max}	配合公差	配合性质
	ES	EI	T_h	es	ei	T_s				
$\phi25$		0				0.021	+0.074		0.054	
$\phi12$		0			0.001		+0.01	−0.009		
$\phi50$			0.025	0		0.016		−0.0025		

12. 下列尺寸标注是否正确？如有错请改正。

(1) $\phi 23^{+0.015}_{-0.021}$；(2) $\phi 30^{+0.033}_{0}$；(3) $\phi 65^{0}_{-0.019}$；

(4) $\phi 50^{-0.025}_{-0.009}$；(5) $\phi 100^{+0.027}_{-0.027}$；(6) $\phi 45^{+0.025}_{0}$。

13. 使用标准公差与基本偏差表，查出下列配合中孔、轴的上、下偏差，说明配合性质，画出公差带图，并计算其极限间隙或过盈及配合公差。

(1) $\phi 30 \dfrac{\text{H7}}{\text{f6}}$；(2) $\phi 50 \dfrac{\text{H7}}{\text{k6}}$；(3) $\phi 80 \dfrac{\text{H9}}{\text{g9}}$；

(4) $\phi 18 \dfrac{\text{M6}}{\text{h5}}$；(5) $\phi 180 \dfrac{\text{U7}}{\text{h6}}$；(6) $\phi 30 \dfrac{\text{S6}}{\text{h5}}$。

14. 写出 13 题中各配合的同名配合，并查表确定改换后的极限偏差。

15. 根据下列使用要求，采用基准制配合，确定孔和轴的公差带。

(1) 基本尺寸＝$\phi 60$mm，$X_{max}=+0.044$mm，$Y_{max}=-0.032$mm；

(2) 基本尺寸＝$\phi 50$mm，$X_{max}=+0.115$mm，$X_{min}=+0.044$mm；

(3) 基本尺寸＝$\phi 40$mm，$Y_{max}=-0.076$mm，$Y_{min}=-0.035$mm。

16. 某内燃机中，要求活塞销与连杆配合的间隙量在 $0\sim0.022$mm 之间；活塞与活塞销配合的间隙量不得大于 0.005mm，过盈量不大于 0.017mm。试确定其配合。

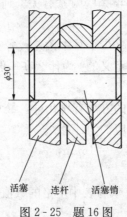

活塞　　连杆　　活塞销

图 2 - 25　题 16 图

第三章　测量技术基础

第一节　概　述

一、测量技术的基本概念

为了满足零件几何精度的要求，除了正确合理地设计和加工外，还必须进行严格的测量或检验。测量（measuring）就是将被测对象与单位（或标准量）进行比较，为确定其比值而进行的实验过程。如果在测量中 L 为被测量，E 为所采用的计量单位，则它们的比值为 $R = L/E$，该式说明，在被测量 L 一定的情况下，比值 R 的大小完全决定于所采用的计量单位 E，并且与 E 成反比关系。同时，它也说明计量单位的选择决定于被测量所要求的精确程度，这样经比较而得的被测量为 $L = R \times E$。因此，任何一个测量过程必须有被测对象和采用的计量单位，还有二者是怎样进行比较、比较以后的精确程度，也就是测量的方法和测量的精确度问题。可见，测量过程包括测量对象、计量单位、测量方法及测量精度四个要素。

测量对象：指机械几何量，包括长度、角度、表面粗糙度、形位误差等。

计量单位：用来度量同类物理量量值的标准量称为计量单位。我国实行法定计量单位制。在几何量的测量中，长度单位是 m、mm、μm，角度单位是度、分、秒。

测量方法：指在进行测量时所采用测量原理、测量器具及测量条件的总和。

测量精度：测量结果与真实值的一致程度。由于任何测量过程都不可避免地会出现测量误差。误差大说明测量结果离真实值远，精确度低。因此，应将测量误差控制在允许的范围内。

二、量值的传递系统

在生产实践中，不便于直接利用光波波长进行长度尺寸的测量，通常要经过中间基准将长度基准逐级传递到生产中使用的各种计量器具上，这就是量值的传递系统。量块和线纹尺是实现光波长度到测量实际之间的尺寸传递媒介，是机械制造中的实用长度基准。

我国的长度量值传递系统如图 3-1 所示，从最高基准谱线开始，通过两个平行的系统向下传递。

三、量块的基本知识

量块（gauge block）又称为块规。它是无刻度的平面端面量具。量块除作为标准器具进行长度量值传递之外，通常还作为标准器具来调整仪器、机床或直接检测零件。

量块的形状有长方体、正方体（中央带孔）和圆柱体三种，但多为长方体，具有上、下测量面和四个非测量面，如图 3-2 所示。量块的工作尺寸是以量块的中心长度 l_c 来代表，如图 3-3 所示。中心长度是指量块一个测量面的中心至此量块另一个测量面研合的辅助体平面（平晶）之间的垂直距离。

量块的制造精度分为 K（校准级）、0、1、2、3 共 5 级，其中 K 级精度最高。

量块分为按"级"使用和按"等"使用两种。按"级"使用，是以量块的标称尺寸为工作尺寸，不记量块的制造误差和磨损误差，精度不高，但使用方便。按"等"使用，是用检

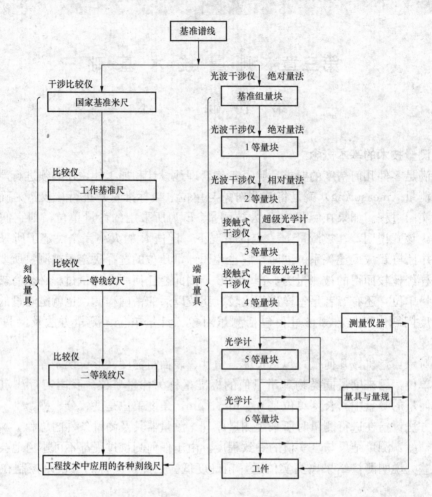

图 3-1 长度量值传递系统

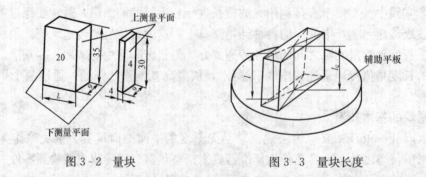

图 3-2 量块   图 3-3 量块长度

验后的量块的实测值作为工作尺寸,它不包含量块的制造误差,因此提高了测量精度,但不便于使用。量块按检定精度分为 5 等,即 1、2、3、4、5 等,其中 1 等精度最高。量块是成套生产的,根据国家标准规定共有 17 种套别,其每套的数目分别为 91、83、46、38、10、8、5 等。

组合量块时,为减少量块的组合误差,应尽量减少量块的数目,一般不超过 4～5 块。选用量块时,应从消去所需尺寸最小尾数开始,逐一选取。

【例 3 - 1】 用 83 块一套的量块组成 28.785mm 的尺寸。

解 方法如下：

28.785

 <u>1.005</u> ——————————第一块量块的尺寸

27.78

 <u>1.28</u> ——————————第二块量块的尺寸

26.5

 <u>6.5</u> ——————————第三块量块的尺寸

 20 ——————————第四块量块的尺寸

第二节 计量器具和测量方法分类

一、计量器具的分类

计量器具是量具、量仪和其他用于测量目的技术装置的总称。按用途、特点，计量器具可分为标准量具、极限量具、检验夹具及计量仪器四类。

1. 标准量具

标准量具只有某一个固定尺寸，通常用来校对和调整其他计量器具或作为标准用来与被测工件进行比较。例如，量块、直角尺及标准量规等。

2. 极限量具

极限量具是没有刻度的专用检验工具，用这种工具不能得出被检验工件的具体尺寸，但可以确定被检验工件是否合格。

3. 检验夹具

检验夹具是一种专用检验工具，当配合各种比较仪时，可用来检查更多和更复杂的参数。

4. 计量仪器

计量仪器是可将被测的量值转换为能够直接观察的指示值或等效信息的计量器具。

计量仪器按结构的特点还可分为以下几种：

(1) 游标类量仪：如游标卡尺、游标深度尺、游标量角器等。

(2) 螺旋测微类量仪：如外径千分尺、内径千分尺等。

(3) 机械类量仪：如百分表、千分表、杠杆比较仪、扭簧比较仪等。

(4) 光学机械类量仪：如光学计、测长仪、投影仪、干涉仪等。

(5) 气动类量仪：如压力式气动量仪、流量计式气动量仪等。

(6) 电学类量仪：如电感比较仪、电动轮廓仪等。

(7) 激光类量仪：如激光自准直仪、激光干涉仪等。

二、计量器具的基本度量指标

度量指标是用以选择和使用计量器具、研究和判断测量方法正确性的依据。

1. 刻度间距（scale spacing）

刻度间距指计量器具标尺上相邻刻线之间的距离。为了便于读数，一般刻度间距在 1～2.5mm 以内。

2. 分度值（value of a scale division）

分度值是计量器具标尺上每一刻度间距所代表的被测量的数值。一般长度计量器具的分度值有 0.1、0.01、0.001、0.000 5mm 等。

3. 测量范围（measuring range）

测量范围是计量器具所能测量的最大值和最小值范围。例如，千分尺的测量范围有 0～25、25～50、50～75mm 等多种。

4. 示值范围（nominal range）

示值范围是计量器具标尺上所显示或指示的起始值到终止值的范围。例如，杠杆千分尺的示值范围为±0.02mm。

5. 灵敏度（sensitivity）

灵敏度是计量器具反映被测量变化的能力。对于一般长度计量器具，它等于刻度间距与分度值之比。例如，百分表的刻度间距为 1.5mm，分度值为 0.01mm，其灵敏度为 1.5/0.01＝150。

6. 测量力（measuring force）

测量力是在接触测量过程中，测头与被测物体表面之间的接触力。测量力将引起量具和被测零件的弹性变形，影响测量精度。因此，必须合理控制测量力的大小。

7. 示值误差（error of indication）

示值误差是计量器具的指示值与被测量的真实值之差。示值误差是测量器具本身各种误差的综合反映，其中有计量器具的构成原理误差、装配调整误差、分度误差等。

8. 修正值（correction）

修正值是为了消除系统误差，用代数法加到测量结果上的值。它是与示值误差大小相等符号相反的值。

9. 不确定度（uncertainty）

不确定度是由于测量误差的存在而对被测量不能肯定的程度。不确定度用误差的极限表示。

三、测量方法的分类

按照不同的特征可以有不同的分类。

1. 按是否直接测量被测参数，分为直接测量和间接测量

直接测量：所测得量就是被测量，不需进行繁琐的计算，其测量准确度只与测量过程有关。

间接测量：通过测量与被测量有已知关系的其他量而得到该被测量值的测量方法。例如，在测量较大的圆柱形零件的直径 D 时，可先测量出其周长 L，然后通过公式 $D = L/\pi$ 算得零件的直径 D。间接测量的精确度取决于有关参数的测量准确度，并与所依据的计算公式有关。

2. 按量具量仪的读数值是否直接表示被测量值的全部，分为绝对测量和相对测量

绝对测量：仪器示值直接表示被测量的大小。例如，采用游标卡尺、千分尺等量仪测量轴的直径。

相对测量：仪器示值表示被测量尺寸对已知标准量的偏差，而测量结果为已知标准量与仪器示值的代数和。例如，用量块调整比较仪测量直径。

一般说来，相对测量的精度较高，所以在精密测量中得到了广泛的应用。

3. 按一次测量参数的多少，分为综合测量与单项测量

综合测量：指同时测量工件上的几个有关参数，从而综合地判断工件是否合格。例如，用极限量规检验工件、花键塞规检验花键孔等。综合测量的效率高，适用于大批量生产。

单项测量：指分别测量零件的各个参数。例如，分别测量螺纹的螺距、牙型半角。单项测量效率较低。适用于小批量生产的检验或进行工艺分析、调整机床等目的。

4. 按被测表面是否与量具量仪头接触，分为接触测量与非接触测量

接触测量：指测量器具的敏感元件与零件的被测表面直接接触且有机械作用的测量力存在。例如，用游标卡尺测量直径。接触测量对零件表面油污、切削液、灰尘等不敏感，但由于有测量力存在，会引起零件表面、测量头及计量仪器传动系统的弹性变形，从而引起测量误差。

非接触测量：指测量器具的敏感元件与零件的被测表面不直接接触。例如，用万能工具显微镜影像法测量。非接触测量不存在因弹性变形引起的误差，但是它对零件表面油污、切削液、灰尘等非常敏感。

5. 按测量技术在机械制造工艺过程中所起的作用，分为被动测量与主动测量

被动测量：对加工完成的零件进行的测量。测量结果仅限于发现并剔除废品。

主动测量：在零件加工过程中进行的测量。其测量结果直接用来控制零件的加工过程，决定是否继续加工或需要调整机床。因此，主动测量能及时防止废品的出现。

6. 按被测零件在测量过程中所处的状态，分为静态测量与动态测量

静态测量：测量时，被测表面与测量头是相对静止的。例如，用千分尺测量零件的直径。

动态测量：测量时，被测表面与测量头是相对运动的。例如，用激光丝杠动态检查仪测量丝杠。动态测量是技术测量的发展方向之一，它能提高测量效率和保证测量精度。

以上测量方法的分类是从不同角度考虑的。对一个具体的测量过程，可能兼有几种测量方法的特征。具体的测量方法的选择应考虑零件的结构特点、准确度要求、技术条件及经济效果等。

第三节 测 量 误 差

一、测量误差的基本概念

测量结果与被测量的真值之间的差称为测量误差，即

$$\delta = l - L$$

式中　δ——测量误差；

　　　l——测量结果；

　　　L——被测量的真值。

由于 l 可能大于或小于 L，所以 δ 可能是正值或负值，如果不计其符号的正负，则也可表示为 $L = l \pm |\delta|$，说明测量误差绝对值的大小决定了测量精度。误差的绝对值愈大，精确度愈低，反之则愈高。

测量误差有两种表示方法：绝对误差和相对误差。前式中的 δ 为绝对误差。若对大小不

同的同类量进行测量，要比较其精确度高低，则需要采取测量误差中的另一种表示方法——相对误差，即测量的绝对误差与被测量的真实值之比：

$$f \approx \frac{|\delta|}{l} \times 100\%$$

当被测量相等或相近时，δ 的大小可反映测量的精确程度；当被测量值相差较大时，用相对误差比较合理。在长度测量中，通常所说的测量误差，一般是指绝对误差，而相对误差应用较少。

二、测量误差来源

产生测量误差的原因很多，一般从测量装置、环境条件、人员及测量方法四个方面分析。

1. 测量装置误差

基准件误差：指提供标准量值的器具本身的误差，如量块、标准量规等。为保证测量精度，基准件应具有足够高的精度。

计量器具误差：计量器具的内在误差，包括设计原理、制造、装配调整、测量力所引起的变形和瞄准所存在的误差。

2. 环境误差

由于环境因素与要求的标准状态不一致引起的误差。例如，温度、湿度、气压、振动、照明、电磁场等。一般情况下，可只考虑温度影响，其余因素只在精密测量时才考虑。

3. 人员误差

测量人员生理差异和技术不熟练引起的误差。如记录某一信号时，常表现为测量者视差、观测误差、估读误差、读数误差等。

4. 方法误差

由于测量方法或计算方法不完善引起的误差。例如，测得圆的直径 D，按公式 $l = \pi \times D$ 计算圆周长 l，由于 π 取近似值，则计算结果就存在方法误差。

三、测量误差的分类

按照误差的特点和性质，测量误差可分为系统误差、随机误差和粗大误差。

1. 系统误差（systematic error）

在相同的条件下，多次重复测量时，绝对值和符号保持不变或按一定规律变化的误差。例如，在比较仪上，用某一量块调整示值指零，此量块的误差对多次测量的测得值影响都一样。由于系统误差的规律是可知的，因此系统误差可以设法加以消除或在测量结果中加以修正。

2. 随机误差（random error）

在相同的条件下，多次重复测量时，绝对值和符号以不可预定方式变化的误差，称作随机误差，又称作偶然误差。随机误差的大小和方向是随机的，其产生的原因往往比较复杂，这是由于测量中不稳定因素——量仪示值变化、读数不一致、温度波动等综合造成的。例如，斜视标尺读数，总是偏向一方造成系统误差；如果是或左或右读数，则会造成随机误差。任何一次测量随机误差都是不可避免的，虽然随机误差不能消除，但是可以减少并控制其对测量结果的影响。

3. 粗大误差（parasitic error）

由于测量者主观上的疏忽或客观条件的改变，如突然振动等造成的误差。粗大误差使测量结果明显歪曲，应剔除有粗大误差的测量值。

四、测量精度

测量精度是指测得值与真值的接近程度。精度与误差是相对的概念。

1. 正确度（correctness）

正确度表示测量结果中其系统误差的大小的程度，是所有系统误差的综合。理论上可以用修正值来消除。

2. 精密度（precision）

精密度表示测量结果中的随机误差大小的程度，是指在同一条件下进行多次测量时，所得结果彼此之间符合的程度。

3. 精确度（accuracy）

精确度是指测量的精密和正确程度的综合反映，说明测量结果与真实值的一致程度。又称作准确度。

在具体测量中，当精密度高时，正确度不一定高；当正确度高时，精密度也不一定高；但是当精确度高时，精密度和正确度都高。

以射击为例，如图 3-4 所示。图 3-4（a）表示系统误差小而随机误差大，即正确度高而精密度低；图 3-4（b）表示系统误差大而随机误差小，正确度低而精密度高；图 3-4（c）表示系统误差和随机误差都小，即精确度高。

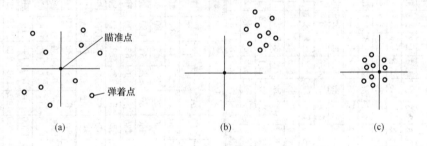

图 3-4 射弹散布精度

第四节 用通用测量器具测量

一、验收极限

验收极限是检验工件尺寸时判断合格与否的尺寸界限。

1. 验收方式

GB/T 3177—1997 给出了内缩方式和不内缩方式两种验收方式。

内缩方式：从工件的最大和最小实体尺寸分别向公差带内移动一个安全裕度 A 确定验收极限，如图 3-5 所示。安全裕度 A 按被测工件尺寸公差的大小确定，见表 3-1。

不内缩方式：规定验收极限就是工件尺寸的两个极限尺寸，即安全裕度 $A = 0$。

2. 验收方式的选择原则

验收极限方式的选择要结合尺寸功能要求及其重要程度、尺寸公差等级、测量不确定度、工艺能力等因素综合考虑。

表 3 - 1　安全裕度与计量器具不确定度的允许值　　　　　　　　　　　　　　　　　　　　　　μm

基本尺寸 (mm) 大于	至	6 T	6 A	6 u_1 I	6 u_1 II	6 u_1 III	7 T	7 A	7 u_1 I	7 u_1 II	7 u_1 III	8 T	8 A	8 u_1 I	8 u_1 II	8 u_1 III	9 T	9 A	9 u_1 I	9 u_1 II	9 u_1 III	10 T	10 A	10 u_1 I	10 u_1 II	10 u_1 III	11 T	11 A	11 u_1 I	11 u_1 II	11 u_1 III
—	3	6	0.6	0.54	0.9	1.4	10	1.0	0.9	1.5	2.3	14	1.4	1.3	2.1	3.2	25	2.5	2.3	3.8	5.6	40	4.0	3.6	6.0	9.0	60	6.0	5.4	9.0	14
3	6	8	0.8	0.72	1.2	1.8	12	1.2	1.1	1.8	2.7	18	1.8	1.6	2.7	4.1	30	3.0	2.7	4.5	6.8	48	4.8	4.3	7.2	11	75	7.5	6.8	11	17
6	10	9	0.9	0.81	1.4	2.0	15	1.5	1.4	2.3	3.4	22	2.2	2.0	3.3	5.0	36	3.6	3.3	5.4	8.1	58	5.8	5.2	8.7	13	90	9.0	8.1	14	20
10	18	11	1.1	1.0	1.7	2.5	18	1.8	1.7	2.7	4.1	27	2.7	2.4	4.1	6.1	43	4.3	3.9	6.5	9.7	70	7.0	6.3	11	16	110	11	10	17	25
18	30	13	1.3	1.2	2.0	2.9	21	2.1	1.9	3.2	4.7	33	3.3	3.0	5.0	7.4	52	5.2	4.7	7.8	12	84	8.4	7.6	13	19	130	13	12	20	29
30	50	16	1.6	1.4	2.4	3.6	25	2.5	2.3	3.8	5.6	39	3.9	3.5	5.9	8.8	62	6.2	5.6	9.3	14	100	10	9.0	15	23	160	16	14	24	36
50	80	19	1.9	1.7	2.9	4.3	30	3.0	2.7	4.5	6.8	46	4.6	4.1	6.9	10	74	7.4	6.7	11	17	120	12	11	18	27	190	19	17	29	43
80	120	22	2.2	2.0	3.3	5.0	35	3.5	3.2	5.3	7.9	54	5.4	4.9	8.1	12	87	8.7	7.8	13	20	140	14	13	21	32	220	22	20	33	50
120	180	25	2.5	2.3	3.8	5.6	40	4.0	3.6	6.0	9.0	63	6.3	5.7	9.5	14	100	10	9.0	15	23	160	16	15	24	36	250	25	23	38	56
180	250	29	2.9	2.6	4.4	6.5	46	4.6	4.1	6.9	10	72	7.2	6.5	11	16	115	12	10	17	26	185	18	17	28	42	290	29	26	44	65
250	315	32	3.2	2.9	4.8	7.2	52	5.2	4.7	7.8	12	81	8.1	7.3	12	18	130	13	12	19	29	210	21	19	32	47	320	32	29	48	72
315	400	36	3.6	3.2	5.4	8.1	57	5.7	5.1	8.4	13	89	8.9	8.0	13	20	140	14	13	21	32	230	23	21	35	52	360	36	32	54	81
400	500	40	4.0	3.6	6.0	9.0	63	6.3	5.7	9.5	14	97	9.7	8.7	15	22	155	16	14	23	35	250	25	23	38	56	400	40	36	60	90

基本尺寸 (mm) 大于	至	12 T	12 A	12 u_1 I	12 u_1 II	12 u_1 III	13 T	13 A	13 u_1 I	13 u_1 II	13 u_1 III	14 T	14 A	14 u_1 I	14 u_1 II	14 u_1 III	15 T	15 A	15 u_1 I	15 u_1 II	15 u_1 III	16 T	16 A	16 u_1 I	16 u_1 II	16 u_1 III	17 T	17 A	17 u_1 I	17 u_1 II	17 u_1 III	18 T	18 A	18 u_1 I	18 u_1 II	18 u_1 III
—	3	100	10	9.0	15	23	140	14	13	21	32	250	25	23	38	56	400	40	36	60	90	600	60	54	90	140	1000	100	90	150	230	1400	140	125	210	320
3	6	120	12	11	18	27	180	18	16	27	41	300	30	27	45	68	480	48	43	72	110	750	75	68	110	170	1200	120	110	180	270	1800	180	160	270	410
6	10	150	15	14	23	34	220	22	20	33	50	360	36	32	54	81	580	58	52	87	130	900	90	81	140	200	1500	150	140	230	340	2200	220	200	330	490
10	18	180	18	16	27	41	270	27	24	41	61	430	43	39	65	97	700	70	63	110	160	1100	110	100	170	250	1800	180	160	270	410	2700	270	240	400	610
18	30	210	21	19	32	47	330	33	30	50	74	520	52	47	78	120	840	84	76	130	190	1300	130	120	200	290	2100	210	190	320	470	3300	330	300	490	740
30	50	250	25	23	38	56	390	39	35	59	88	620	62	56	93	140	1000	100	90	150	230	1600	160	140	240	360	2500	250	230	380	560	3900	390	350	580	880
50	80	300	30	27	45	68	460	46	41	69	100	740	74	67	110	170	1200	120	110	180	270	1900	190	170	290	430	3000	300	270	450	680	4600	460	410	690	1040
80	120	350	35	32	53	79	540	54	49	81	120	870	87	78	130	200	1400	140	130	210	320	2200	220	200	330	500	3500	350	320	530	790	5400	540	480	810	1220
120	180	400	40	36	60	90	630	63	57	95	140	1000	100	90	150	230	1600	160	140	240	360	2500	250	230	380	560	4000	400	360	600	900	6300	630	570	940	1420
180	250	460	46	41	69	100	720	72	65	110	160	1150	115	100	170	260	1850	185	170	280	420	2900	290	260	440	650	4600	460	410	690	1040	7200	720	650	1080	1620
250	315	520	52	47	78	120	810	81	73	120	180	1300	130	120	200	290	2100	210	190	320	470	3200	320	290	480	720	5200	520	470	780	1170	8100	810	730	1210	1820
315	400	570	57	51	86	130	890	89	80	130	200	1400	140	130	210	320	2300	230	210	350	520	3600	360	320	540	810	5700	570	510	860	1280	8900	890	800	1330	2000
400	500	630	63	57	95	140	970	97	87	150	220	1550	155	140	230	350	2500	250	230	380	560	4000	400	360	600	900	6300	630	570	950	1420	9700	970	870	1450	2180

注　u_1 分为 I、II、III 档，一般情况下优先选用 I 档，其次选用 II 档、III 档。

对遵循包容要求的尺寸、公差等级高的尺寸，选用内缩方式。

当工艺能力指数 $C_p \geqslant 1$ 时，可用不内缩；但当采用包容要求时，最大实体尺寸一侧仍用内缩方式。

对偏态分布的尺寸，可以仅对尺寸偏向的一侧按内缩确定。

对非配合尺寸和采用一般公差的尺寸，采用不内缩方式。

二、测量方法和计量器具的选择

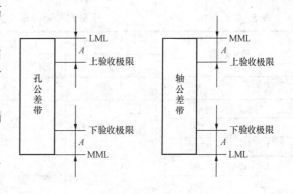

图 3-5 内缩方式的验收极限

对于每一次测量，不可能都用同一种计量方法来求得测量结果，在实际工作中需要选择合适的测量方法和计量器具来保证测量结果的合理性和可靠性。具体来说，选择时通常从以下几个方面综合考虑。

1. 从生产要求来看

对首件和工序检查以及为了工序分析，需要将工件各参数作分项测量；对于工件完工验收和检验成品的使用质量，最好同时测量工件各个参数或综合质量。

2. 从工件的材质考虑计量器具是否与工件接触

对于钢铁零件，其表面硬度高，多采用接触测量；对于刚性差，硬度小的软金属工件要采用非接触测量。

3. 根据工件加工批量的大小来选择计量器具的类型

对于小批量生产的工件通常选用普通计量器具或示量仪；对于大批量生产的工件，为提高测量效率和生产效率，通常选用量规检查或自动仪。

4. 根据工件的尺寸大小和要求选择计量器具的规格

要保证计量器具的测量范围能够容纳工件和测头能够伸入被测部位。

5. 根据工件公差选择计量器具的精度

工件的公差小，计量器具的精度高；工件的公差大，计量器具的精度低。但是计量器具产生的测量误差必须小于工件公差。选择方案有两个：

(1) 按安全裕度（计量器具的测量不确定度允许值）A 与工件公差 T 的比值（一般小于10%）选择计量器具，选择时，应使所选用的计量器具的测量不确定度数值 u_1 约为 $0.9A$。见表 3-1。

这种方案适用于普通量具测量光滑工件的尺寸。例如，用游标卡尺、千分尺比较仪和指示表测量光滑工件的尺寸。普通计量器具的不确定度数值见表 3-2 和表 3-3。

【例 3-2】 轴类工件 $\phi50f8 \left({}^{-0.025}_{-0.064} \right)$，试确定验收极限，并选择合适的计量器具。

解 1) 确定安全裕度 A 和测量器具不确定度允许值 u_1。

该工件公差 $T = 0.039\text{mm}$，查表 3-1，可得 $A = 0.0039$ mm，$u_1 = 0.0035\text{mm}$。

2) 确定验收极限。

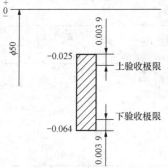

图 3-6 $\phi50f8$ 轴的尺寸公差带及验收极限

表 3-2　　　　　　　　　　千分尺和游标卡尺的不确定度　　　　　　　　　　mm

尺寸范围		计量器具类型（分度值）			
大于	至	游标卡尺	游标卡尺（0.05）	千分尺（0.01）	内径千分尺
		不 确 定 度			
	50	0.020		0.004	0.008
50	100		0.050	0.005	
100	150			0.006	
150	200			0.007	
200	250			0.008	0.013
250	300			0.009	
300	350			0.010	
350	400		0.100	0.011	0.020
400	450			0.012	
450	500			0.013	0.025
500	600				
600	700				0.030
700	1 000		0.150		

表 3-3　　　　　　　　　　比较仪和指示表的不确定度　　　　　　　　　　mm

计量器具类型			尺 寸 范 围								
名称	分度值	放大倍数或量程范围	0～25	25～40	40～65	65～90	90～115	115～165	165～215	215～265	265～315
			不 确 定 度								
比较仪	0.000 5	2 000倍	0.000 6	0.000 7	0.000 8		0.000 9	0.001 0	0.001 2	0.001 4	0.001 6
	0.001	1 000倍	0.001 0		0.001 1		0.001 2	0.001 3	0.001 4	0.001 6	0.001 7
	0.002	400 倍	0.001 7	0.001 8			0.001 9		0.002 0	0.002 1	0.002 2
	0.005	250 倍	0.003 0						0.003 5		
千分表	0.001	0级全程内	0.005						0.006		
	0.001	1级 0.2mm	0.005						0.006		
	0.002	1转内									
	0.001	1级全程内	0.010								
	0.005	1级全程内	0.010								
百分表	0.01	0级任意1mm内	0.010								
	0.01	0级全程内	0.018								
	0.01	1级任意1mm内	0.018								
	0.01	1级全程内	0.030								

内缩方式：

上验收极限＝最大极限尺寸－A＝50－0.025－0.003 9＝49.971 1（mm）

下验极限＝最小极限尺寸＋A＝50－0.064＋0.003 9＝49.939 9（mm）

ϕ50f8轴的尺寸公差带及验收极限如图3-6所示。

3）选择计量器具。

由ϕ50mm工件尺寸，查表3-3可得，分度值为0.005mm的比较仪不确定度为0.003 0，小于且最接近u_1的值0.003 5，可满足使用要求。

（2）按测量方法极限误差δ与工件公差T的比值为（10％～33％）选择计量器具。对低精度的工件采用10％，对高精度的工件采用33％，由于高精度的工件的公差已经很小，因此，计量器具的精度也要高好几倍，相应的计量器具的价格就要高好多倍。这样既有困难，又使得成本增加。

第五节　用光滑极限量规检验

一、概述

光滑极限量规是一种无刻度计量器具，它只能检验工件合格与否，而不能测量出工件的实际尺寸。由于量规简单，使用方便，检验效率高，因而在生产中得到广泛应用，尤其适用于大批量生产的场合。

量规按检验对象的不同可分为塞规和卡规（或环规）两种，塞规用于检验孔，卡规用于检验轴。

用量规检验工件主要依据是极限尺寸判断原则（泰勒原则）：对于孔，其体外作用尺寸应大于或等于最小极限尺寸，任何位置上的局部实际尺寸应小于或等于最大极限尺寸；对于轴，其体外作用尺寸应小于或等于最大极限尺寸，任何位置上的局部实际尺寸应大于或等于最小极限尺寸，用表达式为

对于孔　　　　　　　　$D_{fe} \geqslant D_{min}, D_a \leqslant D_{max}$

对于轴　　　　　　　　$d_{fe} \leqslant d_{max}, d_a \geqslant d_{min}$

鉴于上述原则，无论是孔用塞规还是轴用卡规均由通端量规（通规）和止端量规（止规）成对组成，以分别检验孔和轴的体外作用尺寸和局部实际尺寸是否在极限尺寸的范围内，如图3-7所示。通规按工件的最大实体尺寸制造，止规按工件的最小实体尺寸制造。检验工件时，只要通规能通过，止规不能通过，则可判断工件合格，否则就不合格。

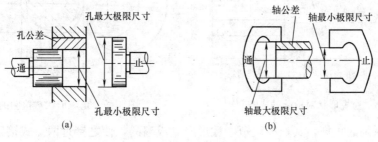

图3-7　光滑极限量规

（a）塞规；（b）卡规

二、量规的种类

按照用途，量规分为工作量规、验收量规和校对量规三类。

1. 工作量规

工人在生产过程中检验工件用的量规。通规用"T"表示，止规用"Z"表示。为了保证工件的精度，操作者应该使用新的或者磨损量较小的通规。

2. 验收量规

检验部门或用户代表在验收产品时所使用的量规。验收量规一般不另行制造，验收人员应该使用与生产人员相同类型且已磨损较多但未超过磨损极限的通规。这样就可以保证由生产人员自检合格的工件，检验人员验收时也一定合格。

3. 校对量规

校对轴用量规的量规。由于孔用量规用计量器具测量很方便，所以不需要校对量规。而对轴用量规，在制造使用过程中常会发生碰撞、变形，且通规在使用过程中经常通过工件容易磨损，因此必须进行定期校对。轴用工作量规的工作面是内表面，使用通用计量器具检测比较困难，故对其规定了校对量规。

校对量规有三种，其名称、代号和功用等见表3-4。

<table>
<tr><td>表3-4</td><td colspan="4" align="center">校 对 量 规</td></tr>
<tr><td align="center">名　　称</td><td align="center">代　　号</td><td align="center">被 检 参 数</td><td align="center">合 格 标 志</td></tr>
<tr><td align="center">校通—通</td><td align="center">TT</td><td align="center">工作量规通端的最小极限尺寸</td><td align="center">通　过</td></tr>
<tr><td align="center">校止—通</td><td align="center">ZT</td><td align="center">工作量规止端的最小极限尺寸</td><td align="center">通　过</td></tr>
<tr><td align="center">校通—损</td><td align="center">TS</td><td align="center">磨损极限</td><td align="center">不通过</td></tr>
</table>

三、量规的工作形式

在实际生产中，如何通过具体的检测手段来体现泰勒原则呢？这就是使量规工作部分的形式符合极限尺寸判断原则的要求。符合泰勒原则的通规，其长度应等于被测工件长度，截形是完整的圆（全形量规），基本尺寸等于最大实体尺寸（d_{max} 或 D_{min}）。若通规不是全形量规，则可能造成检验错误。图3-8所示为使用通规检验轴的示例，由于实际轴线的弯曲，轴的作用尺寸已超出了最大实体尺寸，应该为不合格品，用全形通规肯定不能通过，但如果用非全形通规检验，则可通过，这样就造成了误判，将不合格品判断为合格品。

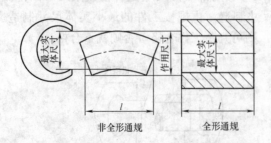

图3-8　通规形状对检验的影响

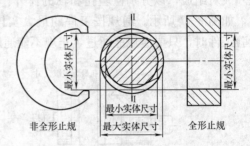

图3-9　止规形状对检验的影响

符合泰勒原则的止规，其长度较短，截形应做成扁的，使之接近两点式接触（非全形量规），基本尺寸等于最小实体尺寸（d_{min} 或 D_{max}）。若止规不是非全形量规，也会造成检验错误。图3-9所示为使用止规检验轴的示例。实际轴在Ⅰ—Ⅰ位置处的实际尺寸已超出了最小实体尺寸，用两点式止规检验肯定通过，此轴为不合格，但如用全形止规检验时，由于其他部分的阻挡，却不能通过。如果以此来判断，就会将不合格品判为合格品造成误判。

如果不分具体情况，对有配合要求的孔、轴尺寸，都绝对地要求符合泰勒原则，既不经济也不方便。因此实际生产中，在保证被检验的孔、轴的形状误差不至于影响配合性质的条件下，允许使用偏离泰勒原则的量规。例如，大尺寸的检验，全形的通规笨重得无法使用，为了减轻重量、便于操作和制造，有时做成卡规；小尺寸检验中，若将止规做成非全形量规，不仅使用强度低，耐磨性差，而且制造精度也难以保证，因此小尺寸的止规有时也按全形量规制造。

检验孔、轴工件的光滑极限量规形式很多，能否合理地选择和使用，对测量精度有很大影响。按照国家标准的推荐，检验孔的尺寸时可用下列几种形式的量规：全形塞规、片状塞规、球端杆规。检验轴的尺寸时，可用下列形式量规：环规、卡规。上述各种形式的量规都有一定的应用范围，图 3-10 可供选用时参考。

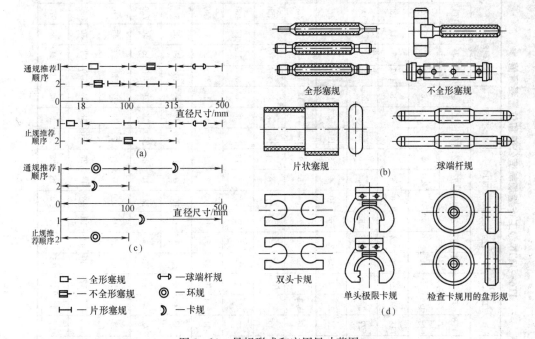

图 3-10 量规形式和应用尺寸范围
(a) 孔用量规应用尺寸范围；(b) 孔用量规形式；(c) 轴用量规应用尺寸范围；(d) 轴用量规形式

四、工作量规的公差

如前所述，工作量规的通规基本尺寸为工件的最大实体尺寸，止规基本尺寸为工件的最小实体尺寸。然而量规在制造时不可能做到绝对准确，而且在检验时量规要经常通过工件，造成磨损，这样，量规的尺寸就不能完全等于工件的实体尺寸，而应该在一定的范围内。因此，国家标准规定量规的公差带位于孔、轴的公差带内，如图 3-11 所示。通规要通过每一个合格件，磨损较多，为了延长量规的使用寿命，将通规公差带从最大实体尺寸向工件公差带内缩一个距离；而止规不应该通过工件，故将止规公差带放在工件公差带内，紧靠最小实体尺寸处。

量规的公差带既然在工件公差带内，为了不使量规公差过多地占用工件公差，并考虑量规的制造能力和使用寿命，国家标准按工件的基本尺寸和公差等级，规定了量规的制造公差（T）和通规尺寸公差的中心到工件最大实体尺寸之间的距离（Z），其数值见表 3-5。

表3-5　IT6～IT16级工作量规制造公差和位置要素值

μm

工作基本尺寸 D (mm)	IT6			IT7			IT8			IT9			IT10			IT11			IT12			IT13			IT14			IT15			IT16		
	IT6	T	Z	IT7	T	Z	IT8	T	Z	IT9	T	Z	IT10	T	Z	IT11	T	Z	IT12	T	Z	IT13	T	Z	IT14	T	Z	IT15	T	Z	IT16	T	Z
3	6	1	1	10	1.2	1.6	14	1.6	1.6	25	2	3	40	2.4	4	60	3	6	100	4	9	140	6	14	250	9	20	400	14	30	600	20	40
大于3至6	8	1.2	1.4	12	1.4	2	18	2	2.6	30	2.4	4	48	3	5	75	4	8	120	5	11	180	7	16	300	11	25	480	16	35	750	25	50
大于6至10	9	1.4	1.6	15	1.8	2.4	22	2.4	3.2	36	2.8	5	58	3.6	6	90	5	9	150	6	13	220	8	20	360	13	30	580	20	40	900	30	60
大于10至18	11	1.6	2	18	2	2.8	27	2.8	4	43	3.4	6	70	4	8	110	6	11	180	7	15	270	10	24	430	15	35	700	24	50	1100	35	75
大于18至30	13	2	2.4	21	2.4	3.4	33	3.4	4	52	4	7	84	5	9	130	7	13	210	8	18	330	12	28	520	18	40	840	28	60	1300	40	90
大于30至50	16	2.4	2.8	25	3	4	39	4	6	62	5	8	100	6	11	160	8	16	250	10	22	390	14	34	620	22	50	1000	34	75	1600	50	110
大于50至80	19	2.8	3.4	30	3.6	4.6	46	4.6	7	74	6	9	120	7	13	190	10	19	300	12	26	460	16	40	740	26	60	1200	40	90	1900	60	130
大于80至120	22	3.2	3.8	35	4.2	5.4	54	5.4	8	87	7	10	140	8	15	220	10	22	350	14	30	540	20	46	870	30	70	1400	46	100	2200	70	150
大于120至180	25	3.8	4.4	40	4.8	6	63	6	9	100	8	12	160	9	18	250	12	25	400	16	35	630	22	52	1000	35	80	1600	52	120	2500	80	180
大于180至250	29	4.4	5	46	5.4	7	72	7	10	115	9	14	185	10	20	290	14	29	460	18	40	720	26	60	1150	40	90	1850	60	130	2900	90	200
大于250至315	32	4.8	5.6	52	6	8	81	8	11	130	10	16	210	12	22	320	16	32	520	20	45	810	28	66	1300	45	100	2100	66	150	3200	100	220
大于315至400	36	5.4	6.2	57	7	9	89	9	12	140	11	18	230	14	25	360	18	36	570	22	50	890	32	74	1400	50	110	2300	74	170	3600	110	250
大于400至500	40	6	7	63	8	10	97	10	14	155	12	20	250	16	28	400	20	40	630	24	55	970	36	80	1550	55	120	2500	80	190	4000	120	280

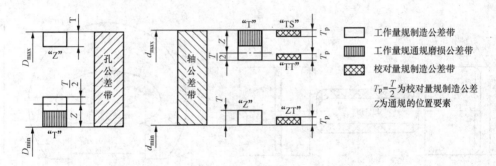

图 3-11 工作量规公差带

轴用工作量规有三种校对量规，即 TT、ZT 和 TS。TT 和 ZT 是分别控制通规和止规的最大实体尺寸，合格的工作通规和止规应该分别被 TT 和 ZT 通过，所以 TT 称为工作通规的校对通规，ZT 称为工作止规的校对通规。TS 是控制工作通规的磨损极限尺寸的，以防止工作通规使用时因磨损而使尺寸过大，不能被 TS 所通过的工作通规可以继续使用。

五、量规的主要技术要求

量规材料可用合金钢、碳素工具钢、渗碳钢、硬质合金等尺寸稳定性好且耐磨的材料制造。

钢制量规测量面的硬度为 58～65HRC。

工作量规测量面的表面粗糙度应按表 3-6 的规定选用。

表 3-6　　　　　　　工作量规测量面的表面粗糙度要求　　　　　　　μm

工作量规	工件基本尺寸（mm）		
	≤120	>120～315	>315～500
	Ra		
IT6 级孔用量规	0.025	0.05	0.1
IT6～IT9 级轴用量规 IT7～IT9 级孔用量规	0.05	0.1	0.2
IT10～IT12 级孔、轴用量规	0.1	0.2	0.4
IT13～IT16 级孔、轴用量规	0.2	0.4	0.4

工作量规的形状和位置误差应在量规尺寸公差范围内，形状公差为量规尺寸公差的 50％。当量规尺寸公差小于或等于 0.002mm 时，其形状公差和位置公差为 0.001mm。

校对量规的形状和位置误差应在校对量规尺寸公差范围内。

量规制造完工后，应在其非工作面上打上标记，通规标记 T，止规标记 Z，如图 3-12 和图 3-13 所示。

【例 3-3】　计算 $\phi 25H8/f7$ 孔与轴用量规的极限偏差。

解　由标准公差和基本偏差数值表得，孔、轴的极限偏差为

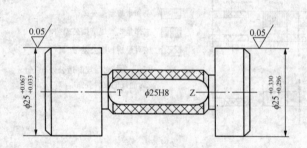

图 3 - 12   塞规工作尺寸的标注

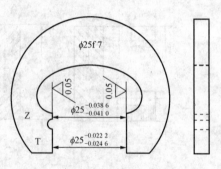

图 3 - 13   卡规工作尺寸的标注

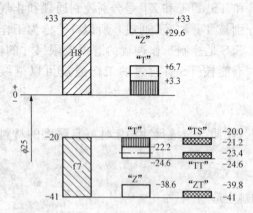

图 3 - 14   例 [3 - 3] 量规公差带（单位 μm）

$$\phi 25 \frac{\text{H8}\binom{+0.033}{0}}{\text{f7}\binom{-0.020}{-0.041}}$$

由表 3 - 5 查得工作量规的制造公差 T 和位置要素 Z：

塞规　　$T = 0.003\ 4\text{mm}$，$Z = 0.005\ 0\text{mm}$

卡规　　$T = 0.002\ 4\text{mm}$，$Z = 0.003\ 4\text{mm}$

校对量规制造公差　$T_\text{p} = 0.001\ 2\text{mm}$

画量规公差带，如图 3 - 14 所示，计算塞规和卡规的极限偏差：

$\phi 25$H8 孔用塞规

通规 T　　　　上偏差 $= 1.7 + 5 = +6.7\ (\mu m)$

　　　　　　　下偏差 $= 5 - 1.7 = +3.3\ (\mu m)$

止规 Z　　　　上偏差 $= +33\ (\mu m)$

　　　　　　　下偏差 $= 33 - 3.4 = +29.6\ (\mu m)$

$\phi 25$f7 轴用卡规

通规 T　　　　上偏差 $= -20 - 3.4 + 1.2 = -22.2\ (\mu m)$

　　　　　　　下偏差 $= -20 - 3.4 - 1.2 = -24.6\ (\mu m)$

止规 Z　　　　上偏差 $= -38.6\ (\mu m)$

　　　　　　　下偏差 $= -41\ (\mu m)$

轴用卡规的校对量规

校通—通 TT　　上偏差 $= -24.6 + 1.2 = -23.4\ (\mu m)$

　　　　　　　下偏差 $= -24.6\ (\mu m)$

校止—通 ZT　　上偏差 $= -41 + 1.2 = -39.8\ (\mu m)$

　　　　　　　下偏差 $= -41\ (\mu m)$

校通—损 TS　　上偏差 $= -20\ (\mu m)$

　　　　　　　下偏差 $= -20 - 1.2 = -21.2\ (\mu m)$

量规工作尺寸见图 3 - 14 和表 3 - 7。

表 3 - 7　　　　　　　　　　　　φ25H8/f7 孔与轴用量规的极限偏差

被检工件	量规种类	量规公差 $T(T_p)$（μm）	位置要素 Z（μm）	量规极限尺寸（mm）		量规工作尺寸（mm）
				最大	最小	
φ25H8	T（通）	3.4	5.0	25.006 7	25.003 3	$25.006\ 7^{\ 0}_{-0.003\ 4}$
	Z（止）	3.4	—	25.033 0	25.029 6	$25.033\ 0^{\ 0}_{-0.003\ 4}$
φ25f7	T（通）	2.4	3.4	24.977 8	24.975 4	$24.975\ 4^{+0.002\ 4}_{\ 0}$
	Z（止）	2.4	—	24.961 4	24.959 0	$24.959\ 0^{+0.002\ 4}_{\ 0}$
	T T	1.2	—	24.976 6	24.975 4	$24.976\ 6^{\ 0}_{-0.001\ 2}$
	Z T	1.2	—	24.960 2	24.959 0	$24.960\ 2^{\ 0}_{-0.001\ 2}$
	T S	1.2	—	24.980 0	24.978 8	$24.980\ 0^{\ 0}_{-0.001\ 2}$

复 习 题

1. 测量过程包括哪几个要素？

2. 什么是量块？它有哪些特点？一般可用于哪些场合？

3. 量块的精度划分有哪两种？分别是如何规定的？

4. 利用 46 块成套的量块分别组合尺寸 53.953 和 84.91。

5. 按用途和特点，计量器具可分为哪几大类？简要说明它们的应用场合。

6. 什么是直接测量和间接测量、相对测量和绝对测量？举例说明它们之间的区别和各自的特点。

7. 举例说明示值范围和测量范围的区别。

8. 常用测量长度尺寸的量具有哪些？

9. 什么是测量误差？测量误差的来源有哪些？

10. 什么是随机误差？随机误差有哪些特点？

11. 测量方法和测量器具的选择的原则是什么？

12. 试按安全裕度的方案选择合适的计量器具来检测 φ20h8 的轴。

13. 测量光滑的工件尺寸时，使用较多的方法有哪两种？它们各自应用在什么场合？

14. 何谓误收和误废？它们对生产有何不良影响？

15. 何谓验收极限？它有哪两种验收方式？各是如何定义的？怎样确定验收极限？

16. 计量器具的选择原则是什么？

17. 用计量器具测量下列轴和孔，试按规定要求选择计量器具并确定验收极限。

(1) φ80h6 ($_{-0.019}^{\ 0}$) mm，按Ⅰ挡选择计量器具，按内缩方式确定验收极限。

(2) φ140JS9（±0.050）mm，按Ⅰ挡选择计量器具，按内缩方式确定验收极限。

(3) φ150mm 的孔，未注公差尺寸 GB 1804—m，按Ⅰ挡选择计量器具并确定验收极限。

18. 量规有哪两种？怎样组成？

19. 用光滑极限量规检验工件时的主要依据是什么？写出其表达式。

20. 如何使用光滑极限量规检验工件？

21. 何谓校对量规？为什么只对轴用工作量规规定了校对量规？

22. 简要说明为什么工作量规通规应该作成全形的？而止规作成两点式的？

23. 试计算 $\phi 25 \dfrac{H7}{g6}$ 孔、轴用工作量规级轴用校对量规的工作尺寸，并画出量规公差带图。

第四章 形位公差

第一节 基本概念

在零件加工过程中，由于工件、刀具和机床的变形，相对运动关系的不准确，各种频率的振动、定位不准确等原因，不仅会使工件产生尺寸误差，还会使几何要素的实际形状和位置相对于理想形状和位置产生差异，这就是形状和位置误差（简称形位误差）。

形位误差对工件的使用性能产生不利影响。几何要素的形位误差不仅影响该工件的互换性，而且也影响整个机械产品的质量，降低寿命。为了满足零件的使用性能要求，保证工件的互换性和制造的经济性，必须对工件的形位误差予以必要、合理的限制，即规定形状和位置公差（简称形位公差）。

一、形位公差的特征项目及其符号

在 GB/T 1182—1996 中规定了形位公差的特征项目及其符号，共14项见表4-1。

表 4-1   形位公差的特征项目及其符号

公 差		特征项目	符 号	有或无基准要求	公 差		特征项目	符 号	有或无基准要求
形状	形状	直线度	—	无	位置	定向	平行度	//	有
		平面度	▱	无			垂直度	⊥	有
		圆度	○	无			倾斜度	∠	有
		圆柱度	⌀	无		定位	位置度	⊕	有或无
							同轴（同心）度	◎	有
形状或位置	轮廓	线轮廓度	⌒	有或无			对称度	＝	有
		面轮廓度	⌓	有或无		跳动	圆跳动	↗	有
							全跳动	⌸	有

由表4-1可知，形位公差分为形状公差和位置公差两大类：其中形状公差4项，位置公差8项，线轮廓度和面轮廓度按使用要求可以是形状公差项目也可以是位置公差项目。

二、形位公差的研究对象

尽管零件形状特征不同，但均可将其分解成若干个基本几何体。基本几何体都是由点、线、面组合而成的。构成零件几何特征的点、线、面统称为几何要素。形位公差的研究对象就是零件的几何要素。图4-1所示的零件就可以看成是由球体、截锥体、圆柱体和棱锥体基本几何体组成的。构成零件的几何要素有：点，如球心、锥顶；线，如素线、轴线、棱线；面，如球面、圆锥面、台阶面、圆柱面、棱锥面等。

零件的几何要素可从不同角度分类：

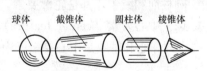

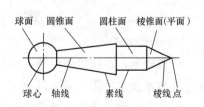

图 4-1 零件的几何要素

1. 按存在的状态分类

（1）理想要素（true feature）。具有几何学意义的要素。理想要素是没有任何误差的纯几何的点、线、面。按设计要求，由图样上给定的点、线、面的理想状态。理想要素在实际生产中是不可能得到的。

（2）实际要素［real（actual）feature］。零件上实际存在的要素。因为加工误差不可避免，所以实际要素总是偏离理想要素，通常由测得要素来代替。由于测量误差存在，因此实际要素并非该要素的真实状况。

2. 按所处地位分类

（1）被测要素（toleranced feature）。给出了形状或（和）位置公差要求的要素，即需要研究和测量的要素。被测要素应该是为保证零件的功能要求，必须控制其形位误差的要素，对没有功能要求的则不作为被测要素。图 4-2 中，对 d_2 的圆柱面和键槽的中心平面分别提出了圆柱度和对称度公差要求，所以它们是被测要素。

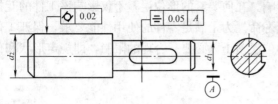

图 4-2　一台阶轴的形位公差

被测要素按其功能关系分为单一要素和关联要素两种。

1）单一要素（single feature）。仅对其本身给出形状公差要求的要素。单一要素是仅对其本身形状有要求，而与其他要素没有功能关系。图 4-2 中，对 d_2 的圆柱面提出圆柱度形状公差要求，故为单一要素。

2）关联要素（related feature）。与其他要素有功能关系的要素。关联要素多是具有位置公差要求的点、线、面，对其他要素有图样上给定的功能关系要求。图 4-2 中，键槽的中心平面就是关联要素，因为要求它与 d_1 的轴线保持对称关系。

（2）基准要素（datum feature）。

用来确定被测要素的方向或（和）位置的要素。理想基准要素称为基准。图 4-2 中，键槽中心平面对 d_1 的轴线有对称度要求，因此 d_1 的轴线即为基准要素。

3. 按几何特征分类

（1）轮廓要素（profile feature）。构成零件轮廓的点、线或面，图 4-1 中的球面、圆锥面、圆柱面和棱锥，都是轮廓要素。

（2）中心要素（center feature）。对称要素的中心点、线、面或回转表面的轴线。图 4-1 中的球心和轴线是中心要素。中心要素随着轮廓要素的存在而存在。

第二节　形位公差的标注

标准规定，在技术图样中，形位公差采用形位公差代号标注。当无法采用代号标注时，允许在技术要求中用文字加以说明。

形位公差代号包括：形位公差特征项目的符号、形位公差框格和指引线、形位公差数值和有关符号、基准字母和有关符号，如图 4-3 所示。

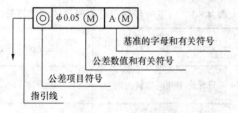

图4-3 形位公差代号

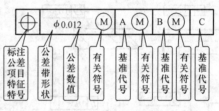

图4-4 形位公差框格

一、形位公差框格

（1）公差框格由两格或多格组成。如图4-4所示，框格中的内容从左到右依次包括：

第一格：形位公差项目符号（见表4-1）；

第二格：形位公差数值及有关符号（见表4-2）。

表4-2 　　　　　　　　　　　　　　　形位公差有关符号

理论正确尺寸	50	可逆要求	Ⓡ
包容要求	Ⓔ	延伸公差带	Ⓟ
最大实体要求	Ⓜ	自由状态	Ⓕ
最小实体要求	Ⓛ	全周（轮廓）	⌀

1）如果给出被测要素任一部分的公差值时，其标注方法如图4-5所示。图4-5（a）标注的含义为：被测要素在任一100mm长度上的直线度公差为0.02mm。图4-5（b）标注的含义为：被测要素在任一100mm×100mm面积上的平面度公差为0.05mm。

2）如果不仅给出任一部分的公差值，还需给出整个部分的公差值时，其标注方法如图4-6所示。其中，分子表示整个部分的公差值，分母表示给定任一部分的公差值。

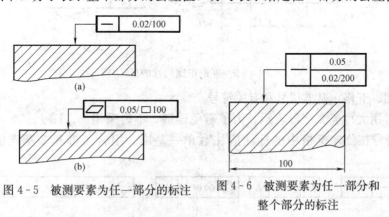

图4-5 被测要素为任一部分的标注　　图4-6 被测要素为任一部分和整个部分的标注

3）如果要求在公差带内进一步限定要素的形状，则在公差值之后加注相应符号，相关符号见表4-3，标注如图4-7所示。

4）全周（轮廓）符号的标注，对适用于视图所示的所有轮廓线或轮廓面的形位公差要求，可在公差框格指引线的弯折处画一个细实线小圆圈，如图4-8所示。

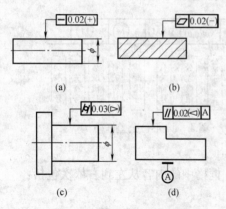

表 4 - 3	进一步限定要素形状的相关符号
只允许中间向材料外凸	$t(+)$
只允许中间向材料内凹	$t(-)$
只允许从右向左减小	$t(\triangleleft)$
只允许从左向右减小	$t(\triangleright)$

图 4 - 7　用符号表示附加要求

5) 理论正确尺寸的标注如图 4 - 9 所示，在尺寸数字之外加细线方框。

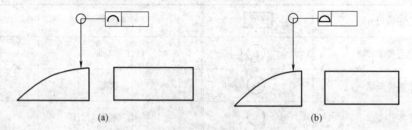

图 4 - 8　全周符号标注

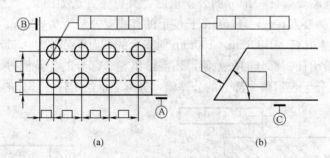

图 4 - 9　理论正确尺寸的标注

第三、四、五格：基准代号和有关符号。

基准代号用大写英文字母表示。为了避免误解，不得采用 E、I、J、M、O、P、L、R 和 F。基准符号在公差框格中的标注应注意单一基准、组合基准和多基准的区别，如图 4 - 10 所示。

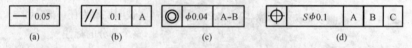

图 4 - 10　单一基准、组合基准及多基准的区别
(a) 无基准；(b) 单一基准；(c) 组合基准；(d) 多基准

1) 单一基准。由一个要素（一个平面、轴线）建立的基准。

2) 组合基准。由两个或两个以上的要素共同建立而作为单一基准使用的基准。

3) 多基准。由两个或三个相互垂直的平面（线）所构成的基准。

（2）公差框格所有线条均为细实线，在图样上只能沿水平或垂直放置，从左到右或从下到上填写，如图 4-11 所示。

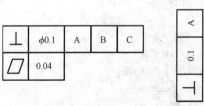

图 4-11　公差框格的放置方向

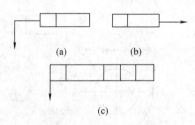

图 4-12　指引线标注示例

二、指引线

指引线将公差框格与被测要素相连，指向被测要素。

（1）指引线由细实线和箭头构成，一般与框格左端连接，视图形的配置，也可与框格右端连接或由框格的侧端直接引出，如图 4-12 所示。

（2）指引线可垂直或倾斜转折，但不得多于两次。

（3）指引线箭头一般垂直于图样上的被测要素，且其方向就是公差带的宽度或直径方向。如对于圆度公差，其公差带为两同心圆，其公差带的方向就是同心圆的直径方向，因而指引线箭头的方向应垂直于回转体的轴线，如图 4-13 所示。

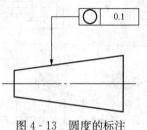

图 4-13　圆度的标注

三、被测要素的标注

（1）当被测要素为轮廓要素时，将箭头置于要素的可见轮廓线或其延长线上，但必须与尺寸线明显地错开，如图 4-14 所示。

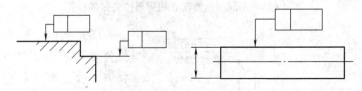

图 4-14　被测要素为轮廓要素的标注

（2）当被测要素为中心要素时，指引线的箭头应与该要素的尺寸线对齐，如图 4-15 所示。

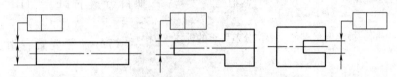

图 4-15　被测要素为中心要素的标注

（3）当被测要素为视图上局部表面时，箭头可置于带点的参考线上，如图 4-16 所示。

（4）若仅要求被测要素某一部分的公差值，可用粗点画线表示其范围，并加注尺寸，如图 4-17 所示。

（5）当几个被测要素有相同形位公差要求时，可从框格引出的指引线上绘制出多个指示箭头，分别指向各被测要素，如图 4-18（a）、（b）、（c）所示，也可如图 4-18（d）所示，用符号进行标注。当用同一公差带控制几个被测要素时，应在框格上注明"共面"或"共线"，如图 4 - 18（e）、（f）所示。

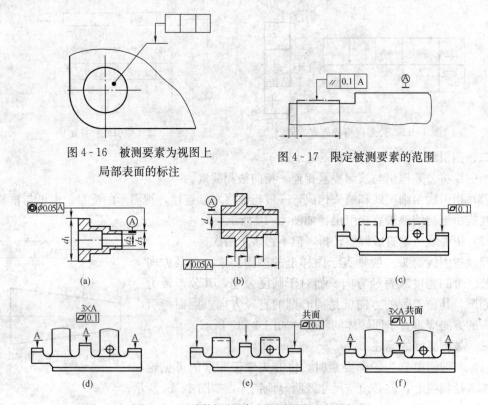

图 4 - 16　被测要素为视图上
　　　　　局部表面的标注　　　　　图 4 - 17　限定被测要素的范围

图 4 - 18　不同被测要素有相同形位公差的标注

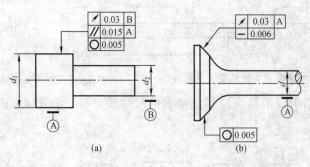

图 4 - 19　当同一被测要素有多项形位公差要求的标注

（6）当同一被测要素有多项形位公差要求且测量方向相同时，可将一个公差框格放在另一个框格的下方，用同一指引线指向被测要素，如图 4 - 19（a）所示。如测量方向不完全相同，则应将测量方向不同的项目分开标注，如图 4 - 19（b）所示。

（7）被测要素有附加文字说明的标注。

1）对被测要素有数量说明时，附加要求应写在公差框格的上方，如图 4 - 20 所示。

2）对被测要素有解释性说明（包括对测量方法的要求）时，附加要求应写在公差框格的下方，如图 4 - 21 所示。

（8）延伸公差带的标注。延伸公差带就是根据零件的功能要求及装配互换性，把位置度公差带延伸到被测要素的界限之外，通常是延伸到相配光孔之内，如图 4 - 22 和图 4 - 23 所示。延伸公差带用符号Ⓟ表示，并在图样中注出其延伸范围。

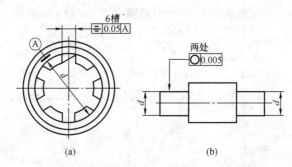

图 4-20 附加要求为数量说明的标注

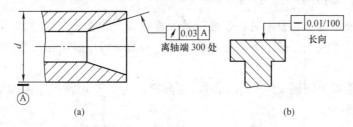

图 4-21 附加要求为解释说明的标注

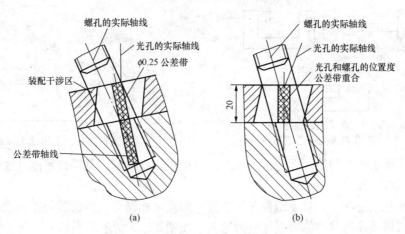

图 4-22 延伸公差带

　　如图 4-22（a）所示，当光孔和螺孔实际轴线产生较大倾斜时，虽然螺孔的轴线仍在公差带的范围内，但由于光孔的轴线倾斜方向太大，此时螺杆就不能通过光孔实现装配。为了保证实现自由装配，可在不减小螺孔公差值的前提下，将其公差带延伸到光孔，见图4-22（b）。

四、基准要素的标注

　　对被测工件提出位置公差要求时，在图样上必须标明基准。基准符号由粗的短横线、圆圈、连线和基准代号组成，如图 4-24 所示。无论基准符号在图样中的方向如何，圆圈内的字母均应水平书写。

　　（1）当基准要素为轮廓要素时，基准符号应置于该要素

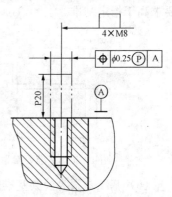

图 4-23 延伸公差带的标注

的轮廓线或其延长线，且应与轮廓的尺寸线明显错开，如图4-25所示。

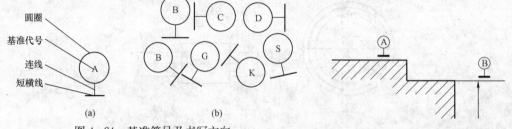

图 4-24　基准符号及书写方向
(a) 基准符号；(b) 书写方向

图 4-25　基准要素为轮廓要素的标注

（2）当基准要素为中心要素时，基准符号的连线应与该要素的尺寸线对齐，如图 4-26 (a) 所示；如果尺寸线上安排不下两个箭头，其另一箭头可用短横线代替，如图 4-26 (b)、(c) 所示。

（3）当基准要素为视图上局部表面时，基准符号可置于用圆点指向实际表面的参考线上，如图 4-27 所示。

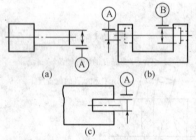

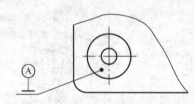

图 4-26　基准要素为中心要素的标注　　　图 4-27　基准要素为视图上局部表面的标注

（4）如仅要求要素的某一部分作为基准，可用粗点画线画出其局部范围并加注必要的尺寸，如图 4-28 所示。

（5）任选基准的标注：对于结构上无法区分的两个相同要素的位置公差，常常标注任选基准。此时，将基准符号中的短横线改为箭头。如图 4-29 所示，表示两平面中任一平面作基准时，另一平面的平行度误差不大于 0.02mm。任选基准要求必须将两个要素分别作基准，进行两次检测，并且两次检测结果都符合要求时，该零件方为合格。可见，任选基准的要求高于指定基准。

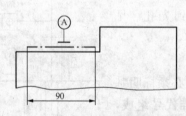

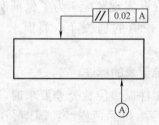

图 4-28　基准要素为局部要素的标注　　　图 4-29　任选基准的标注

（6）基准要素为公共基准时的标注：由两中心轴线组成的公共基准轴线如图 4-30 所示。当基准要素为中心孔时，标注方法如图 4-31 所示，图 4-31 (a) 所示为两中心孔参数不同时的标注，图 4 - 31（b）所示为两中心孔参数相同时的标注。

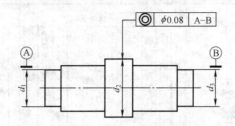

图 4 - 30 以两圆柱的公共轴线为基准的标注

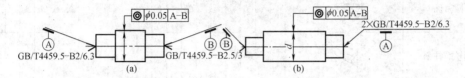

图 4 - 31 以中心孔的公共轴线为基准的标注

第三节 形位误差和形位公差

一、形位公差带

1. 形位公差带的含义

形位公差带用以限制实际要素变动的区域，与尺寸公差带不同。尺寸公差带是用来限制零件实际尺寸大小的，通常是平面上两条直线所限定的区域；而形位公差带是用来限制零件被测要素的实际形状或位置变动的，通常是空间的区域。显然，实际要素只有在形位公差带内，被测要素的实际形状和（或）位置才合格；反之，则不合格。

2. 形位公差带的组成

形位公差带由形状、大小、方向和位置四个要素组成。

（1）形位公差带的形状。根据构成零件要素的几何特征和设计要求，形位公差带的主要形状有 9 种，见表 4 - 4。

表 4 - 4   形位公差带形状及其应用范围

公 差 带		适用被测对象							用于公差特征项目											
构成要素	图 表	球面	任意曲面	圆锥面	圆柱面	平面	圆	任意曲线	直线	点	直线度	平面度	圆度	圆柱度	线轮廓度	面轮廓度	平行度	垂直度	倾斜度	同轴度	对称度	位置度	圆跳动	全跳动
两平行直线									●		▲						▲	▲	▲		▲	▲		
两等距曲线								●							▲									
两同心圆		●		●	●		●						▲											▲
一个圆								●													▲		▲	

续表

公差带		适用被测对象									用于公差特征项目														
构成要素	图表	球面	任意曲面	圆锥面	圆柱面	平面	圆	任意曲线	直线	点	直线度	平面度	圆度	圆柱度	线轮廓度	面轮廓度	平行度	垂直度	倾斜度	同轴度	对称度	位置度	圆跳动	全跳动
一个球										●													▲	
一个圆柱面									●		▲						▲	▲	▲	▲			▲	
两同轴圆柱面					●															▲				
两平行平面						●			●		▲	▲					▲	▲	▲		▲	▲	▲	
两等距曲面			●													▲								

注　● 表示与形位公差带形状相适应的被测要素。

　　▲ 表示与形位公差带形状相适应的公差特征项目。

（2）形位公差带的大小。给定的公差值的大小，主要用以体现形位精度要求的高低，通常指形位公差带的宽度或直径。若公差带的形状为圆形或圆柱形，则在公差值前加注 ϕ；若公差带的形状为球形，则在公差值前加注 $S\phi$。

（3）形位公差带的方向。组成公差带的几何要素的延伸方向，可分为理论方向和实际方向两种情况。形位公差带的理论方向应与图样上形位公差代号的指引线箭头方向垂直，如图 4-32（a）中平面度公差带的方向为水平方向；图 4-33（a）中垂直度公差带的方向为铅垂方向。形位公差带的实际方向，就形状公差带而言，是由最小条件决定的，如图 4-32（b）所示；就位置公差带而言，其实际方向应与基准的理想要素保持应有的关系，如图 4-33（b）所示，垂直度公差带的实际方向必须垂直于基准。

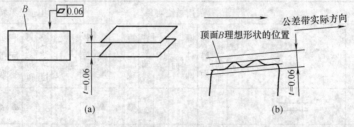

图 4-32　形位公差带方向

（a）理论方向；（b）实际方向

（4）形位公差带的位置。形位公差带的位置分浮动和固定两种。所谓浮动是指形位公差带在尺寸公差带内，随零件实际尺寸的不同而变动，其实际位置与实际尺寸有关。如图 4-34所示，根据被测表面的不同实际位置，其平行度公差带的位置也不同。所谓固定是指

形位公差带的位置是由图样上给定的基准和理
论正确尺寸确定，与零件的实际尺寸无关。如
图 4-35 所示的同轴度，其公差带为一圆柱面内
的区域，而且该圆柱面的轴线应和基准在一条
直线上，因而其位置由基准确定，此时的理论
正确尺寸为零。理论正确尺寸是指确定要素的
理论正确位置、轮廓或角度的尺寸，该尺寸不
附带公差。理论正确尺寸除可用以确定被测要
素的理想形状外，还可确定被测要素的理想方
向和理想位置。

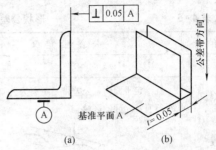

图 4-33　位置公差带方向
(a) 理论方向；(b) 实际方向

　　一般来说，形状公差的公差带位置均是浮动的。位置公差中的同轴度、对称度和位置度
的公差带是固定的，有基准要求的轮廓度的公差带位置也固定。如无特殊要求，其他位置公
差带的位置均是浮动的。

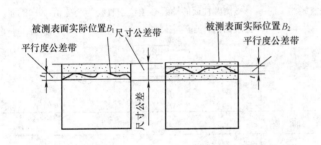

图 4-34　形位公差带位置浮动状态

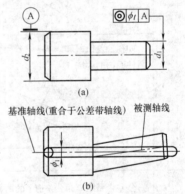

图 4-35　形位公差带位置固定状态

二、形状误差和形状公差

1. 形状误差

单一实际要素对其理想要素在形状上的变动量。理想要素的方向应符合最小条件。最小
条件是指被测实际要素对其理想要素的最大变动
量为最小。图 4-36 中，h_1、h_2 和 h_3 是对应于理
想要素处于不同方向时得到的各个最大变动量，
若 $h_1 < h_2 < h_3 \cdots$，且其中 h_1 最小，则符合最小
条件的理想要素为 $A_1 \sim B_1$。

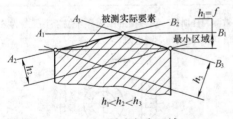

图 4-36　最小包容区域

　　包容被测实际要素且具有最小宽度或直径的
区域称为"最小包容区域"，简称最小区域，而最
小区域的宽度或直径值即为实际要素的形状误差。

2. 形状公差

单一实际要素的形状所允许的变动全量。

形状公差有直线度、平面度、圆度、圆柱度及无基准情况下的线轮廓度和面轮廓度 6
项。其标注示例及公差带说明见表 4-5。

表 4 - 5　　　　　　　　　形状公差和轮廓度公差标注示例　　　　　　　mm

符　号	公　差　带　定　义	标　注　和　解　释
	直　线　度　公　差	
	在给定平面内，公差带是距离为公差值 t 的两平行直线之间的区域	被测表面的素线必须位于平行于图样所示投影面且距离为公差值 0.1 的两平行直线内 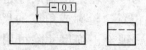
 — 	在给定方向上公差带是距离为公差值 t 的两平行平面之间的区域	被测圆柱面的任一素线必须位于距离为公差值 0.1 的两平行平面之内 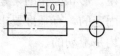
	如在公差值前加注 φ，则公差带是直径为 t 的圆柱面内的区域 	被测圆柱面的轴线必须位于直径为公差值 φ0.08 的圆柱面内 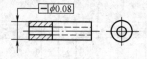
	平　面　度　公　差	
	公差带是距离为公差值 t 的两平行平面之间的区域 	被测表面必须位于距离为公差值 0.08 的两平行平面内 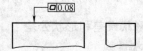
	圆　度　公　差	
	公差带是在同一正截面上，半径差为公差值 t 的两同心圆之间的区域	被测圆柱面任一正截面的圆周必须位于半径差为公差值 0.03 的两同心圆之间 被测圆锥面任一正截面上的圆周必须位于半径差为公差值 0.1 的两同心圆之间 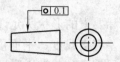

符 号	公 差 带 定 义	标 注 和 解 释
圆 柱 度 公 差		
	公差带是半径差为公差值 t 的两同轴圆柱面之间的区域	被测圆柱面必须位于半径差为公差值 0.1 的两同轴圆柱面之间
线 轮 廓 度 公 差		
	公差带是包络一系列直径为公差值 t 的圆的两包络线之间的区域。诸圆的圆心位于具有理论正确几何形状的线上。 无基准要求的线轮廓度公差见图（a），有基准要求的线轮廓度公差见图（b）	在平行于图样所示投影面的任一截面上，被测轮廓线必须位于包络一系列直径为公差值 0.04 且圆心位于具有理论正确几何形状的线上的两包络线之间 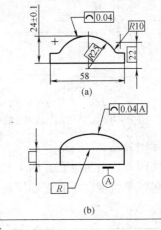
面 轮 廓 度 公 差		
	公差带是包络一系列直径为公差值 t 的球的两包络面之间的区域，诸球的球心应位于具有理论正确几何形状的面上。 无基准要求的面轮廓度公差见图（a）；有基准要求的面轮廓度公差见图（b）	被测轮廓面必须位于包络一系列球的两包络面之间，诸球的直径为公差值 0.02，且球心位于具有理论正确几何形状的面上的两包络面之间 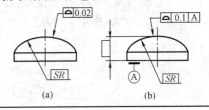

形状公差带是单一实际被测要素形状允许变动的区域，不涉及基准，其公差带没有方向和位置的约束，随实际要素的方位而改变。

三、位置误差和位置公差

构成零件的几何要素中，有些要素对其他要素（基准）有方向或位置的要求，如面对面的平行、轴线间的同轴度要求等。为了限制关联实际要素对基准的方位误差即位置误差，规定了位置公差。

位置公差是指关联实际要素的位置对基准所允许的变动全量。根据关联要素对基准的功能要求，位置公差分为定向公差、定位公差和跳动公差三类。

1. 定向误差和定向公差

（1）定向误差。

关联实际要素对一具有确定方向的理想要素的变动量，理想要素的方向由基准确定。定向误差值用定向最小包容区域（简称定向最小区域）的宽度或直径表示。定向最小区域是指按理想要素的方向来包容被测实际要素，且具有最小宽度或直径的区域。图 4 - 37 所示分别为线对线及面对面的平行度误差的定向最小区域。

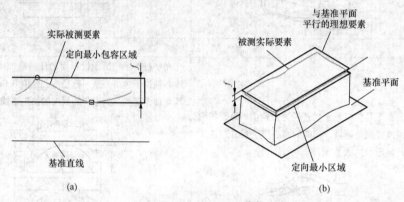

图 4 - 37　定向最小包容区域
（a）线对线的平行度误差；（b）面对面的平行度误差

（2）定向公差。

关联实际要素对基准在方向上允许的变动全量，用于控制被测实际要素对基准在方向上的变动。包括平行度、垂直度和倾斜度 3 项。其标注示例及公差带说明见表 4 - 6。

表 4 - 6　　　　　　　　　　　　定 向 公 差 标 注 系 列　　　　　　　　　　　　mm

符　号	公 差 带 定 义	标 注 和 解 释
	平 行 度 公 差	
	线对线平行度公差	
//	公差带是两对互相垂直的距离分别为 t_1 和 t_2 且平行于基准线的两平行平面之间的区域	被测轴线必须位于距离分别为公差值0.2 和0.1，在给定的互相垂直方向上且平行于基准轴线的两组平行平面之间

符 号	公 差 带 定 义	标 注 和 解 释

平 行 度 公 差

线对线平行度公差

	如在公差值前加注 ϕ，公差带是直径为公差值 t 且平行于基准线的圆柱面内的区域	被测轴线必须位于直径为公差值 0.03 且平行于基准轴线的圆柱面内

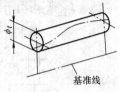

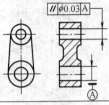

线对面平行度公差

公差带是距离为公差值 t 且平行于基准平面的两平行平面之间的区域

被测轴线必须位于距离为公差值 0.01 且平行于基准表面 B（基准平面）的两平行平面之间

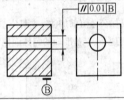

面对线平行度公差

公差带是距离为公差值 t 且平行于基准线的两平行平面之间的区域

被测表面必须位于距离为公差值 0.1 且平行于基准线 C（基准轴线）的两平行平面之间

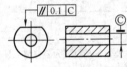

面对面平行度公差

公差带是距离为公差值 t 且平行于基准面的两平行平面之间的区域

被测表面必须位于距离为公差值 0.01 且平行于基准表面 D（基准平面）的两平行平面之间（被测表面与基准平面为任选基准）

符号 //

垂 直 度 公 差

线对线垂直度公差

公差带是距离为公差值 t 且垂直于基准线的两平行平面之间的区域

被测轴线必须位于距离为公差值 0.06 且垂直于基准线 A（基准轴线）的两平行平面之间

符号 ⊥

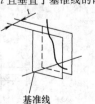

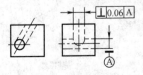

续表

符　号	公　差　带　定　义	标　注　和　解　释

垂 直 度 公 差

线对面垂直度公差

在给定方向上，公差带是距离为公差值 t 且垂直于基准面的两平行平面之间的区域

基准平面

在给定方向上被测轴线必须位于距离为公差值 0.1 且垂直于基准表面 A 的两平行平面之间

⊥ 0.1 A

Ⓐ

如公差值前加注 ϕ，则公差带是直径为公差值 t 且垂直于基准面的圆柱面内的区域

ϕt

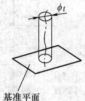

基准平面

被测轴线必须位于直径为公差值 $\phi 0.01$ 且垂直于基准面 A（基准平面）的圆柱面内

⊥ ϕ 001 A

Ⓐ

面对面垂直度公差（面对线垂直度公差略）

公差带是距离为公差值 t 且垂直于基准面的两平行平面之间的区域

基准平面

被测面必须位于距离为公差值 0.08 且垂直于基准平面 A 的两平行平面之间

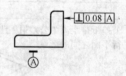

⊥ 0.08 A

Ⓐ

倾 斜 度 公 差

线对线倾斜度公差

被测线和基准线在同一平面内：公差带是距离为公差值 t 且与基准线成一给定角度的两平行平面之间的区域

α

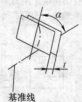

基准线

被测轴线必须位于距离为公差值 0.08 且与 A－B 公共基准线成一理论正确角度 60° 的两平行平面之间

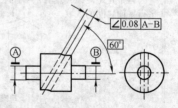

∠ 0.08 A－B

Ⓐ　　　　Ⓑ　60°

续表

符 号	公 差 带 定 义	标 注 和 解 释
倾 斜 度 公 差		

<table>
<tr><td colspan="3" align="center">线对面倾斜度公差</td></tr>
</table>

	公差带是距离为公差值 t 且与基准成一给定角度的两平行平面之间的区域 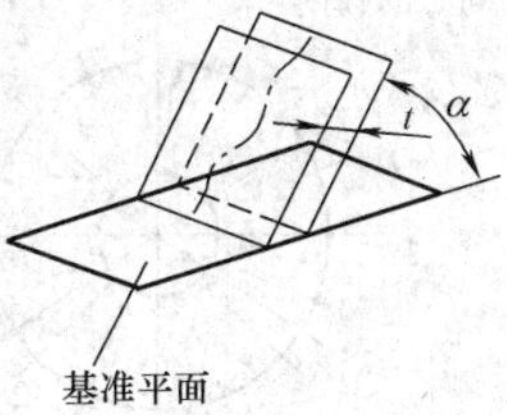	被测轴线必须位于距离为公差值 0.08 且与基准面 A（基准平面）成理论正确角度 60°的两平行平面之间 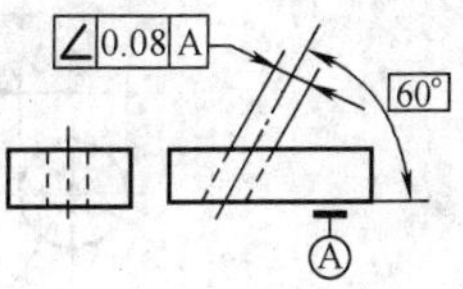

基准平面

$\angle$ 0.08 A 60° A

面对面倾斜度公差（面对线倾斜度公差略）

	公差带是距离为公差值 t 且与基准面成一给定角度的两平行平面之间的区域 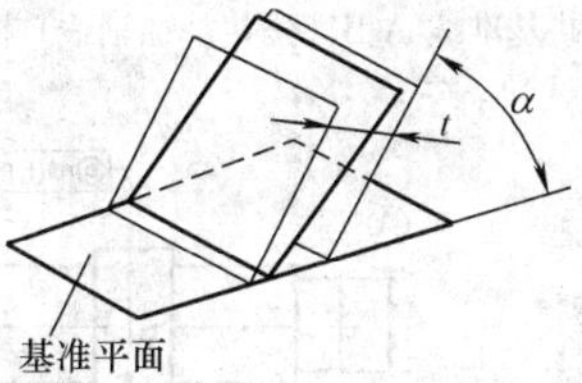	被测表面必须位于距离为公差值 0.08 且与基准面 A（基准平面）成理论正确角度 40°的两平行平面之间 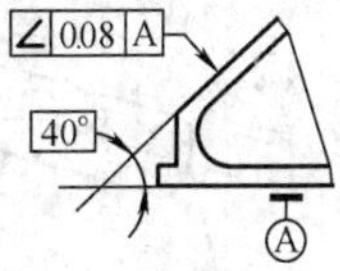

基准平面

$\angle$ 008 A 40° A

定向公差带的方向是固定的，由基准确定（与基准平行或垂直或成一理论正确角度），而其位置在尺寸公差带内浮动，可随实际要素的变动而变动。

2. 定位误差和定位公差

（1）定位误差。

关联实际要素对一具有确定位置的理想要素的变动量，理想要素的位置由基准和理论正确尺寸确定。定位误差值用定位最小包容区域（简称定位最小区域）的宽度或直径表示。定位最小区域是指按理想要素的位置包容被测实际要素，且具有最小宽度或直径的区域。图4-38所示为同轴度误差的定位最小区域。

（2）定位公差。

关联实际要素对基准在位置上允许的变动全量，用于控制定位误差。定位公差包括同轴度、对称度和位置度3项。各项目的标注示例及公差带说明见表4-7。

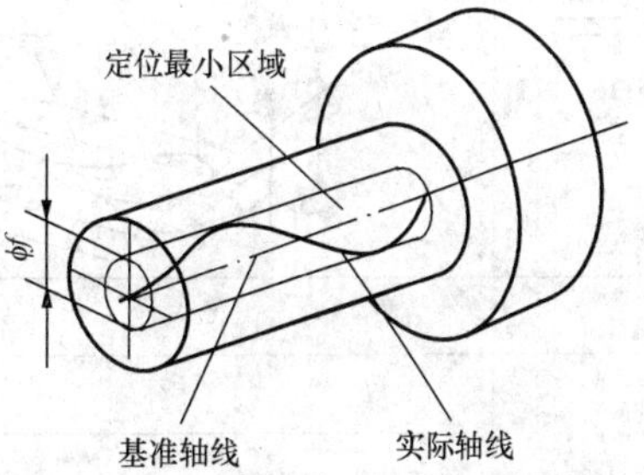

图 4-38 同轴度误差的定位最小区域

各项定位公差项目的公差带位置是固定的，由基准和理论正确尺寸确定；且公差带相对于理想被测要素的位置呈线性或圆周对称分布。

同时，定位公差带既可以控制被测要素的位置误差，还可以同时控制被测要素的形状误差及其对基准在某方向上的定向误差。因而，在对同一被测要素同时给出形状、定向和定位公差时，各公差值应满足 $t_{形状} < t_{定向} < t_{定位}$ 。

表 4 - 7　　　　　　　　定 位 公 差 标 注 系 列　　　　　　　　　　mm

符　号	公 差 带 定 义	标 注 和 解 释
	同轴度公差	
	点的同心度公差	
（◎）左侧	公差带是直径为公差值 ϕt 且与基准圆心同心的圆内的区域 基准点	外圆的圆心必须位于直径为公差值 $\phi 0.01$ 且与基准圆心同心的圆内 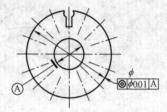
	轴线的同轴度公差	
	公差带是直径为公差值 ϕt 的圆柱面内的区域，该圆柱面的轴线与基准轴线同轴 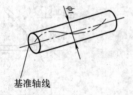基准轴线	大圆柱面的轴线必须位于直径为公差值 $\phi 0.08$ 且与公共基准线 A-B（公共基准轴线）同轴的圆柱面内 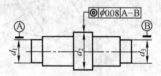
	对称度公差	
	中心平面的对称度公差	
=	公差带是距离为公差值 t 且相对基准的中心平面对称配置的两平行平面之间的区域 基准平面 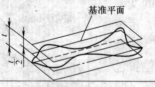	被测中心平面必须位于距离为公差值 0.08 且相对于公共基准中心平面 A—B 对称配置的两平行平面之间 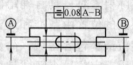
	位置度公差	
	点的位置度公差	
⊕	如公差值前加注 ϕ，公差带是直径为公差值 t 的圆内的区域。圆公差带的中心点的位置由相对于基准 A 和 B 的理论正确尺寸确定 B基准　ϕt　68　100　A基准	两个中心线的交点必须位于直径为公差值 0.3 的圆内，该圆的圆心位于由相对基准 A 和 B（基准直线）的理论正确尺寸所确定的点的理想位置上 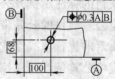

符 号	公 差 带 定 义	标 注 和 解 释
	位置度公差	

点的位置度公差

如公差值前加注 $S\phi$，公差带是直径为公差值 t 的球内的区域。球公差带的中心点的位置由相对于基准 A、B 和 C 的理论正确尺寸确定 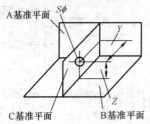	被测球的球心必须位于直径为公差值 0.3 的球内。该球的球心位于由相对基准 A、B、C 的理论正确尺寸所确定的理想位置上 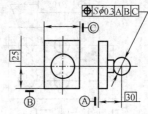

线的位置度公差

公差带是距离为公差值 t 且以线的理想位置为中心线对称配置的两平行直线之间的区域。中心线的位置由相对于基准 A 的理论正确尺寸确定，此位置度公差仅给定一个方向 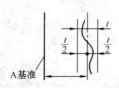	每根刻线的中心线必须位于距离为公差值 0.05 且由相对于基准 A 的理论正确尺寸所确定的理想位置对称的诸两平行直线之间 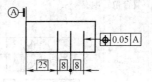

孔组位置度公差

用理论正确尺寸定位 　当采用任意方向上位置度公差时，其公差带是以轴线的理想位置为轴线，直径为公差值 t 的圆柱面内的区域 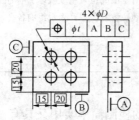	这种定位方式的特点是孔组对基准的位置度精度高，组内各孔相互之间的位置精度要求由位置度公差保证 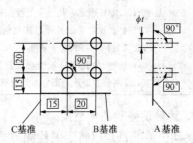

符号栏：$\bigoplus$

续表

符　号	公　差　带　定　义	标注和解释
	位置度公差	

孔 组 位 置 度 公 差

用尺寸公差定位

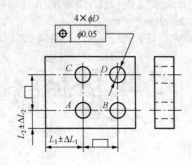

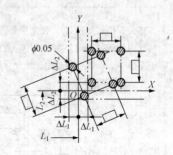

对各孔实际轴线的位置精度要求如下：

（1）A、B、C 三孔轴线受尺寸公差带控制。A 孔实际轴线必须在 $2\Delta L_1 \times 2\Delta L_2$ 长方形公差带内，B 孔实际轴线在 Y 方向上，必须在 $\pm\Delta L_2$ 公差带内，C 孔实际轴线在 X 方向上，必须在 $\pm\Delta L_1$ 公差带内

（2）四孔轴线还受位置度公差带控制，故 A、B、C 三孔实际轴线必须位于两公差重叠部分，D 孔实际轴线落在位置度公差带内方为合格

（3）孔组几何图框可相对于两基准平面浮动，不受尺寸公差带限制

复合位置度

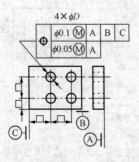

公差标注的含义如下：

（1）4 个 $\phi0.1$ 的公差带，其几何图框相对于基准 A、B、C 确定，其位置是惟一和确定的

（2）4 个 $\phi0.05$ 公差带，其几何图框仅相对于基准 A 定向，可相对于基准 B、C 浮动

（3）4 个 ϕD 孔实际轴线必须分别位于 $\phi0.1$ 和 $\phi0.05$ 两公差带重叠部分方为合格

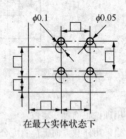

在最大实体状态下

复合位置度就是由两个位置度公差联合控制孔组各孔实际轴线的位置。上框格为孔组定位公差，表示孔组对基准的位置精度要求；标注的下框格为组内各孔轴线位置度公差，表示组内各孔轴线的位置精度要求

3. 跳动误差和跳动公差

跳动公差项目是以特定的检测方式规定的。它的检测简单实用又具有一定的综合控制能力，因而在生产中得到广泛应用。根据测量时测头与被测表面是否做相对直线运动，跳动公

差分为圆跳动和全跳动。

（1）圆跳动误差及圆跳动公差。

圆跳动误差：被测实际要素（圆锥面或圆柱面）绕基准轴线无轴向移动地回转一周的过程中，由位置固定的指示表在给定方向上测得的最大读数与最小读数之差。

圆跳动公差：被测实际要素绕基准轴线无轴向移动地回转一周时，由位置固定的指示表在任意测量面内所允许的最大跳动量。

根据测量方向与基准轴线的不同位置，圆跳动公差分为径向圆跳动、端面圆跳动和斜向圆跳动。其标注示例及公差带说明见表4-8。

表 4-8 　　　　　　　　　　圆跳动公差标注系列

符　号	公差带定义	标注和解释
	径向圆跳动公差	
	公差带是在垂直于基准轴线的任一测量平面内、半径差为公差值 t 且圆心在基准轴线上的两同心圆之间的区域 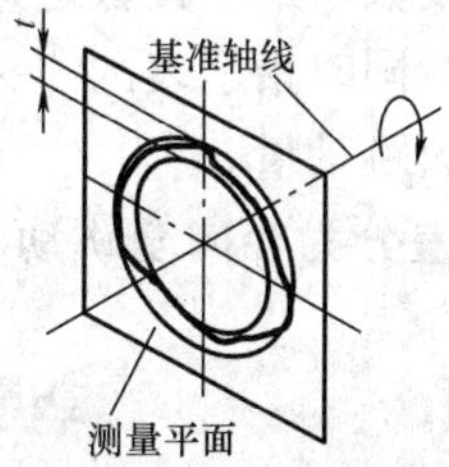 基准轴线 测量平面 跳动通常是围绕轴线旋转一整周，也可对部分圆周进行限制	当被测要素围绕基准线 A（基准轴线）并同时受基准表面 B（基准平面）的约束旋转一周时，在任一测量平面内的径向圆跳动量均不得大于 0.1 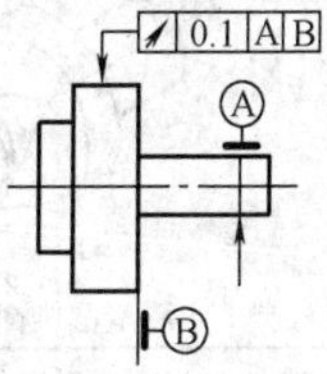 ⌒ 0.1 A B Ⓐ　Ⓑ 被测要素绕基准线 A（基准轴线）旋转一个给定的部分圆周时，在任一测量平面内的径向圆跳动量均不得大于 0.2 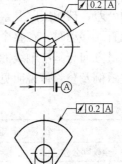 ⌒ 0.2 A Ⓐ ⌒ 0.2 A Ⓐ 当被测要素围绕公共基准线 A—B（公共基准轴线）旋转一周时，在任一测量平面内的径向圆跳动量均不得大于 0.1 ⌒ 0.1 A—B 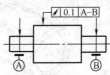 Ⓐ　Ⓑ

续表

符　号	公差带定义	标注和解释
	端面圆跳动公差	
	公差带是在与基准同轴的任一半径位置的测量圆柱面上距离为 t 的两圆之间的区域	被测面围绕基准线 D（基准轴线）旋转一周时，在任一测量圆柱面内轴向的跳动量均不得大于 0.1
	斜向圆跳动公差	
	公差带是在与基准同轴的任一测量圆锥面上距离为 t 的两圆之间的区域 除另有规定，其测量方向应与被测面垂直	被测面绕基准线 C（基准轴线）旋转一周时，在任一测量圆锥面上的跳动量均不得大于 0.1

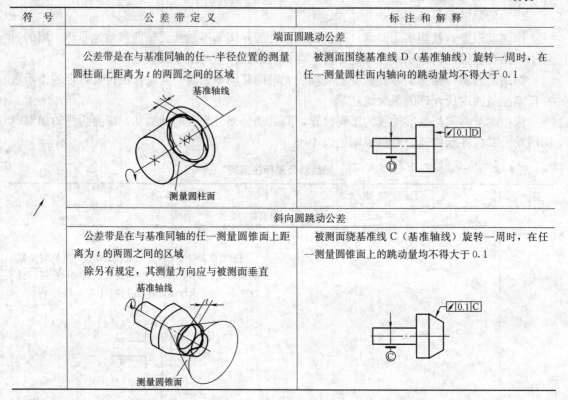

（2）全跳动误差及全跳动公差。

全跳动误差：被测实际要素（圆柱面或圆端面）绕基准轴线无轴向移动地连续旋转，同时指示表沿指定方向的素线连续移动，指示表的最大读数与最小读数之差。

全跳动公差：被测实际要素绕基准轴线连续旋转，同时指示表的测头相对于被测表面在给定方向上直线移动时，在整个测量面上所允许的最大跳动量。

根据测量方向与基准轴线的不同位置，全跳动公差分为径向全跳动和端面全跳动两种。相应的标注示例及公差带说明见表 4 - 9。

表 4 - 9　　　　　　　　　　　全跳动公差标注示例　　　　　　　　　mm

符　号	公差带定义	标注和解释
	全跳动公差	
	径向全跳动公差	
	公差带是半径差为公差值 t 且与基准同轴的两圆柱面之间的区域	被测要素围绕公共基准线 A—B 作若干次旋转，并在测量仪器与工件间同时作轴向的相对移动时，被测要素上各点间的示值差均不得大于 0.1。测量仪器或工件必须沿着基准轴线方向并相对于公共基准轴线 A—B 移动。

续表

符　号	公差带定义	标注和解释
	全跳动公差	
	端面全跳动公差	
	公差带是距离为公差值 t 且与基准垂直的两平行平面之间的区域 基准轴线	被测要素围绕基准轴线 D 作若干次旋转，并在测量仪器与工件间作径向相对移动时，在被测要素上各点间的示值差均不得大于 0.1。测量仪器或工件必须沿着轮廓具有理想正确形状的线和相对于基准轴线 D 的正确方向移动 ↙ 0.1 D D

四、形位公差值的规定

按《形位公差》标准的规定，当零件所要求的形位公差值用一般机床就能保证时，则不必在图纸上标注，按 GB/T 1184—1996《形状和位置公差　未注公差值》中的规定确定其公差值，且在生产中一般也不需要检查。当要求要素的公差值小于未注公差值时，应在图纸上注出。

国家标准规定，形位精度的高低用公差等级大小来表示。对 14 项形位公差特征，除线、面轮廓度及位置度外，其余项目均规定了公差等级。一般分为 1～12 级，1 级精度最高，12 级精度最低；为了适应精密零件的需要，对圆度、圆柱度划分为 13 级，增加了一个 0 级。各项目的形位公差值见表 4-10～表 4-14。

表 4-10　　　　　　　　　　　　　直线度、平面度

主参数 L(mm)	公差等级											
	1	2	3	4	5	6	7	8	9	10	11	12
	公差值（μm）											
>63～100	0.6	1.2	2.5	4	6	10	15	25	40	60	100	200
>100～160	0.8	1.5	3	5	8	12	20	30	50	80	120	250
>160～250	1	2	4	6	10	15	25	40	60	100	150	300
>250～400	1.2	2.5	5	8	12	20	30	50	80	120	200	400
>400～630	1.5	3	6	10	15	25	40	60	100	150	250	500
>630～1000	2	4	8	12	20	30	50	80	120	200	300	600

表 4-11　　　　　　　　　　　　　圆度、圆柱度

主参数 $d(D)$(mm)	公差等级												
	0	1	2	3	4	5	6	7	8	9	10	11	12
	公差值（μm）												
>18～30	0.2	0.3	0.6	1	1.5	2.5	3	6	9	13	21	33	52
>30～50	0.25	0.4	0.6	1	1.5	2.5	4	7	11	16	25	39	62
>50～80	0.3	0.5	0.8	1.2	2	3	5	8	13	19	30	46	74
>80～120	0.4	0.6	1	1.5	2.5	4	6	11	15	22	35	54	87
>120～180	0.6	1	1.2	2	3.5	5	8	12	18	25	40	63	100

表 4 - 12　　　　　　　　　　　　　平行度、垂直度、倾斜度

主参数 L、$d(D)$ (mm)	公差等级											
	1	2	3	4	5	6	7	8	9	10	11	12
	公差值 (μm)											
>63～100	1.2	2.5	5	10	15	25	40	60	100	150	250	400
>100～160	1.5	3	6	12	20	30	50	80	120	200	300	500
>160～250	2	4	8	15	25	40	60	100	150	250	400	600
>250～400	2.5	5	10	20	30	50	80	120	200	300	500	800
>400～630	3	6	12	25	40	60	100	150	250	400	600	1000
>630～1000	4	8	15	30	50	80	120	200	300	500	800	1200

表 4 - 13　　　　　　　　　　同轴度、对称度、圆跳动、全跳动

主参数 $d(D)$、B、L (mm)	公差等级											
	1	2	3	4	5	6	7	8	9	10	11	12
	公差值 (μm)											
>10～18	0.8	1.2	2	3	5	8	12	20	40	80	120	250
>18～30	1	1.5	2.5	4	6	10	15	25	50	100	150	300
>30～50	1.2	2	3	5	8	12	20	30	60	120	200	400
>50～120	1.5	2.5	4	6	10	15	25	40	80	150	250	500
>120～260	2	3	5	8	12	20	30	50	100	200	300	600
>260～500	2.5	4	6	10	15	25	40	60	120	250	400	800

　　位置度常用于控制螺栓或螺钉连接中孔距的位置精度要求，其公差值取决于螺栓与光孔之间的间隙。位置度公差值 T（公差带的直径或宽度）按下式计算：

螺栓连接：　　　　　　　　　　$T \leqslant KZ$

螺钉零件：　　　　　　　　　　$T \leqslant 0.5KZ$

$$Z = D_{\min} - d_{\max}$$

式中　Z——孔与坚固件之间的间隙；

　　　$D_{\min}$——最小孔径（光孔的最小直径）；

　　　$d_{\max}$——最大轴径（螺栓或螺钉的最大直径）；

　　　K——间隙利用系数。

　　推荐值为：不需调整的固定连接，$K=1$；需要调整的固定连接，$K=0.6\sim0.8$。按上式算出的公差值，经圆整后应符合国标推荐的位置系数，见表 4 - 14。

表 4 - 14　　　　　　　　　　　位 置 度 数 系　　　　　　　　　　μm

1	1.2	1.5	2	2.5	3	4	5	6	8
1×10^{3n}	1.2×10^{2n}	1.5×10^{2n}	2×10^{n}	2.5×10^{n}	3×10^{n}	4×10^{n}	5×10^{n}	6×10^{n}	8×10^{n}

注　n 为正整数。

第四节　公 差 原 则

　　在设计零件时，根据使用功能和互换性要求，对零件上重要的几何要素常同时给出尺寸

公差和形位公差。在一般情况下，它们彼此是独立的，应该分别满足各自要求。但由于零件上被测要素的实际形状综合了其尺寸误差和形位误差，因而尺寸公差和形位公差之间又有一定的关系，在一定条件下，两者可以相互补偿。因此，必须研究尺寸公差和形位公差的关系。通常把确定形位公差与尺寸公差之间相互关系的原则称为公差原则。

GB/T 4249—1996《公差原则》规定了形位公差与尺寸公差之间的关系。GB/T 16671—1996《形状和位置公差 最大实体要求、最小实体要求和可逆要求》给出了与公差原则有关的术语及定义、基本规定、图样表示方法及应用示例。

一、基本概念

1. 局部实际尺寸

局部实际尺寸是指在实际要素的任意正截面上，两对应点之间测得的距离。内外表面的局部实际尺寸分别用符号 D_a 和 d_a 表示。图 4-39（a）中的 d_{a1}、d_{a2}、d_{a3}、…表示轴的局部实际尺寸；图 4-39（b）中的 D_{a3}、D_{a2}、D_{a3}、…表示孔的局部实际尺寸。

2. 作用尺寸

（1）体外作用尺寸（external function size）。

在被测要素的给定长度上，与实际内表面

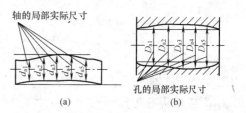

图 4-39 局部实际尺寸

（孔）体外相接的最大理想面或与实际外表面（轴）体外相接的最小理想面的直径或宽度。内表面和外表面的体外作用尺寸分别用符号 D_{fe} 和 d_{fe} 表示。图 4-40（a）中的 D_{fe} 表示孔的体外作用尺寸，图 4-40（b）中的 d_{fe} 表示轴的体外作用尺寸。

对于关联要素，该理想面的轴线或中心平面必须与基准保持图样给定的几何关系。内表面和外表面的关联要素体外作用尺寸分别用 D'_{fe} 和 d'_{fe} 表示。图 4-41（a）中的 d'_{fe} 表示轴的关联要素的体外作用尺寸；图

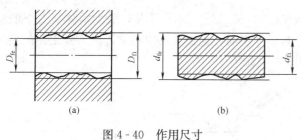

图 4-40 作用尺寸

4-41（b）中的 D'_{fe} 表示孔的关联要素的体外作用尺寸。

体外作用尺寸实际上即为零件装配时起作用的尺寸，是由被测要素的实际尺寸和形状（或位置）误差综合形成的。若零件没有形状误差，则其体外作用尺寸等于实际尺寸；否则，孔的体外作用尺寸小于该孔的最小局部实际尺寸，轴的体外作用尺寸大于该轴的最大局部实际尺寸。

（2）体内作用尺寸（internal function size）。

在被测要素的给定长度上，与实际内表面（孔）体内相接的最小理想面或与实际外表面（轴）体内相接的最大理想面的直径或宽度。内表面和外表面的体内作用尺寸分别用符号 D_{fi} 和 d_{fi} 表示。如图 4-40（a）中的 D_{fi} 表示孔的体内作用尺寸；图 4-40（b）中 d_{fi} 表示轴的体内作用尺寸。

体内作用尺寸实际上是对零件强度起作用的尺寸，也是由被测要素的实际尺寸和形状（或位置）误差综合形成的，孔的体内作用尺寸大于该孔的最大局部实际尺寸，轴的体内作

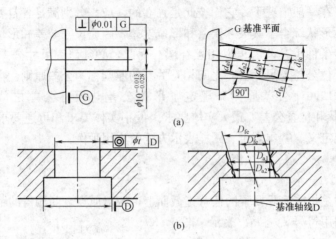

图 4-41　关联要素的体外作用尺寸

(a) 轴的关联要素的体外作用尺寸；(b) 孔的关联要素的体外作用尺寸

用尺寸小于该轴的最小局部实际尺寸。

3. 实体状态及其尺寸

(1) 最大实体状态及其尺寸。

1) 最大实体状态（maximum material condition，MMC）。实际要素在给定长度上处处位于尺寸极限之内并具有实体最大时的状态，即实际要素在极限尺寸范围内具有材料量最多的状态。

2) 最大实体尺寸（maximum material size，MMS）。实际要素在最大实体状态下的极限尺寸。对于内表面，为最小极限尺寸；对于外表面，为最大极限尺寸。内、外表面的最大实体尺寸分别用代号 D_M 和 d_M 表示，如图 4-42 所示。

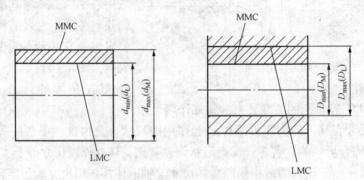

图 4-42　最大实体状态和最大实体尺寸

(2) 最小实体状态及其尺寸。

1) 最小实体状态（least material condition，LMC）。实际要素在给定长度上处处位于尺寸极限之内并具有实体最小时的状态，即实际要素在极限尺寸范围内具有材料量最少的状态。

2) 最小实体尺寸（least material size，LMS）。实际要素在最小实体状态下的极限尺寸。对于内表面，为最大极限尺寸；对于外表面，为最小极限尺寸。内、外表面的最小实体尺寸分别用代号 D_L 和 d_L 表示。

4. 实效状态及其尺寸

（1）最大实体实效状态及其尺寸

1）最大实体实效状态（maximum material virtual condition，MMVC）。在给定长度上，实际要素处于最大实体状态且其中心要素的形状或位置误差等于给出的公差值时的综合极限状态。

2）最大实体实效尺寸（maximum material virtual size，MMVS）。要素在最大实体实效状态下的体外作用尺寸。内、外表面的最大实体实效尺寸分别用符号 D_{MV} 和 d_{MV} 表示。

对于内表面，它为最大实体尺寸减形位公差值（加注符号 Ⓜ 的），即
$$D_{MV} = D_M - t$$
对于外表面，它为最大实体尺寸加形位公差值（加注符号 Ⓜ 的），即
$$d_{MV} = d_M + t$$
上两式中，t 为形位公差值。

如图 4-43 所示，（a）、（b）分别为轴和孔的最大实体实效状态和最大实体实效尺寸示意图。

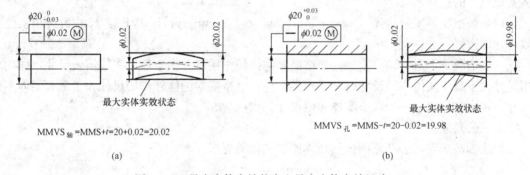

图 4-43　最大实体实效状态和最大实体实效尺寸

（2）最小实体实效状态及其尺寸。

1）最小实体实效状态（least material virtual condition，LMVC）。在给定长度上，实际要素处于最小实体状态且其中心要素的形状（或位置）误差等于给出的公差值时的综合极限状态。

2）最小实体实效尺寸（least material virtual size，LMVS）。要素在最小实体实效状态下的体内作用尺寸。内、外表面的最小实体实效尺寸分别用符号 D_{LV} 和 d_{LV} 表示。

对于内表面，它为最小实体尺寸加形位公差值（加注符号 Ⓛ 的），即
$$D_{LV} = D_L + t$$
对于外表面，它为最小实体尺寸减形位公差值（加注符号 Ⓛ 的），即
$$d_{LV} = d_L - t$$

5. 边界（boundary）

由设计给定的具有理想形状的极限包容面称边界。边界的尺寸为极限包容面的直径或距离。对于内表面（孔），其边界为一个具有理想形状的外表面（轴）；对于外表面（轴），其边界为一个具有理想形状的内表面（孔），如图 4-44 所示。

边界用于综合实际要素的尺寸和形位误差。根据零件的功能和经济性要求，可以给出以

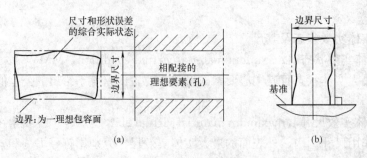

图 4-44 边界

(a) 单一要素的理想边界；(b) 关联要素的理想边界

下边界。

(1) 最大实体边界（maximum material boundary，MMB）：尺寸为最大实体尺寸的边界。

(2) 最小实体边界（least material boundary，LMB）：尺寸为最小实体尺寸的边界。

(3) 最大实体实效边界（maximum material virtual boundary，MMVB）：尺寸为最大实体实效尺寸的边界。

(4) 最小实体实效边界（least material virtual boundary，LMVB）：尺寸为最小实体实效尺寸的边界。

一般情况下，对于轴类零件，合格要素的体外作用尺寸小于最大实体实效尺寸，体内作用尺寸大于最小实体实效尺寸；对于孔类零件，合格要素的体外作用尺寸大于最大实体实效尺寸，体内作用尺寸小于最小实体实效尺寸。

二、公差原则

国家标准规定，公差原则包括独立原则和相关要求。

1. 独立原则（principle of independency）

(1) 独立原则的含义。图样上给定的每一个尺寸和形状、位置公差要求均是独立的，应分别满足要求。这是尺寸公差和形位公差相互关系首先应遵循的基本原则。因为对于绝大多数产品零件，其功能对要素的尺寸公差和形位公差的要求均是独立的。

(2) 独立原则的特点。

1) 尺寸公差仅控制要素的局部实际尺寸，不控制其形位误差。

2) 给出的形位公差为定值，不随要素实际尺寸的变化而变化。

3) 采用独立原则时，在图样上未加注任何符号表示尺寸公差和形位公差的相互关系。

图 4-45 (a) 所示为独立原则的应用示例。图样上注出的尺寸要求为 $\phi150h7$ $\left(\begin{smallmatrix} 0 \\ -0.04 \end{smallmatrix}\right)$，仅限制轴的局部实际尺寸，即不管轴线怎样弯曲，各局部实际尺寸 d_{a1}、d_{a2}、d_{a3}、…只能在 $\phi149.96 \sim \phi150$mm 范围内；同样，不论轴的实际尺寸如何变动，轴线直线度误差都不得超过 $\phi0.02$mm，如图 4-45 (b) 所示。

(3) 独立原则的应用。

1) 对尺寸公差无严格要求，对形位公差有较高要求。例如，对于印刷机的滚筒，重要的是控制其圆柱度误差，以保证印刷时与纸面接触均匀，使图文清晰，而滚筒的直径大小对印刷质量没有影响。故可按独立原则给出圆柱度公差，而尺寸公差按一般公差处理，这样可获得最佳的技术经济效益。

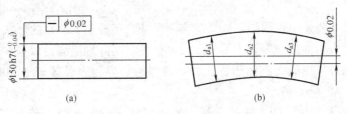

图 4-45 独立原则的应用示例

2）为了保证运动精度要求。例如，当孔和轴配合后有轴向运动精度和回转精度要求时，除了给出孔和轴的直径公差外，还需给出直线度公差以满足轴向运动精度要求，给出圆度（或圆柱度）公差以满足回转精度要求，并且不允许随着孔和轴的实际尺寸变化而使直线度误差和圆度（或圆柱度）误差超过给定的公差值。这时要求尺寸公差和形状公差相互独立，彼此无关，可采用独立原则。

2．相关要求

相关要求是指图样上给定的形位公差与尺寸公差相互有关的公差要求。根据被测实际要素遵守的理想边界不同，相关要求又可分为包容要求、最大实体要求、最小实体要求和可逆要求。

（1）包容要求（envelope requirement）。

1）包容要求的含义。为使实际要素处处位于理想形状的包容面之内的一种公差要求。它表示实际要素应遵守最大实体边界，其局部实际尺寸不得超出最小实体尺寸。包容要求只适用于处理单一要素（如圆柱表面或两平行表面）的尺寸公差与形状公差的相互关系。采用包容要求的单一要素应在其尺寸的极限偏差或公差带代号之后加注符号"Ⓔ"，如图 4-46（a）所示。

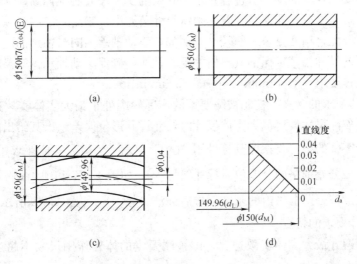

图 4-46 包容要求的应用示例

2）包容要求的特点：①实际要素的体外作用尺寸不得超出最大实体尺寸；②当要素的实际尺寸处处为最大实体尺寸时，不允许有任何形状误差，即形状误差等于零；③当要素的实际尺寸偏离最大实体尺寸时，其偏离量可补偿给形状误差；④要素的局部实际尺寸不得超出最小实体尺寸。

由此可见，尺寸公差不仅限制了要素的实际尺寸，还控制了要素的形状误差。

图 4 - 46（a）表示轴按包容要求给出了尺寸公差。实际轴应满足以下要求：

第一，实际轴必须在最大实体边界之内，该理想边界为直径等于 $\phi150mm$ 的理想圆柱面（孔），如图 4 - 46（b）所示。

第二，当轴的局部实际尺寸处处为最大实体尺寸 $\phi150mm$ 时，轴的直线度误差为零，即该轴必须具有理想形状，如图 4 - 46（b）所示。

第三，当轴的局部实际尺寸处处为最小实体尺寸 $\phi149.96mm$ 时，允许轴具有 $\phi0.04mm$ 的直线度误差，如图 4 - 46（c）所示。

第四，轴的局部实际尺寸必须在 $\phi149.96\sim\phi150mm$ 之间。

表 4 - 10 列出了轴为不同实际尺寸时所允许的形状误差值，与图 4 - 46（d）相对应。

表 4 - 15　　　　　　　　　　　包容要求的实际尺寸与允许的形状误差　　　　　　　　　　mm

实际尺寸	允许的直线度误差	实际尺寸	允许的直线度误差
$\phi150$	$\phi0$	$\phi149.97$	$\phi0.03$
$\phi149.99$	$\phi0.01$	$\phi149.96$	$\phi0.04$
$\phi149.98$	$\phi0.02$		

3）包容要求的应用。

①要求保证配合性质的场合。由于包容要求遵守最大实体边界（MMB），在间隙配合中，能保证预定的最小间隙，确保配合零件运转灵活，延长使用寿命；在过盈配合中，能保证预定的最大过盈，控制过盈量以避免连接材料超过其强度极限而破坏。

②配合精度要求较高的场合。包容要求中要素的实际尺寸必须偏离最大实体尺寸，以确保实际中有一定形状误差，即形状公差必须从尺寸公差中分割出一定的公差值。因而包容要求中的尺寸精度及配合精度要求一般较高。例如，滚动轴承内圈与轴颈的配合，采用包容要求可以提高轴颈的尺寸精度，保证其严格的配合性质，确保滚动轴承运转灵活。

（2）最大实体要求（maximum material requirement）。

1）最大实体要求的含义。控制被测要素的实际轮廓处于最大实体实效边界之内的一种公差要求。当其实际尺寸偏离最大实体尺寸时，允许其形位误差超出其给出的公差值。最大实体要求适用于零件的中心要素，其符号用"Ⓜ"表示。当最大实体要求用于被测要素时，应在被测要素形位公差框格的公差值后标注符号Ⓜ，如图 4 - 47 和图 4 - 48 所示；当用于基准要素时，应在形位公差框格内的基准字母后标注符号Ⓜ，如图 4 - 49 所示。

2）最大实体要求的特点。

①被测要素遵守最大实体实效边界，即被测要素的体外作用尺寸不超过最大实体实效尺寸。

②当被测要素的局部实际尺寸处处均为最大实体尺寸，允许的形位误差为图样上给定的形位公差值。

③当被测要素的实际尺寸偏离最大实体尺寸后，其偏离量可补偿给形位公差，允许的形位误差为图样上给定的形位公差值与偏离量之和。

④实际尺寸必须在最大实体尺寸和最小实体尺寸之间变化。

3）最大实体要求的应用。

①最大实体要求用于被测要素。

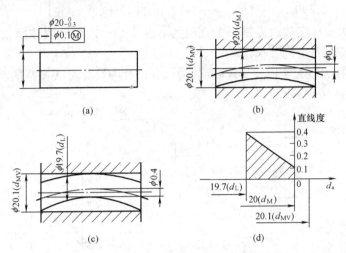

图 4 - 47　最大实体要求应用于单一被测要素

【例 4 - 1】　用于单一被测要素：图 4 - 47（a）表示轴 $\phi20^{\ 0}_{-0.3}$ mm 的轴线直线度公差采用最大实体要求。当被测要素处于最大实体状态时，其轴线直线度公差为 $\phi0.1$ mm，则轴的最大实体实效尺寸为

$$d_{MV} = d_M + t = 20 + 0.1 = 20.1\text{mm}$$

由最大实体实效尺寸 d_{MV} 可确定其最大实体实效边界，该边界是一个直径为 $\phi20.1$ mm 的理想圆柱面（孔），如图 4 - 47（b）所示。根据被测要素遵守的最大实体实效边界，该轴应满足下列要求：

a. 当轴的直径均为最大实体尺寸 $\phi20$ mm 时，允许的轴线直线度误差为给定的公差值 $\phi0.1$ mm，如图 4 - 47（b）所示。

b. 当轴的直径偏离最大实体尺寸均为 $\phi19.9$ mm 时，其偏离量 0.1mm 可补偿给直线度公差，允许的轴线直线度误差为 $\phi0.2$ mm（给定的公差值 $\phi0.1$ mm 与偏离量 0.1mm 之和）。

c. 当轴的直径均为最小实体尺寸 $\phi19.7$ mm 时，偏离量达到最大值（等于尺寸公差 0.3mm），这时允许的轴线直线度误差为给定的直线度公差 $\phi0.1$ mm 与偏离量 0.3mm 之和，即 $\phi0.40$ mm，如图 4 - 47（c）所示。

d. 实际尺寸必须在 $\phi19.7 \sim \phi20$ mm 之间变化。

表 4 - 16 列出了轴为不同实际尺寸时允许的形位误差值，与图 4 - 47（d）的数值相对应。

表 4 - 16　　　　　　单一被测要素的实际尺寸及允许的形位误差　　　　　　mm

实际尺寸	允许的直线度误差	实际尺寸	允许的直线度误差
$\phi20$	$\phi0.1$	$\phi19.8$	$\phi0.3$
$\phi19.9$	$\phi0.2$	$\phi19.7$	$\phi0.4$

【**例 4 - 2**】　　用于关联被测要素：图 4 - 48 所示孔 $\phi 50^{+0.13}_{0}$ mm 的轴线对 A 基准的垂直度公差：用最大实体要求。当被测要素处于最大实体状态时，其轴线对 A 基准的垂直度公差为 $\phi 0.08$ mm，则孔的最大实体实效尺寸为

$$D_{MV} = D_M - t = 50 - 0.08 = 49.92 \text{(mm)}$$

孔遵守的最大实体实效边界是一个直径为 $\phi 49.92$ mm 的理想圆柱面（轴），如图 4 - 48（b）所示，该孔应满足下列要求：

a. 当孔的直径为最大实体尺寸 $\phi 50$ mm 时，允许孔的轴线对 A 基准的垂直度误差为图样上给定的公差值 $\phi 0.08$ mm，如图 4 - 48（b）所示。

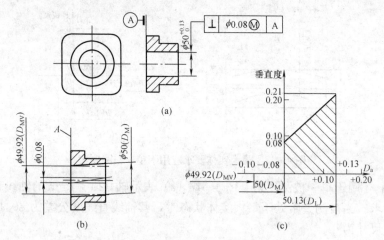

图 4 - 48　最大实体要求应用于关联被测要素

b. 当孔的直径均为最小实体尺寸 $\phi 50.13$ mm 时，允许的轴线垂直度误差达到最大值，即图样上给定的垂直度公差 $\phi 0.08$ mm 与尺寸公差 0.13 mm 之和 $\phi 0.21$ mm，如图 4 - 48（c）所示。

c. 实际尺寸必须在 $\phi 50 \sim \phi 50.13$ mm 之间变化。

表 4 - 17 列出了孔为不同实际尺寸时所允许的形位误差值，与图 4 - 48（c）数据相对应。

表 4 - 17　　　　　　　　**关联被测要素的实际尺寸及允许的形位误差**　　　　　　　　mm

实际尺寸	允许的垂直度误差	实际尺寸	允许的垂直度误差
$\phi 50$	$\phi 0.08$	$\phi 50.02$	$\phi 0.10$
$\phi 50.01$	$\phi 0.09$	$\phi 50.13$	$\phi 0.21$

②最大实体要求应用于基准要素。

【**例 4 - 3**】　　图 4 - 49（a）表示最大实体要求应用于轴 $\phi 12^{0}_{-0.05}$ mm 的轴线对轴 $\phi 25^{0}_{-0.05}$ mm 轴线的同轴度公差，并同时应用于基准要素。当被测要素处于最大实体状态，且基准 A 的实际轮廓处于最大实体边界时，其轴线对 A 基准的同轴度公差为 $\phi 0.04$ mm，如图 4 - 49（b）所示，则轴的最大实体实效尺寸为

$$d_{MV} = d_M + t = 12 + 0.04 = 12.04 \text{mm}$$

由最大实体实效尺寸 d_{MV} 可确定其最大实体实效边界是一个直径为 $\phi 12.04$ mm 的理想圆柱面孔，如图 4 - 49（b）所示。该轴应满足下列要求：

a. 当轴的直径均为最大实体尺寸 $\phi12$mm 时，允许的同轴度误差为 $\phi0.04$mm。

b. 当轴的直径偏离最大实体尺寸时，同轴度误差允许值增大。当被测要素处于最小实体尺寸时，其轴线对 A 基准的同轴度误差达到最大值，等于图样上给定的同轴度公差 $\phi0.04$mm 与轴的尺寸公差 0.05mm 之和 $\phi0.09$mm，如图 4-49（c）所示。

c. 当 A 基准的实际轮廓处于最大实体边界上，即其体外作用尺寸等于最大实体尺寸 $\phi25$mm 时，基准轴线不能浮动，而处于图样上给出的理想位置上，如图 4-49（b）、（c）所示。当 A 基准的实际轮廓偏离最大实体边界，即其体外作用尺寸偏离最大实体尺寸时，基准轴线可以浮动。当其体外作用尺寸等于最小实体尺寸 $\phi24.95$mm 时，其浮动范围达到最大值 0.05mm，如图 4-49（d）所示。

d. 实际尺寸必须在 $\phi11.95\sim\phi12$mm 之间变化。

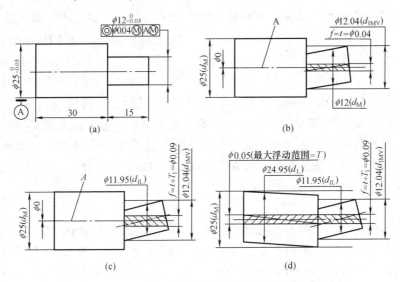

图 4-49· 最大实体要求同时应用于被测要素和基准要素

③最大实体要求的零形位公差。

关联要素遵守最大实体边界时，可以应用最大实体要求的零形位公差，这与单一要素采用包容要求的情况相似，即要求其实际轮廓处处不得超越最大实体边界，且该边界应与基准保持图样上给定的几何关系。零形位公差必须在公差框格中用 $\phi0$ Ⓜ 或 0 Ⓜ 标注公差值。零公差是最大实体要求的一种特例。

图 4-50 表示孔 $\phi50^{+0.13}_{-0.08}$mm 的轴线对 A 基准的垂直度公差采用最大实体要求的零形位公差。孔遵守的最大实体实效边界等于最大实体边界，即直径为 $\phi49.92$mm 的理想圆柱面（轴），如图 4-50（b）所示，该孔应满足下列要求：

a. 当孔的实际尺寸均为最大实体尺寸 $\phi49.92$mm 时，允许孔的轴线对 A 基准的垂直度误差为零，如图 4-50（b）所示。

b. 当孔的实际尺寸均为最小实体尺寸 $\phi50.13$mm 时，允许垂直度达到最大值，即为孔的尺寸公差 $\phi0.21$mm，如图 4-50（c）所示。

c. 实际尺寸必须在 $\phi49.92\sim\phi50.13$mm 之间。

④最大实体要求的应用。

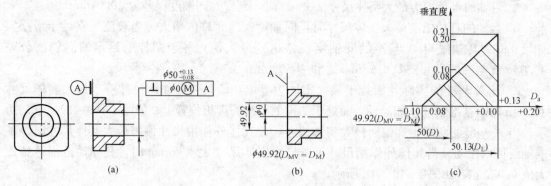

图 4-50　最大实体要求的零形位公差

a. 用于零件尺寸精度和形位精度较低、配合性质要求不严的情况。最大实体要求与包容要求相比，实际要素的形位公差可以不分割尺寸公差值，因而在相同尺寸公差的前提下，采用最大实体要求的尺寸精度更低些；对于形位公差而言，尺寸公差可以补偿形位公差，允许的最大形位误差等于图样给定的形位公差与尺寸公差之和。总之，与包容要求相比，可得到较大的尺寸制造公差和形位制造公差，具有良好的工艺性和经济性。

b. 主要用于保证自由装配的情况。采用最大实体要求，遵守最大实体实效边界，在一定条件下扩大了形位公差，极大地满足其了装配性，提高零件合格率，减少浪费，降低成本。例如，盖板、箱体及法兰盘孔系的位置度均可采用最大实体要求。

（3）可逆要求（reciprocity requirement）。

1）可逆要求的含义。

在不影响零件功能的前提下，当被测要素的形位误差值小于给定的形位公差值时，允许其相应的尺寸公差增大的一种相关要求。可逆要求仅适用于中心要素，但它不能独立使用，必须与最大实体要求或最小实体要求一同使用，在允许的边界内进行尺寸公差和形位公差的相互补偿。

可逆要求应用于最大实体要求时，被测要素形位公差框格的公差值后标注符号 Ⓜ Ⓡ；应用于最小实体要求时，在被测要素形位公差框格的公差值后标注符号 Ⓛ Ⓡ。

2）可逆要求的特点。

①可逆要求应用于最大实体要求，被测要素遵守最大实体实效边界；可逆要求应用于最小实体要求，被测要素遵守最小实体实效边界。

②可逆要求应用于最大（或最小）实体要求时，并不改变原来最大（或最小）实体要求原有的含义，即当被测要素的实际尺寸偏离最大（或最小）实体尺寸时，其偏离量可补偿给形位公差值，允许的形位误差为图样上给定的形位公差值与尺寸的偏离量之和；同时，当被测要素的形位误差值小于给出的形位公差时，其偏离量允许补偿给尺寸公差，即允许被测要素的实际尺寸超出其最大（或最小）实体尺寸。

③实际尺寸不能超出其最小（或最大）实体尺寸。

图 4-51 表示轴 $\phi20_{-0.1}^{\ 0}$mm 的轴线对 A 基准的垂直度公差采用最大实体要求的可逆要求。该轴遵守最大实体实效边界，即直径为 ϕ20.2mm 的理想圆柱面（孔），如图 4-50（b）所示。该轴应满足下列要求：

①当轴的实际尺寸均为最大实体尺寸 $\phi20$mm 时，允许轴的轴线对 A 基准的垂直度误差为 $\phi0.2$，如图 4 - 51（b）所示。

②当轴的实际尺寸均为最小实体尺寸 $\phi19.9$mm 时，允许垂直度达到最大值＝$\phi0.2+0.1=\phi0.3$mm，如图 4 - 51（c）所示。

③当轴的轴线相对于 A 基准的垂直度误差小于给定值 $\phi0.2$ 时，也允许轴的实际尺寸超出其最大实体尺寸 $\phi20$mm。因而当垂直度误差值为零时，其尺寸公差可达到最大值 $0.1+0.2=0.3$mm，即轴的实际尺寸可以等于最大实体实效尺寸 $\phi20.2$mm，如图 4 - 51（d）所示。

④轴的实际尺寸不得小于 $\phi19.9$mm。

表 4 - 18 列出了轴为不同实际尺寸时所允许的形位误差值，与图 4 - 51（e）数据相对应。

表 4 - 18　　　　　被测要素的实际尺寸及允许的形位误差　　　　　mm

实际尺寸	允许的垂直度误差	实际尺寸	允许的垂直度误差
$\phi19.9$	$\phi0.3$	$\phi20.1$	$\phi0.1$
$\phi20$	$\phi0.2$	$\phi20.2$	$\phi0$

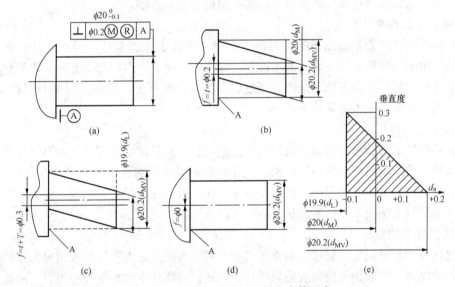

图 4 - 51　可逆要求应用于最大实体要求

3) 可逆要求的应用。

可逆要求应用于最大（或最小）实体要求时，与最大（或最小）实体要求的应用场合相同。所不同的是，可逆要求不仅允许尺寸公差补偿给形位公差，而且还允许形位公差补偿给尺寸公差，进一步放宽了零件的合格性。

第五节　形位误差的检测

一、形位误差的检测原则

形位误差可用多种检测方法。就检测原理可概括为下列五种检测原则。

1. 与理想要素比较原则

与理想要素比较原则是指测量时将被测实际要素与相应的理想要素作比较，在比较过程中获得数据，对这些数据处理后，得到形位误差值。该检测原理在形位误差测量中应用最为广泛。

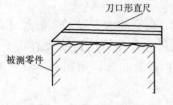

刀口形直尺

被测零件

图 4-52 用刀口形直尺测量
直线度误差

运用该原则时，必须要有理想要素作为测量时的标准。理想要素可用模拟的方法来获得，如刀口形直尺的刃口、平尺的工作面、一条拉紧的钢丝都可以作为理想直线；平面和平板的工作面、样板的轮廓也都可作为理想要素。图 4-52 所示为用刀口形直尺测量直线度误差，就是以刃口作为理想直线，与被测要素相比较，根据光隙的大小来判断直线度误差值。

2. 测量坐标值原则

测量坐标值原则是通过测量被测要素的坐标值（如直角坐标值、极坐标值、圆柱面坐标值），经过数据处理而获得形位误差值。这项原则适宜测量形状复杂的表面的形位误差，如圆度、圆柱度、轮廓度的误差，尤其是位置度的误差。此项原则进行数据处理往往十分繁琐，应用不多，但如用计算机处理数据，则应用机会愈来愈多。

3. 测量特征参数原则

测量特征参数原则是指测量实际被测要素中具有代表性的参数，用它来表示形位误差值。例如，用两点法测量圆柱面的圆度误差，即在一个横截面内的几个方向上测量直径，取最大的直径差值的一半作为该截面内的圆度误差值。由此可见，采用该原则测量精度较低，但使用方便，在生产中也常采用。

4. 测量跳动原则

跳动是按特定的测量方法来定义的位置误差项目。测量跳动原则是针对测量圆跳动误差和全跳动误差的方法而概括的检测原则。此种检测原则是将被测实际要素绕基准轴线回转，沿给定方向测量其对某参考点或线的变动量作为误差值。变动量是指示表的最大与最小读数之差。这种测量方法简单，容易测量，应用广泛。

5. 理想边界控制原则

理想边界控制原则是指通过检验被测实际要素是否超出最大实体实效边界，以判断零件合格与否的原则。一般用极限量规通规或功能量规模拟图样上给定的理想边界，来检验被测实际要素。若被测要素的实际轮廓能被量规通过，则表示合格，否则为不合格。此项原则应用于包容要求或最大实体要求的场合。如图 4-53 所示。

二、形位误差的检测

1. 形状误差的检测

按最小条件要求，用最小包容区域来评定形状误差具有唯一性和准确性。各种形状误差的最小包容区域的形状与各自的公差带形状相似，其宽度或直径由实际被测要素本身决定。国家标准规定，在满足零件功能要求的前提下，允许采用其他方法来评定形状误差。当由于采用不同评定方法对所得到的形状误差有争议时，若没有特殊说明，则应按最小包容区域法评定的误差值作为仲裁的依据。

下面介绍直线度误差和平面度误差的检测方法。

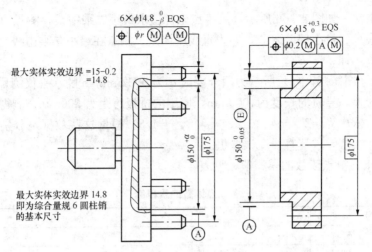

图 4-53　理想边界控制原则

（1）直线度误差的检测。

1）用刀口形直尺检测。对较短的被测直线，可用刀口形直尺、平尺、平晶、精密导航轨等测量；对较长的被测直线，可用光轴、拉紧的优质钢丝等测量。

如图 4-30 所示，用刀口形直尺检测工件时，将刀口形直尺的刃口放在被测工件表面上。当刀口形直尺与被测工件贴紧时，便符合最小条件。此时，刀口形直尺与被测实际线之间所产生的最大间隙，即为所测的直线度误差。

2）用水平仪检测。

①最小包容区域法。如图 4-54 所示，由两条平行直线包容实际被测线 s 时，s 上至少有高低相间三个极点（高—低—高或低—高—低）分别与这两条直线接触，这两条平行直线之间的区域为最小包容区域，该区域的宽度即为直线度误差。

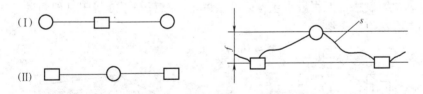

○—最高点；□—最低点

图 4-54　最小包容区域法评定直线度误差

②两端点连线法。如图 4-55 所示，以实际被测直线两端点 B 和 E 的连线作为评定基准，取各测点相对于它的最大、最小偏差值之差作为直线度误差值。测点在两端点连线上方时偏差值为正，在下方时为负，即 $f = h_{max} - h_{min}$。

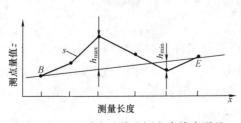

图 4-55　两端点连线法评定直线度误差

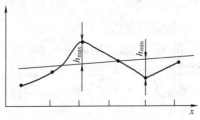

图 4-56　最小二乘法评定直线度误差

③最小二乘法。如图 4 - 56 所示，由各点坐标值求最小二乘中线，测量直线上相对于最小二乘中线的最大、最小偏差之差，即为直线度误差。测点在最小二乘中线上方时，偏差值为正，反之为负，即 $f = h_{max} - h_{min}$。

【例 4 - 4】 图 4 - 57 (a) 所示为用分度值 d 为 0.02mm/m 的水平仪测量导轨在给定平面内的直线度误差，导轨的长度为1000mm，使用的桥板跨距为200mm，测得 5 个测点的读数（单位为格）依次为 -2、$+4$、$+2$、-7.5、$+4.5$。根据这些数据，分别按最小包容区域法和两端点连线法，求解直线度误差值。

解 a. 算出各测点读数的累积值（见表 4 - 19）

表 4 - 19   各测点读数的累积值

测点序号	0	1	2	3	4	5
水平仪读数 a_i/格	0	-2	$+4$	$+2$	-7.5	$+4.5$
相对累积值 $\sum a_i$/格	0	-2	$+2$	$+4$	-3.5	$+1$

b. 以测量跨序为横坐标，相对累积值 $\sum a_i$ 为纵坐标，作出误差曲线如图 4 - 57 (b) 所示。

c. 按最小包容区域作上、下包容直线 $A—A$ 和 $B—B$，并量取它们之间的坐标距离 $h=7$ 格。

d. 计算直线度误差

$$f = hdl = 7 \times (0.02/1\,000) \times 200\text{mm} = 0.028\text{mm}$$

如用两端点连线法，在作出误差曲线图后，连接首末两端点 O 和 C，取连线 OC 的上、下曲线至 OC 连线的最大坐标距离 h_{max}（$+3.4$ 格）和最小值 h_{min}（-4.3 格）。

直线度误差

$$f' = (h_{max} - h_{min})dl$$
$$= [3.4 - (-4.3)] \times (0.02/1000) \times 200\text{mm} \approx 0.031\text{mm}$$

由此可见，$f < f'$，即用最小包容区域法评定的结果小于或等于其他两种方法所得到的结果（最小二乘法不作介绍）。

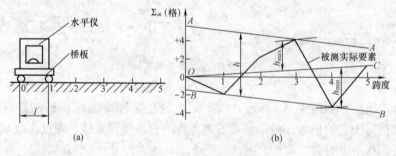

图 4 - 57   误差曲线图

(2) 平面度误差的检测。

1) 平晶法。此种方法多用于测量高精度的小平面工件。它是利用光波干涉原理，根据干涉条纹的数目和形状来评定平面度误差。如图 4 - 58 所示，测量时将平晶贴在被测工件表面上，稍加压力，便出现干涉条纹，被测表面平面度误差为

$$f = (a/b)\lambda/2$$

式中 a——干涉条纹弯曲量；

b——干涉条纹相邻两条纹间距；

λ——所用光源的光波波长。

2）打表法。此种方法是用带有指示表的测量装置，测出被测平面相对模拟理想平面的精密导轨或平板的平面度误差的方法。如图 4-59 所示，将被测工件放在平板上，通过可调支撑调整被测平面上对角线的对应点 1 和 2、3 和 4 与标准平板等高或与被测表面最远三点等高，然后用测微表沿被测表面上各点或按一定的布点测量。通常用测微表最大与最小读数差近似地作为平面度误差值。当要求高时，可用旋转法按最小条件评定得到平面度误差。打表法测量方法简单易行，适合中、低精度的中、短件的平面度（或直线度）误差的测量。

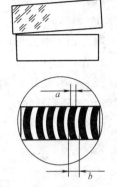

图 4-58 用平面平晶
测量平面度误差

3）斑点法。此种方法是用一个标准平板检查零件平面度的方法。测量时，先在被测工件表面均匀地涂上一层薄薄的显示剂，然后将其放在标准平板上，稍加压力使之前后左右往复移动，这样被测表面上的凸点将会出现亮点（斑点）。根据被测表面 25mm×5mm 面积上的斑点数目来评定平面度误差的大小。斑点越多，越细密均匀，则被测表面就越平。

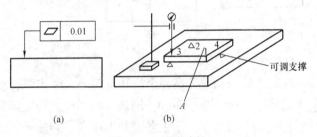

图 4-59 测微表法

4）水平仪（包括测微表）法。用水平仪测量平面度误差，一般用最小包容区域法来评定。

最小包容区域法是由两条平行平面包容实际被测表面评定平面度的方法。测量时，先测出被测表面上各测点相对于同一测量基准的原始数据，然后通过基面转换（旋转法），使实际被测表面与两平行平面至少应符合下列三种准则之一的接触状态，即认为符合最小条件，构成最小包容区域，此时各测点中的最大正值和最大负值的绝对值之和即为被测平面的平面度误差。

①三角形准则。一个最低点在上包容面上的投影位于三个最高点所形成的三角形内；或一个最高点在下包容面上的投影位于三个最低点所形成的三角形内，如图 4-60（a）所示。满足上述条件，该两平行平面就构成最小包容区域，其宽度 f 即为该实际被测表面的平面度误差。

②交叉准则。两个最高点连线与两个最低点的连线在包容面上的投影相交，如图 4-60（b）所示。满足上述条件，该两平行平面构成最小包容区域，其宽度 f 即为该实际被测表面的平面度误差。

③直线准则。两平行包容平面与实际被测表面接触高低相间的三点，且它们在包容平面上的投影位于同一条直线上，如图 4-60（c）所示。满足上述条件，则该两平行平面构成最小包容区域，其宽度 f 即为该实际被测表面的平面度误差。

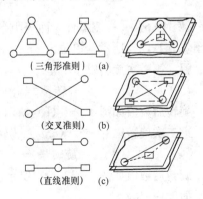

（三角形准则）（a）

（交叉准则）（b）

（直线准则）（c）

○—最高点；□—最低点

图 4-60 平面度误差评定的最小包容区域

【例 4 - 5】　被测零件表面等距布置九个测点。各测点相对于同一测量基准的测得数据如图 4 - 61 （a） 所示（单位为 μm），按旋转法求解平面度误差。

解　由原始数据可看出被测表面中间最高，应设法找到 3 个最低等值以实现三角形准则。

首先，以 $I-I$（$c_1 a_3$）为转轴，使 b_1（-30）与 c_2（-40）两点等高。两点所在的 $b_1 a_2$ 线、$c_2 b_3$ 线距转轴 $I-I$ 的间距均为 1，b_1、c_2 两点的高度差为 $-30\mu m-(-40\mu m)=10\mu m$，其旋转量为

$$旋转量=\frac{高度差}{间距数}=\frac{10\mu m}{1+1}=5\mu m$$

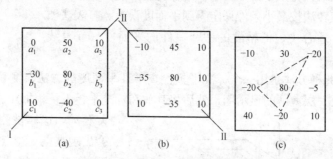

图 4 - 61　旋转法——三角形准则

$c_2 b_3$ 线与转轴 $I-I$ 的间距均为 1，故 c_2、b_3 点均应升高一个旋转量 $5\mu m$，c_3 点距转轴 $I-I$ 的间距为 2，故该点均应升高两个旋转量 $5\mu m\times 2=10\mu m$。同理，b_1、a_2 点均应降低一个旋转量 $5\mu m$，a_1 点应降低两个旋转量 $10\mu m$，转轴 $I-I$ 上各点数值不变，旋转后数值如图 4 - 61 （b） 所示，实现了 b_1、c_2 两点等高。

再以 $II-II$ 为转轴，使 a_3（$+10$）与 b_1（-35）两点等高。因 a_3 点与转轴 $II-II$ 的间距均为 2，$b_1 c_2$ 线与转轴 $II-II$ 的间距均为 1，a_3 与 b_1 的高度差为 $+10\mu m-(-35\mu m)=45\mu m$，故

$$旋转量=45\mu m/(2+1)=15\mu m$$

b_1、c_2 点均应升高一个旋转量 $15\mu m$，a_3 应降低两个旋转量 $15\mu m\times 2=30\mu m$，转轴 $II-II$ 上各点数值不变，旋转后数值如图 4 - 61 （c） 所示，实现了 a_3 与 b_1 两点等高。

经过以上两次旋转后，使其符合三角形准则，故该表面的平面度误差为

$$f=|-20\mu m|+|+80\mu m|=100\mu m$$

【例 4 - 6】　被测零件表面等距布置九个测点。各测点相对于同一测量基准的测得数据如图 4 - 61 （a） 所示（单位为 μm），按旋转法求解平面度误差。

解　第一次旋转以 $I-I$（$c_1 c_3$）为转轴，使 c_1（-10）与 a_3（-4）两点等高。

$$旋转量=[-10\mu m-(-4\mu m)]/2=-3\mu m$$

旋转后数值如图 4 - 62 （b） 所示。

第二次旋转以 $II-II$（$c_1 a_3$）为转轴，使 b_1（$+4$）与 c_3（$+1$）两点等高。

$$旋转量=(+4\mu m-1\mu m)/(1+2)=1\mu m$$

旋转后数值如图 4 - 62 （c） 所示。经过以上两次旋转后，使其符合交叉准则，故该表面的平面度误差为

$$f=|+3\mu m|+|-10\mu m|=13\mu m$$

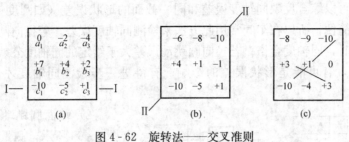

图 4-62 旋转法——交叉准则

2. 位置误差的检测

（1）基准的建立和体现。

在测量位置误差时，被测要素的方向或（和）位置由基准确定。然而，基准实际要素也是有形状误差的，而基准实际要素又是建立理想要素（基准）的依据。因此，应以基准实际要素的理想要素作为基准，而理想要素的位置应符合最小条件。

在实际测量中，有时按最小条件准则建立基准非常困难，因而在满足零件功能要求的前提下，允许用近似方法来体现基准，常用以下几种方法。

1）模拟法。有具有足够形位精度的表面来体现基准平面、基准直线或基准点。图 4-63 所示为用平板模拟基准平面。

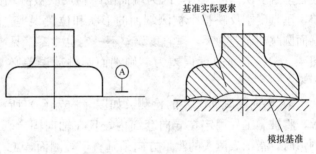

图 4-63 用平板模拟基准

2）直接法。当基准实际要素的形位精度足够高时，可直接用基准实际要素作为基准。

3）分析法。对实际要素进行测量后，根据测得数据，用图解法或计算法确定符合最小条件的基准的位置。

4）目标法。以基准实际要素上规定的若干点、线或面组成基准，主要用于铸、锻或焊接等粗糙表面或不规则表面，以保证基面的统一。

（2）跳动误差的检测。

1）径向圆跳动误差的检测。如图 4-64（b）所示，图 4-64（a）和（c）分别为标注示例和某一测量平面内公差带图。测量时，基准轴线以 V 形架（套筒或两顶尖）模拟，工件放在 V 形架上且轴向定位。当工件回转一周，指示表的最大差值即为该截面的径向圆跳动误差。被测要素任一截面的径向圆跳动误差均合格，工件为合格。

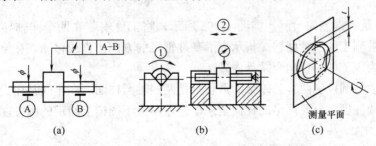

图 4-64 用 V 形架测量径向圆跳动误差

径向圆跳动可以综合反映同轴度误差和同一截面的形状误差（如圆度误差）。由于径向圆跳动测量方法简便，所以在车间常用此方法来检测同轴度误差。若径向圆跳动误差小于给定的同轴度公差时，同轴度合格；若径向圆跳动误差大于给定的同轴度公差时，不能说明同轴度一定不合格，有可能是形状误差的影响，有待进一步检测同轴度才能确定工件是否合格。

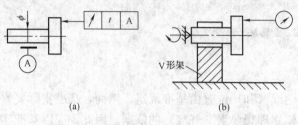

图 4-65　用 V 形架测量端面圆跳动误差

2）端面圆跳动误差的检测。如图 4-65 所示，测量时工件支撑在 V 形架上，并经轴向定位。工件绕基准轴线作无轴向移动的回转，指示表读数的最大差值为该测量面上的端面圆跳动误差。

不能用检测端面圆跳动的方法来代替垂直度误差的检测，因为端面圆跳动反映被测端面在某一直径圆周上的形状、位置误差，垂直度则反映整个被测端面的形状和位置误差。端面圆跳动误差为零，垂直度误差不一定也为零（见图 4-66）；若垂直度误差为零则端面圆跳动误差必为零。

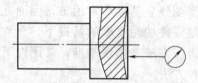

图 4-66　端面圆跳动误差为零
而垂直度误差不为零

3）斜向圆跳动误差的检测。如图 4-67（c）所示，将被测工件固定在导向套筒内，且在轴向固定。测量时，指示表测头的测量方向须垂直于被测面，工件回转一周指示表读数的最大差值为该测量圆锥面上的斜向圆跳动误差。被测要素任一测量圆锥面的斜向圆跳动误差均合格时，工件为合格。

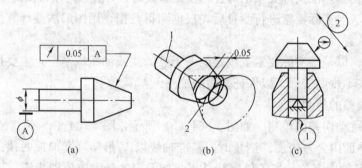

图 4-67　斜向圆跳动误差的检测
1—被测工件；2—测量面

4）径向全跳动误差的检测。如图 4-68 所示，将工件安装在两个同轴导向套筒内，并做轴向固定，被测工件连续回转，指示表沿基准轴线的方向作直线移动，在给定方向上测得的读数差，即为该工件的径向全跳动误差。

径向全跳动与圆柱度两者公差带的形状都是两同轴圆柱面，在车间常用检测径向全跳动的方法来检测圆柱度。只要测出的径向全跳动误差不大于图样上给定的圆柱度公差就能满足要求。

5）端面全跳动误差的检测。如图 4-69 所示工件，将其支撑在导向套筒内，且在轴向固定。被测工件连续回转，指示表沿其径向做直线移动，指示表读数的最大差值，即为该工件的端面全跳动误差。端面全跳动的公差带与平面对轴线的垂直度公差带相同，都是两平行平面。因此，可以用测量端面全跳动误差的方法来检测平面对轴线的垂直度误差。

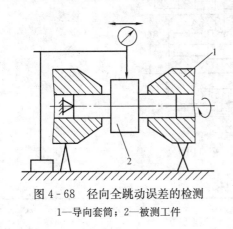

图 4-68　径向全跳动误差的检测

1—导向套筒；2—被测工件

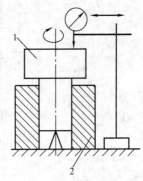

图 4-69　端面全跳动误差的检测

1—被测工件；2—导向套筒

复 习 题

1. 形位公差共有多少项目？它是如何分类的？各用什么符号表示？

2. 形位公差符号和基准代号各由哪几部分组成？

3. 何谓被测要素？它有哪两种？

4. 何谓单一要素和关联要素？各应用于什么场合？

5. 何谓形状公差带？与尺寸公差带有何主要区别？

6. 形位公差带是由哪几部分组成？

7. 形位公差带的形状一般由哪些因素确定？

8. 形位公差带的位置有哪两种？各自应用在哪些形位公差项目中？

9. 下列每组中的两个公差带的区别与联系。

（1）圆度和圆柱度；

（2）圆度和径向圆跳动；

（3）圆柱度和径向全跳动；

（4）端面全跳动和端面对轴线的垂直度。

10. 指出图 4-70 中各图注出的形位公差的被测要素和基准要素，并分析形位公差带的四因素。

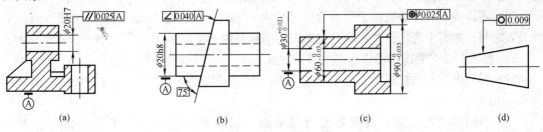

（a）　　　　　（b）　　　　　（c）　　　　　（d）

图 4-70　题 10 图

11. 根据图 4-71 中所标注的形位公差，填写表 4-20 中的各项内容。

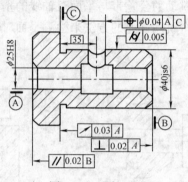

图 4-71　题 11 图

表 4-20　　　　　　　　　　　　　　题　11　表

形位公差项目符号	形位公差项目名称	被测要素	基准要素	公差带形状和大小	公差带相对基准的方位关系
⊬					
∥					
⊥					
∕					
⌖					

12. 根据下列形位公差要求，在图 4-72 所示的形位公差框格中填上合适的公差项目符号、数值及表示基准的字母。

(1) 键槽宽 10mm 两工作平面的中心平面必须位于距离为 0.05mm，且相对 ϕ40mm 轴线的中心平面对称配置的两平行平面之间。

(2) 在垂直于 ϕ60mm 圆柱轴线的任一正截面上，实际圆必须位于半径差为 0.03mm 的两同心圆之间。

(3) ϕ60mm 圆柱面绕 ϕ40mm 圆柱轴线作无轴向移动的连续回转，同时指示表做平行于 ϕ40mm 轴线的直线运动，在 ϕ60mm 圆柱整个表面上的跳动量不得大于 0.06mm。

(4) ϕ60mm 圆柱的轴线必须位于直径为 0.05mm、轴线与 ϕ40mm 圆柱的轴线同轴的圆柱面内。如有同轴度误差，则只允许从右到左逐渐减小。

(5) 零件的左端面必须位于距离为公差值 0.05mm，且垂直于 ϕ60mm 圆柱轴线的两平行平面之间。如有垂直度误差，则只允许中间向材料内凹下。

13. 将下列公差要求用形位公差代号标注在图 4-73 所示的图样上。

(1) 同轴度公差：被测要素为 ϕ30H7 孔的轴线，基准要素为 ϕ16H6 孔的轴线，公差值为 0.04mm。

(2) 斜向圆跳动公差：被测要素为圆锥面，基准要素为 ϕ16H6 孔的轴线，公差值为 0.04mm。

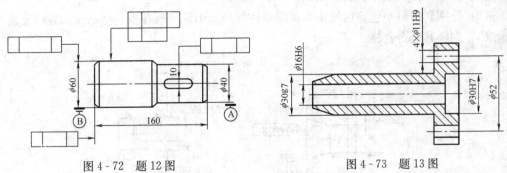

图 4-72 题 12 图　　　　　　图 4-73 题 13 图

（3）位置度公差：被测要素为 4×φ11H9 孔的轴线，基准要素为零件右端面和 φ30H7 孔的轴线，公差值为 0.10mm。

（4）端面圆跳动公差：被测要素为零件的右端面，基准要素为 φ30H7 孔的轴线，公差值为 0.05mm。

（5）全跳动公差：被测要素为 φ30g7 外圆柱面，基准要素为 φ30H7 孔的轴线，公差值为 0.05mm。

14. 说明图 4-74 中形位公差代号标注的意义。

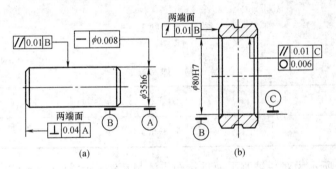

(a)　　　　　　(b)

图 4-74 题 14 图

15. 说明习题图 4-75 中形位公差代号标注的意义。

16. 试分别指出 4-76 中两个图样上的标注错误，并在下边的图样中进行正确标注（不得改变公差项目及被测要素）。

17. 国家标准规定了哪几种形位误差的检测原则？

18. 在评定给定平面内的直线度误差时，确定最小包容区域的准则有哪几种？

19. 机床导轨全长 1600mm，全长上的直线度公差为 0.012mm，用分度值为 0.02mm/1000mm 的水平仪和跨距为 200mm 的桥板分 8 段测量导轨在垂直平面内的直线度误差，测量结果见表 4-21。

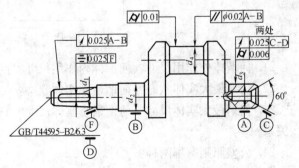

图 4-75 题 15 图

要求：（1）作出该导轨的直线度误差曲线图。

（2）分别利用最小包容区域法和两端点连线法求出该导轨在垂直平面内的直线度误差。

（3）判断其是否合格。

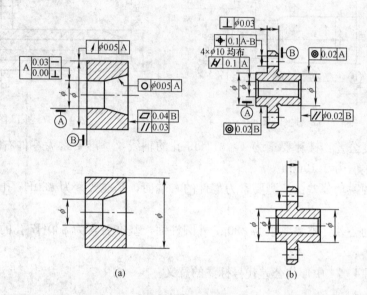

图 4 - 76　题 16 图

　　　　　　　　　　　　　　题　19　表

测点序号	0	1	2	3	4	5	6	7	8
水平仪读数/格	0	+1	+2	−0.5	+2	0	−1	0	+0.5

20. 图 4 - 77 所示为对一被测平面进行布点测量后获得的数据（单位为 μm），试利用旋转法确定其平面度误差。

$$
\begin{array}{ccc}
0 & -5 & -15 \\
+20 & +5 & -10 \\
0 & +10 & 0
\end{array}
$$

图 4 - 77　题 20 图

21. 何谓体外作用尺寸？何谓体内作用尺寸？两者主要的区别是什么？

22. 何谓最大实体状态？何谓最小实体状态？

23. 何谓最大实体尺寸？何谓最小实体尺寸？它们与最大极限尺寸和最小极限尺寸有什么关系？

24. 公差原则有哪两种？

25. 何谓独立原则？应用于什么场合？

26. 常用相关要求有哪两种？它们在图样中如何标注？

27. 何谓包容要求? 为什么包容要求多用于配合性质要求较严的场合?

28. 何谓最大实体要求? 采用最大实体要求的好处是什么?

29. 现有一轴, 其尺寸公差和形位公差标注如图 4-78 所示, 试按题意要求填空。

(1) 此轴所采用的公差原则是 (　), 尺寸公差与形位公差的关系是 (　)。

(2) 轴的最大实体尺寸为 (　) mm, 轴的最小实体尺寸为 (　) mm。

(3) 当轴的实际尺寸为 φ15mm 时, 轴线的直线度误差允许值为 (　) mm。

(4) 当轴的实际尺寸为 φ14.982mm 时, 轴线的直线度误差允许值为 (　) mm。

(5) 轴所允许的最大体外作用尺寸为 (　) mm。

(6) 当轴的实际尺寸为 φ14.990mm 时, 轴线的直线度误差值为 φ0.018mm 时, 轴的体外作用尺寸为 (　) mm, 此轴的合格性为 (　), 其理由是 (　)。

30. 现有一孔, 其尺寸公差和形位公差标注如图 4-79 所示, 试按题意要求填空。

(1) 此孔所采用的公差原则是 (　), 尺寸公差与形位公差的关系是 (　)。

(2) 此孔应遵守的边界为 (　); 其边界尺寸为 (　), 尺寸数值为 (　) mm。

(3) 孔的局部实际尺寸必须在 (　) ~ (　) mm 之间。

(4) 当孔的实际尺寸为最大实体尺寸 (　) mm 时, 允许的轴线直线度误差值为 (　) mm。

(5) 当孔的实际尺寸为最小实体尺寸 (　) mm 时, 允许的轴线直线度误差值为 (　) mm。

(6) 当孔的实际尺寸为 φ50.024mm、轴线的直线度误差为 0.015mm 时, 孔的体外作用尺寸为 (　) mm, 此孔的合格性为 (　), 其理由是: 孔的体外作用尺寸 (　) 最大实体尺寸; 孔的实际尺寸 (　) 最小实体尺寸。

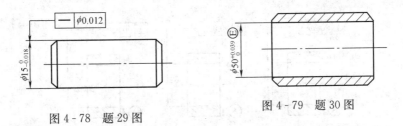

图 4-78　题 29 图　　　　　图 4-79　题 30 图

31. 现有一轴套, 其孔的尺寸公差和形位公差标注如图 4-80 所示, 试按题意要求填空。

(1) 此孔所采用的公差原则是 (　); 所遵守的边界为 (　) 边界, 其边界尺寸, 数值为 (　) mm。

(2) 孔的局部实际尺寸必须在 (　) ~ (　) mm 之间。

(3) 当孔的实际尺寸为最大实体尺寸 (　) mm 时, 允许的轴线直线度误差值为 (　) mm。

(4) 孔的轴线的最大直线度误差的允许值为 (　) mm, 此时孔的实际尺寸应为 (　) mm。

(5) 如孔的实际尺寸为 φ20.020mm, 其轴线的直线度误差为 φ0.045mm, 此时孔的体外作用尺寸 (　) mm, 孔的合格性为 (　), 其理由是: 孔的体外作用尺寸 (　) 最大实体实效尺寸。

32. 某零件尺寸公差和形位公差标注如图 4-81 所示,试按题意要求填空。

(1) 此零件中 $\phi40$mm 轴所采用的公差原则是 (　　);所遵守的边界为 (　　),其边界尺寸为 (　　) 尺寸,数值为 (　　) mm。

(2) $\phi40$mm 轴的局部实际尺寸必须在 (　　) ~ (　　) mm 之间。

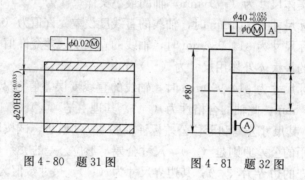

图 4-80　题 31 图　　　　图 4-81　题 32 图

(3) $\phi40$mm 轴的实际尺寸为最大实体尺寸 (　　) mm 时,其轴线对 A 基准面的垂直度允许值为 (　　) mm。

(4) $\phi40$mm 轴的实际尺寸为最小实体尺寸 (　　) mm 时,其轴线对 A 基准面的垂直度允许值为 (　　) mm。

(5) 当轴的实际尺寸为 $\phi40.015$mm、轴线的垂直度误差为 $\phi0.008$mm 时,该轴线的关联体外作用尺寸为 (　　) mm,此时轴的合格性为 (　　),其理由是:孔的关联体外作用尺寸 (　　) 边界尺寸;轴的实际尺寸 (　　) 其最小实体尺寸。

33. 将图 4-82 中 6 个图样上标注的形位公差作出解释,并要求填在表 4-22 中。

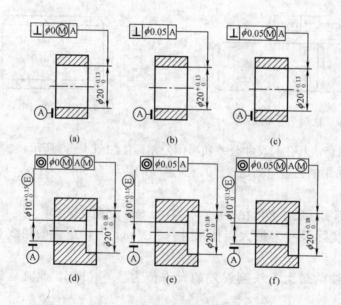

图 4-82　题 33 图

表 4 - 22   题 33 表

图样序号	采用的公差原则	理想边界名称 及边界尺寸	最大实体状态下 的位置公差值	允许的最大 位置误差值	基准能否浮动 及最大浮动量
(a)					
(b)					
(c)					
(d)					
(e)					
(f)					

第五章 表 面 粗 糙 度

无论是机械加工后的零件表面，还是用其他方法获得的零件表面，总会存在着由较小间距和峰谷组成的微量高低不平的痕迹，这种加工表面上具有的较小间距和峰谷所组成的微观几何形状特征，即零件的表面粗糙度。为了提高产品质量，促进互换性生产，必须对表面粗糙度的评定方法、测量手段等提出科学的规定和要求。

表面粗糙度标准主要有：

GB/T 3505—2000《产品几何技术规范 表面结构轮廓法 表面结构的术语、定义及参数》、GB/T 1031—1995《表面粗糙度 参数及其数值》、GB/T 131—1993《机械制图 表面粗糙度符号、代号及其注法》、GB/T 7220—2004《表面粗糙度 术语 参数测量》等。

第一节 概 述

一、表面粗糙度的形成

表面粗糙度（surface roughness）是一种微观几何形状误差，它不同于表面宏观形状误差（形状误差）和表面波纹度误差（中间形状误差）。这三者常在一个表面轮廓叠加出现，如图 5-1 所示。

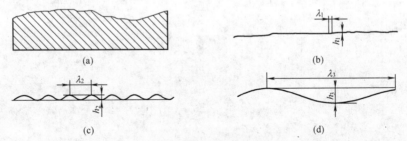

图 5-1 加工误差示意图

(a) 表面实际轮廓；(b) 表面粗糙度；(c) 表面波纹度；(d) 形状误差

微观形状误差是在机械加工中因切削刀痕、切屑分离时的撕裂和塑性变形、振动、摩擦等因素，在被加工表面留下的间距很小的微观起伏，如图 5-1 (b) 所示。

中间形状误差具有较明显的周期性的间距 λ 和幅度 h，如图 5-1 (c) 所示，只在高速切削条件下才时有出现，它是由机床—工件—刀具加工系统的振动、发热和运动不平衡造成的。

表面宏观形状误差产生的原因是机床几何精度方面的误差引起的。

对表面粗糙度、中间形状误差和形状误差通常按间距来划分：间距小于 1mm 的属于表面粗糙度；间距在 1～10mm 的属于中间形状误差；间距大于 10mm 的属于形状误差。显然，这种传统的划分方法并不严谨。近年来，国际化标准组织（ISO）加强了对表面滤波方法和技术的研究，采用软件和硬件滤波的方法，获得与使用功能相关联的表面特征参数。

二、表面粗糙度对零件使用性能的影响

1. 对摩擦、磨损的影响

两个不平的表面接触时，只能在轮廓的峰顶处发生接触，实际有效接触面积很小，导致单位压力增大，若表面间有相对运动，则峰顶间的接触作用就会对运动产生摩擦阻力，同时使零件产生磨损。一般说，表面越粗糙，摩擦阻力越大，零件的磨损也越快。

必须指出，表面越光滑，磨损量不一定越小。磨损量除受表面粗糙不平的影响外，还与磨损下来的金属微粒的刻划作用以及润滑油被挤出和分子间的吸附作用等因素有关，特别光滑的表面磨损反而加剧。实践证明，磨损量与表面粗糙度 Ra 之间的关系如图 5-2 所示。

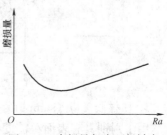

图 5-2　磨损量与表面粗糙度
Ra 关系曲线

2. 对配合性质的影响

对有配合要求的零件表面，无论是哪一类配合，表面粗糙度都影响配合性质的稳定性。例如间隙配合中，会因表面微观形状的凸峰在工作过程中很快磨损而使间隙增大。表面越粗糙所引起的间隙增大量越多，这样就会破坏原有的配合性质。此种情况尤其是在零件尺寸小和公差小的时候更为严重。对于有连接强度要求的过盈配合，由于零件经过压入装配后，将粗糙表面的凸峰挤平，减小了实际过盈量，从而降低了零件的连接强度。

3. 对抗腐蚀的影响

表面越粗糙，积聚在零件表面上的腐蚀性气体或液体也越多，且通过表面的微观凹谷向零件表面层渗透，使腐蚀加剧。因此，降低零件表面粗糙度数值，可以增强其抗腐蚀能力。

4. 对抗疲劳强度的影响

承受交变载荷的零件，其破坏通常是由于表面产生疲劳裂纹造成的，而疲劳裂纹主要和应力集中有关。表面越粗糙，对应力集中越敏感，零件疲劳损坏的可能性越大，疲劳强度就越低。

5. 对接触刚度的影响

零件表面越粗糙，表面间的接触面积就越小，单位面积受力就越大，峰顶处的局部塑性变形就越大，接触刚度降低，进而影响零件的工作精度和抗振性。

6. 对结合密封性的影响

粗糙不平的两个结合表面，仅在局部点上接触，必然产生缝隙，影响密封性。因此，降低零件表面粗糙度数值，可提高其密封性。

此外，表面粗糙度还影响检验零件时的测量不确定性、零件外形的美观等。

第二节　表面粗糙度的评定

测量和评定表面粗糙度时，要确定评定基准和评定参数。

一、评定基准

为了客观地评定表面粗糙度，首先要确定测量的长度范围和方向，即评定基准。它包括取样长度、评定长度和中线。评定基准是在实际轮廓线上取的一段长度。

实际轮廓是平面与实际表面相交所得的轮廓线，如图 5-3 所示。按照相截方向的不同，

可分为横向实际轮廓和纵向实际轮廓两种。在评定或测量表面粗糙度时，除非特别指明，通常均指横向实际轮廓，即与加工纹理方向垂直的截面上的轮廓，如图5-4所示。

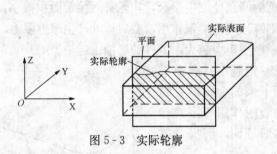

图5-3 实际轮廓

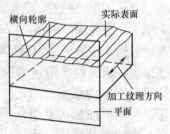

图5-4 横向实际轮廓

1. 取样长度 lr (sampling length)

用于判别具有表面粗糙度特征的一段基准线长度，如图5-5所示。规定和选择这段长度是为了限制和减弱表面波纹度对表面粗糙度测量结果的影响。如果 lr 过长，则有可能将表面波纹度的成分引入到表面粗糙度的结果中；若 lr 过短，则将不能反映待测表面粗糙度的实际情况。在取样长度范围内，一般应包含5个以上的轮廓峰和轮廓谷。

标准规定取样长度在轮廓总的走向上量取。

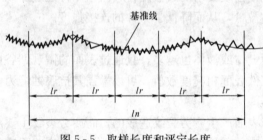

图5-5 取样长度和评定长度

2. 评定长度 ln (evaluation length)

评定轮廓所必需的一段长度，它可包括一个或几个取样长度（见图5-5）。由于加工表面的粗糙度并不均匀，在一个取样长度内往往不能合理反映被测表面粗糙度，所以要取几个连续的取样长度分别测量，然后取其平均值作为测量结果。取几个取样长度与加工方法有关，即与加工所得到的表面粗糙度的均匀程度有关。越均匀，所取个数越少，一般情况下，$ln=5lr$。

3. 中线 (mean line)

用以评定表面粗糙度参数的基准线。中线有两种：

(1) 轮廓的最小二乘中线 (least squares mean line of the profile)。在取样长度内，使轮廓线上各点到该线距离 $Z(x)$ 的平方和为最小的基准线，如图5-6所示。即

$$\sum_{i=1}^{n} Z_i(x)^2 = 最小$$

(2) 轮廓的算术平均中线 (centre arithmetical mean line of the profile)。在取样长度内，与轮廓走向一致并划分轮廓为上、下两部分，且使上、下两部分面积之和相等的基准线，如图5-7所示。即

$$\sum_{i=1}^{n} F_i = \sum_{i=1}^{n} F'_i$$

最小二乘中线符合最小二乘原则，从理论上讲是理想的中线。但由于在轮廓图形上确定其位置比较困难，所以只适用于精确测量。而算术平均中线与最小二乘中线差别很小，通常用目测估计来确定，故实际应用中常用它替代最小二乘中线。

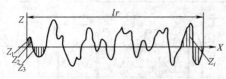

图 5-6 轮廓的最小二乘中线

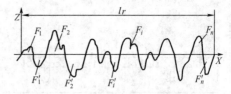

图 5-7 轮廓的算术平均中线

二、评定参数

GB/T 3505—2000 规定了表面微观几何形状的幅度参数、间距参数、混合参数以及曲线和相关参数。表 5-1 列出了 GB/T 3505—2000 与 GB 3505—1983 在术语、评定参数及符号方面的主要区别。

表 5-1　　　　　　　　　GB/T 3505—2000 与 GB/T 3505—1983 的对比

基本术语	1983	2000	主要评定参数		1983	2000
取样长度	l	lr	幅度参数（高度参数）	轮廓算术平均偏差	R_a	Ra
评定长度	l_n	ln		微观不平度十点高度	R_z	—
纵坐标值	y	$Z(x)$		轮廓的最大高度	R_y	Rz
轮廓峰高	y_p	Zp	间距参数	微观不平度的平均间距	S_m	—
轮廓谷深	y_v	Zv		轮廓的单峰间距	S	—
在水平位置 c 上轮廓的实体材料长度	η_p	$Ml(c)$	混合参数（形状参数）	轮廓单元的平均宽度	—	RSm
				轮廓的支撑长度率	t_p	$Rmr(c)$

下面介绍 GB/T 3505—2000 标准中规定的主要评定参数。

1. 幅度参数

（1）轮廓算术平均偏差 Ra（arithmetical mean deviation of the assessed profile）。在取样长度 lr 内，轮廓上各点到中线的纵坐标 $Z(x)$ 的绝对值的算术平均值，如图 5-8 所示。Ra 的数学表达式为

$$Ra = \frac{1}{lr}\int_0^{lr} |Z(x)|\,\mathrm{d}x$$

或近似为

$$Ra = \frac{1}{n}\sum_{i=1}^{n} |Z_i(x)|$$

Ra 值越大，则表面越粗糙。Ra 能客观、全面地反应零件表面的微观几何形状特征，是普遍采用的评定参数。

Ra 值一般用触针式轮廓仪测得。由于仪器的限制，Ra 不能用于太粗糙或太光滑表面的测量。Ra 的测量范围为 $0.025\sim6.3\mathrm{mm}$。

（2）轮廓的最大高度 Rz（maximum height of profile）。在取样长度内，最大轮廓峰高和最大轮廓谷深之和的高度。如图 5-9 所示。即

$$Rz = Zp_{\max} + Zv_{\max}$$

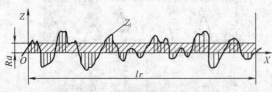

图 5-8　轮廓算术平均偏差 Ra

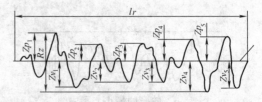

图 5-9　轮廓的最大高度 Rz

其中，Z_{pmax}、Z_{vmax} 均取正值。

Rz 和 Ra 联用，可以用来控制微观不平度谷深，从而达到控制表面微观裂缝的目的。Rz 常用于控制某些不允许出现较深加工痕迹的表面、受交变载荷作用的表面、小表面、小圆弧面或不适于采用 Ra 来评定的表面，如齿廓表面。

Rz 通常用光学仪器测量，其测量范围为 0.1～25mm。

2. 间距参数

轮廓单元平均宽度 RSm（mean width of the profile elements）指在一个取样长度范围

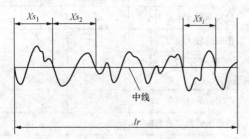

图 5-10　轮廓单元平均宽度 RSm

内，轮廓单元宽度 Xs_i 的平均值。一个轮廓峰与相邻轮廓谷的组合称轮廓单元。

在一个取样长度范围内，中线与各个单元相交线的长度称轮廓单元宽度，用符号 Xs_i 表示。

$$RSm = \frac{1}{m} \sum_{i=1}^{m} Xs_i$$

RSm 反映被测表面加工痕迹的细密程度，反映了轮廓与中线的交叉密度，对评价承载能力、耐磨性、可漆性和密封性有指导意义。如汽车外形薄钢板，除了要控制幅度参数 Ra（0.9～1.3mm），还需进一步控制 RSm（0.13～0.23mm），以提高薄钢板的可漆性。

3. 混合参数

轮廓支撑长度率 $Rmr(c)$（material length ratio of the profile）指在给定水平位置 c 上轮廓实体材料长度 $Ml(c)$ 与评定长度的比率。用公式表示为

$$Rmr(c) = \frac{Ml(c)}{ln}$$

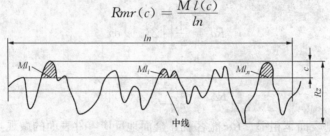

图 5-11　轮廓的支撑长度率 $Rmr(c)$

在给定水平位置 c 上轮廓实体材料长度 $Ml(c)$ 是指在给定水平位置 c 上，用一条平行于 X 轴的线与轮廓单元相截所获得的各段截线长度之和。如图5-11所示。

$$Ml(c) = Ml_1 + Ml_2 + \cdots + Ml_n$$

$Rmr(c)$ 能直观反映实际接触面积的大小，综合反映了峰高和间距的影响，而摩擦、磨损、接触变形等都与实际接触面积有关，所以，当零件有更高功能要求时，应控制此参数。

轮廓的水平位置 c 不同，$Rmr(c)$ 也不同。因此，$Rmr(c)$ 的值是对应于不同水平位置 c 而给定的。水平位置 c 可用 μm 或占最大高度 Rz 的百分比表示。

$Rmr(c)$ 是依据评定长度而不是在取样长度上来定义，因此可提供更加全面、稳定的参数值。一般情况下，$Rmr(c)$ 值越大，表明零件表面的耐磨性越好。

以上四个参数中，Rz 和 Ra 是基本参数，标准中规定必须标注的参数；RSm 和 $Rmr(c)$ 是附加参数，不能单独标注在图样上。当有镀覆性、耐腐蚀性、耐磨性等要求时，需标注附加参数。

三、评定参数值的规定

GB/T 1031—1995《表面粗糙度　参数及其数值》规定了零件表面粗糙度评定参数值，其中，幅值参数值 Ra 和 Rz 见表 5-2 和表 5-3，间距参数值 RSm 见表 5-4，混合参数值 $Rmr(c)$ 见表 5-5，取样长度、评定长度与评定参数的对应关系见表 5-6。在设计时，应根据需要进行选择，并将其数值标注在图样上。

表 5-2 **_Ra_ 的 数 值** μm

| Ra | 0.012 | 0.050 | 0.20 | 0.80 | 3.2 | 12.5 | 50 |
| | 0.025 | 0.100 | 0.40 | 1.60 | 6.3 | 25 | 100 |

表 5-3 **_Rz_ 的 数 值** μm

Rz	0.025	0.20	1.60	12.5	100	800
	0.050	0.40	3.2	25	200	1 600
	0.100	0.80	6.3	50	400	

表 5-4 **_RSm_ 的 数 值** μm

| RSm | 0.006 | 0.025 | 0.1 | 0.4 | 1.6 | 6.3 |
| | 0.0125 | 0.05 | 0.2 | 0.8 | 3.2 | 12.5 |

注　RSm 对应于 GB/T 3505—1983 中的 S_m。

表 5-5 **_Rmr_ (_c_) 的 数 值** %

| 10 | 15 | 20 | 25 | 30 | 40 | 50 | 60 | 70 | 80 | 90 |

注　选用 $Rmr(c)$ 时，必须同时给出 c 值，c 值多用 Rz 的百分数表示，如 Rz 的 5%、10% 等。

表 5-6 **_lr_ 和 _ln_ 与 _Ra_、_Rz_ 的对应关系**

$Ra(\mu m)$	$Rz(\mu m)$	$lr(mm)$	$ln(mm)$
$\geqslant 0.008 \sim 0.02$	$\geqslant 0.025 \sim 0.10$	0.08	0.4
$> 0.02 \sim 0.10$	$> 0.10 \sim 0.50$	0.25	1.25
$> 0.10 \sim 2.0$	$> 0.50 \sim 10.0$	0.8	4.0
$> 2.0 \sim 10.0$	$> 10.0 \sim 50.0$	2.5	12.5
$> 10.0 \sim 80.0$	$> 50.0 \sim 320$	8.0	40.0

第三节　表面粗糙度的符号、代号及标注

GB/T 131—1993 规定了零件表面粗糙度符号、代号及其在图样上的标注。

一、表面粗糙度符号

图样上表示零件表面粗糙度的符号见表 5-7。在设计过程中，对零件表面要按其功能要求，选择和标注表面粗糙度符号，不能不加分析地对所有表面都标注。

表 5-7　　　　　　　　　　　　　　　表 面 粗 糙 度 符 号

符　　号	意 义 及 说 明
$\sqrt{}$	基本符号，表示表面可用任何方法获得。当不加注粗糙度参数值或有关说明（如表面处理、局部热处理状况等）时，仅适用于简化代号标注
$\sqrt{}$	基本符号加一短划，表示表面是用去除材料的方法获得。例如，车、铣、钻、磨、剪切、抛光、腐蚀、电火花加工、气割等
$\sqrt{}$	基本符号加一小圆，表示表面是用不去除材料的方法获得。例如，铸、锻、冲压变形、热轧、冷轧、粉末冶金等； 或者是用于保持原供应状况的表面（包括保持上道工序的状况）
$\sqrt{}$　$\sqrt{}$　$\sqrt{}$	在上述三个符号的长边上均可加一横线，用于标注有关参数和说明
$\sqrt{}$　$\sqrt{}$　$\sqrt{}$	在上述三个符号上均可加一小圆，表示所有表面具有相同的表面粗糙度要求

二、表面粗糙度代号

在表面粗糙度符号的规定位置上注出表面粗糙度的参数值及其他有关要求，即形成表面粗糙度的代号。

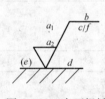

图 5-12　表面粗糙度代号

表面粗糙度数值、对零件表面的其他要求在符号中标注的位置，如图 5-12 所示。其中，a_1、a_2 表示表面粗糙度幅度参数代号及其数值，μm；b 表示加工要求、镀覆、表面处理或其他说明等；c 表示取样长度，mm；d 表示加工纹理方向符号；e 表示加工余量，mm；f 表示表面粗糙度间距参数值，mm 或轮廓支撑长度率。

1. 表面粗糙度幅度参数

幅度参数是基本的评定参数，必须注出其允许值。当选用 Ra 时，可省略其符号（Ra），只注允许值；当选用 Rz 时，则应在其允许值前加注相应的符号。标准规定，当表面粗糙度参数的所有实测值中超过规定值的个数小于总数的 16% 时，应在图样上注出表面粗糙度参数的上限值或下限值；当要求表面粗糙度参数的所有实测值不得超过规定值时，应在图样上注出表面粗糙度参数的最大值或最小值，具体标注示例见表 5-8。

采用上述规定主要是考虑在生产实际中，绝大多数零件表面的功能要求用上限值（下限值）就可以保证；而少数零件表面要求较高时，须采用最大值（最小值）加以保证。因此，可最大限度地提高零件的合格率，降低废品率的产生。

表 5 - 8　　　　　　　　　　　表面粗糙度幅度参数标注示例

代号	意　义	代号	意　义
3.2 ∨	用任何方法获得的表面，Ra 的上限值为 3.2μm	3.2max ∨	用任何方法获得的表面，Ra 的最大值为 3.2μm
3.2 ▽	用去除材料方法获得的表面，Ra 的上限值为 3.2μm	3.2max ▽	用去除材料方法获得的表面，Ra 的最大值为 3.2μm
3.2 ⦵	用不去除材料方法获得的表面，Ra 的上限值为 3.2μm	3.2max ⦵	用不去除材料方法获得的表面，Ra 的最大值为 3.2μm
3.2 1.6 ▽	用去除材料方法获得的表面，Ra 的上限值为 3.2μm，Ra 的下限值为 1.6μm	3.2max 1.6min ▽	用去除材料方法获得的表面，Ra 的最大值为 3.2μm，Ra 的最小值为 1.6μm
Rz3.2 ∨	用任何方法获得的表面，Rz 的上限值为 3.2μm	Rz3.2max ∨	用任何方法获得的表面，Rz 的最大值为 3.2μm
Rz200 ⦵	用不去除材料方法获得的表面，Rz 的上限值为 200μm	Rz200max ⦵	用不去除材料方法获得的表面，Rz 的最大值为 200μm
Rz3.2 Rz1.6 ▽	用去除材料方法获得的表面，Rz 的上限值为 3.2μm，下限值为 1.6μm	Rz3.2max Rz1.6min ▽	用去除材料方法获得的表面，Rz 的最大值为 3.2μm，最小值为 1.6μm
3.2 Rz=12.5 ▽	用去除材料方法获得的表面，Ra 的上限值为 3.2μm，Rz 的上限值为 12.5μm	3.2max Rz12.5max ▽	用去除材料方法获得的表面，Ra 的最大值为 3.2μm，Rz 的最大值为 12.5μm

2. 加工方法、镀覆或其他表面处理

若零件表面粗糙度要求由指定的加工方法（如铣削）获得时，可用文字标注在符号上边的横线上，如图 5 - 13 所示。

3. 取样长度

标准规定，若按表 5 - 6 规定选用对应的取样长度时，在图样上可省略标注；否则，应将其标注在符号长边的横线下面，数字前不写符号，如图 5 - 14 所示。

图 5 - 13　加工方法的标注　　图 5 - 14　取样长度的标注

4. 加工纹理方向

若需要控制表面加工纹理方向时，可在符号的右边注出加工纹理方向符号，如图 5 - 15 所示。常见的加工纹理方向符号见表 5 - 9。

5. 加工余量

若需要标注加工余量时，可将其注在符号的左边，并且数值要加上括号，如图 5 - 16

所示。

图 5-15　加工纹理方向的标注　　　图 5-16　加工余量的标注

6. 表面粗糙度间距参数和混合参数

在幅度参数未标注时，间距参数和混合参数不能单独标注。若需要标注时，应标注在符号长边的横线下面，并且必须在数值前注写参数的符号。如图 5-17（a）表示该表面的轮廓单元平均宽度 RSm 的上限值 $0.05mm$；图 5-17（b）表示水平截距 c 在轮廓最大高度 Rz 的 50% 位置上时，轮廓支撑长度率为 70%，此值为下限值。

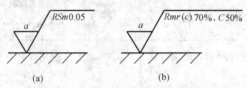

(a)　　　　　　　　　(b)

图 5-17　间距参数和混合参数的标注

表 5-9　　　　　　　　　　　　　常见的加工纹理方向符号

符　号	说　　明	示　意　图
=	纹理平行于标注符号的视图的投影面	
⊥	纹理垂直于标注符号的视图的投影面	
×	纹理呈两相交的方向	
M	纹理呈多方向	
C	纹理呈近似同心圆	
R	纹理呈近似的放射状	
P	纹理无方向或呈凸起的细粒状	

三、表面粗糙度在图样上的标注

表面粗糙度符号、代号一般标注在可见轮廓线、尺寸界限、引出线或它们的延长线上；符号的尖端必须从材料外指向表面；代号中的数字及符号的注写方向须按图 5-18 的规定标注；当被测表面在不同方位且带有横线的表面粗糙度符号，应按图 5-19 的规定标注；当零件的大部分表面具有相同的表面粗糙度要求时，对其中使用最多的一种符号、代号可在图样的右上角统一标注，并加注"其余"两字，且应较一般的代号大 1.4 倍，如图 5-20 所示；在同一图样上，每一表面一般只标注一次符号、代号，并尽可能靠近有关的尺寸线，当地方狭小时，也可引出标注，如图 5-20 所示；中心孔、圆角、倒角、平键的表面粗糙度标注如图 5-21 所示；齿轮、渐开线花键、螺纹等工作表面没有画出齿形、牙形时，其表面粗糙度标注按图 5-22 所示方式标注；零件表面局部热处理或局部镀覆时，其表面粗糙度标注按图 5-23 所示方式标注。

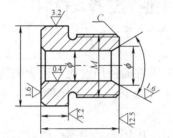

图 5-18　表面粗糙度代号在
图样上的标注

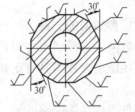

图 5-19　带有横线的表面
粗糙度符号的标注

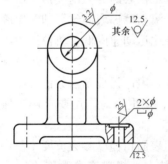

图 5-20　大部分表面有相同的表面
粗糙度要求的标注

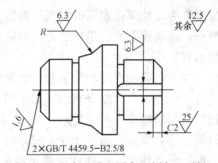

图 5-21　中心孔、圆角、倒角、平键
的表面粗糙度标注

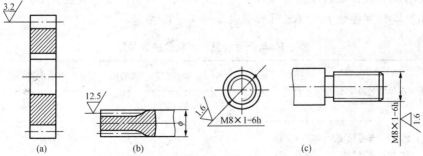

图 5-22　齿轮、渐开线花键、螺纹表面粗糙度标注
（a）齿轮；（b）渐开线花键；（c）螺纹

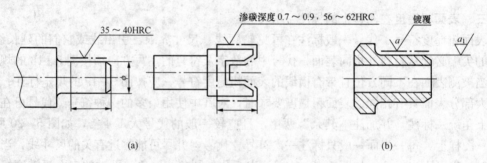

图 5-23　表面局部热处理或局部镀覆的表面粗糙度标注
(a) 表面局部热处理；(b) 局部镀覆

第四节　表面粗糙度参数值的选择及检测

一、表面粗糙度参数值的选择

表面粗糙度参数值的选择适当与否，不仅影响零件的使用性能，还影响其制造成本。因此合理地选择表面粗糙度参数值具有重要意义。在实际生产中一般用类比法来确定。具体的选择原则如下：

(1) 在满足零件表面功能要求的情况下，尽量选用较大的表面粗糙度参数值，以降低加工成本。

(2) 同一零件上工作表面的粗糙度参数值应小于非工作表面的粗糙度参数值。

(3) 摩擦表面比非摩擦表面的粗糙度参数值要小；滚动摩擦表面比滑动摩擦表面的粗糙度参数值要小；运动速度高、单位压力大的摩擦表面要比运动速度低、单位压力小的摩擦表面的粗糙度参数值小。

(4) 承受交变载荷的表面和易引起应力集中的部位，表面粗糙度参数值要小。

(5) 配合性质要求高的配合表面（如小间隙配合）、受重载荷作用要求连接强度高的过盈配合表面的表面粗糙度参数值要小。

(6) 对同一公差等级，小尺寸比大尺寸或轴比孔的表面粗糙度参数值要小。

(7) 一般，尺寸精度、形状精度要求高的表面，其表面粗糙度参数值也小，可参考表 5-10，按 Ra、Rz 与尺寸公差、形状公差的关系确定表面粗糙度参数值。

(8) 要求防腐性、密封性能好或外表美观的表面，其粗糙度参数值要小。

表面粗糙度幅度参数 Ra、Rz 可参考表 5-11 予以确定。

表 5-10　　　　　　　　Ra、Rz 与尺寸公差、形状公差的关系　　　　　　　　　%

形状公差 t 占尺寸公差 T 的百分比 t/T	表面粗糙度参数值占尺寸公差值的百分比	
	Ra/T	Rz/T
约 60（普通精度）	≤5	≤20
约 40（较高精度）	≤2.5	≤10
约 25（较高精度）	≤1.2	≤5

表 5 - 11　　　　　　　　表面粗糙度的表面特征及应用举例　　　　　　　　μm

表 面 特 征		Ra	Rz	应 用 举 例
粗糙表面	可见刀痕	>20~40	>80~160	半成品粗糙加工过的表面，非配合的加工表面，如轴端面、倒角、钻孔、齿轮和带轮侧面、键槽底面、垫圈接触面等
	微见刀痕	>10~20	>40~80	
半光表面	微见加工痕迹	>5~10	>20~40	轴上不安装轴承或齿轮处的非配合表面、紧固件的自由装配表面、轴和孔的退刀槽等
	微辨加工痕迹	>2.5~5	>10~20	半精加工表面，箱体、支架、端盖、套筒等和其他零件结合而无配合要求的表面
	看不清加工痕迹	>1.25~2.5	>6.3~10	接近于精加工表面、箱体上安装轴承的镗孔表面、齿轮的工作面
光表面	可辨加工痕迹方向	>0.63~1.25	>3.2~6.3	圆柱销、圆锥销、与滚动轴承配合的表面，普通车床导轨面，内、外花键定心表面等
	微辨加工痕迹方向	>0.32~0.63	>1.6~3.2	要求配合性质稳定的配合表面，工作时受交变应力的重要零件，较高精度车床的导轨面
	不可辨加工痕迹方向	>0.16~0.32	>0.8~1.6	精密机床主轴锥孔，顶尖圆锥面，发动机曲轴、凸轮轴工作表面，高精度齿轮齿面
极光表面	暗光泽面	>0.08~0.16	>0.4~0.8	精密机床主轴颈表面、一般量规工作表面、气缸套内表面、活塞销表面等
	亮光泽面	>0.04~0.08	>0.2~0.4	精密机床主轴颈表面、滚动轴承的滚动体、高压油泵中柱塞和柱塞套配合的表面
	镜状光泽面	>0.01~0.04	>0.05~0.2	高精度量仪、量块的工作表面，光学仪器中的金属镜面
	镜面	≤0.01	≤0.05	

二、一般加工方法所能达到的表面粗糙度 Ra 值和孔轴表面粗糙度推荐值

不同的表面粗糙度参数值，其加工方法是不同的，因此经济效果也有所不同。在选择表面粗糙度参数值时必须予以考虑。各种加工方法所能达到的 Ra 值见表 5 - 12，孔轴表面粗糙度推荐值见表 5 - 13，以供参考。

表 5 - 12　　　　　　　　各种加工方法所能达到的 Ra 值　　　　　　　　μm

加 工 方 法	表 面 粗 糙 度													
	0.006	0.012	0.025	0.05	0.1	0.2	0.4	0.8	1.6	3.2	6.3	12.5	25	50
砂模铸造													———	—
型壳铸造												———		
金属模铸造									———					
离心铸造									———					
精密铸造								———						
蜡模铸造							———							
压力铸造							———							
热　轧											———			

续表

加工方法	表面粗糙度													
	0.006	0.012	0.025	0.05	0.1	0.2	0.4	0.8	1.6	3.2	6.3	12.5	25	50
模锻									━	━	━	━	━	━
冷轧						━	━	━	━	━	━	━		
挤压							━	━	━	━	━	━		
冷拉							━	━	━	━	━	━		
锉							━	━	━	━	━	━		
刮削						━	━	━	━	━	━	━	━	
刨削 粗											━	━	━	
刨削 半精									━	━	━	━		
刨削 精							━	━	━	━				
插削									━	━	━	━		
钻孔								━	━	━	━	━		
扩孔 粗											━	━	━	
扩孔 精								━	━	━	━	━		
金刚石镗孔				━	━	━	━							
镗孔 粗											━	━	━	
镗孔 半精								━	━	━	━			
镗孔 精							━	━	━					
铰孔 粗									━	━	━	━		
铰孔 半精							━	━	━	━				
铰孔 精					━	━	━							
拉削 半精							━	━	━	━				
拉削 精					━	━	━							
滚铣 粗										━	━	━		
滚铣 半精								━	━	━	━			
滚铣 精							━	━	━					
端面铣 粗										━	━	━		
端面铣 半精							━	━	━	━				
端面铣 精						━	━	━	━					
车外圆 粗											━	━	━	
车外圆 半精									━	━	━	━		
车外圆 精						━	━	━	━	━				
金刚石车			━	━	━	━								
车端面 粗											━	━	━	
车端面 半精									━	━	━	━		
车端面 精						━	━	━	━	━				
磨外圆 粗						━	━	━	━	━				
磨外圆 半精						━	━	━	━					
磨外圆 精			━	━	━	━	━							

加工方法		表面粗糙度													
		0.006	0.012	0.025	0.05	0.1	0.2	0.4	0.8	1.6	3.2	6.3	12.5	25	50
磨平面	粗									───					
	半精							────							
	精			────────────											
珩磨	平面			────────────											
	圆柱		────────────────												
研磨	粗					────────									
	半精				────────										
	精			────────											
抛光	一般					────────────									
	精			────────────											
滚压抛光					────────────────										
超精加工	平面		────────────												
	圆柱	────────────────────													
化学磨									────────────────						
电解磨			────────────────────────												
电火花加工									────────────						
切割	气割									────────────────────────					
	锯									────────────────					
	车										────────────				
	铣												────		
	磨								────────────						
螺纹加工	丝锥板牙								────────────						
	梳铣								────────────						
	滚					────────									
	车							────────────────							
	搓丝														
	滚压							────────────							
	磨					────────────									
	研磨				────────										
齿轮及花键加工	刨								────────────						
	滚								────────────						
	插								────────────						
	磨					────────────									
	剃						────────────								

注　本表适用于钢及有色金属加工。

表 5-13　　　　　　　　　　　　　　　　　孔轴表面粗糙度推荐值

应用场合			Ra（μm）		
示　例	公差等级	表面	基本尺寸（mm）		
			≤50	>50～500	
经营装拆零件的配合表面（如交换齿轮、滚刀等）	IT5	轴	≤0.2	≤0.4	
		孔	≤0.4	≤0.8	
	IT6	轴	≤0.4	≤0.8	
		孔	≤0.8	≤1.6	
	IT7	轴	≤0.8	≤1.6	
		孔			
	IT8	轴	≤0.8	≤1.6	
		孔	≤1.6	≤3.2	
	公差等级	表面	基本尺寸（mm）		
			≤50	>50～120	>120～500
过盈配合的配合表面 1. 用压力机装配； 2. 用热孔法装配	IT5	轴	≤0.2	≤0.4	≤0.4
		孔	≤0.4	≤0.8	≤0.8
	IT6	轴	≤0.4	≤0.8	≤1.6
	IT7	孔	≤0.8	≤1.6	≤1.6
	IT8	轴	≤0.8	≤1.6	≤3.2
		孔	≤1.6	≤3.2	≤3.2
	IT9	轴	≤1.6	≤1.6	≤1.6
		孔	≤3.2	≤3.2	≤3.2
滑动轴承的配合表面	IT6～IT9	轴	≤0.8		
		孔	≤1.6		
	IT10～IT12	轴	≤3.2		
		孔	≤3.2		

三、表面粗糙度的检测

1. 比较法

比较法是借助视觉、触觉或放大镜、比较显微镜等工具将被测表面与标有一定评定参数值的表面粗糙度样板进行比较，从而判断被测表面粗糙度的一种方法。选择样板时，其材料、形状、加工方法、加工纹理方向等应尽可能与被测表面相同，否则将产生较大的误差。

用比较法评定表面粗糙度，虽然不能精确地得出被测表面的粗糙度数值，但由于器具简单，使用方便，能满足一般的生产需要，故常用于生产现场中评定表面粗糙度参数值较大的表面。

2. 光切法

光切法是应用光切原理测量表面粗糙度的一种测量方法。按光切原理制成的仪器称为光切显微镜，这种测量方法主要用于测量 Rz 值，其测量范围一般为 $0.8\sim80\mu$m。

3. 干涉法

干涉法是应用光波干涉原理测量表面粗糙度的一种测量方法。按干涉原理制成的仪器称为干涉显微镜，该仪器主要用于测量 Rz 值，其测量范围为 $0.025\sim0.8\mu$m。

4. 针描法

针描法是一种接触式测量表面粗糙度的方法，使用较多的仪器是电动轮廓仪，它可直接显示 Ra 值，测量范围为 $0.02\sim5\mu m$。

针描法测量迅速方便，可直接读出 Ra 值，并能在车间现场使用。因此，得到了广泛的应用。

复 习 题

1. 何谓表面粗糙度？它对零件的使用性能有什么影响？

2. 为减小零件表面的摩擦和磨损，零件的表面是不是越光滑越好？为什么？

3. 何谓取样长度？为什么评定表面粗糙度时必须确定一个合理的取样长度？它通常包含几个以上的轮廓峰谷。

4. 何谓评定长度？试说明评定长度的作用及评定长度与取样长度在数值上的关系。

5. 中线有哪两种？两者之间的关系怎样？

6. 表面粗糙度的幅度评定参数有哪几个？各用什么符号表示的？哪个应用最广泛？

7. 表面粗糙度的附加参数有哪几个？

8. 简要说明轮廓支撑长度率的作用。

9. 试说明最大值、最小值与上限值、下限值在意义和标注上的区别。

10. 解释下列表面粗糙度代号的意义：

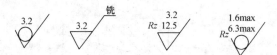

11. 选用表面粗糙度时，一般采取什么方法？其遵守的总的原则是什么？

第六章　圆锥连接的互换性

圆锥连接广泛地应用在机器结构中，与圆柱孔轴连接相比较，具有以下特点：定心精度高、对中性好，易保证同轴度要求；配合的自锁性好、密封性好；间隙和过盈可自动调节；但结构复杂，加工检验比较困难。为提高产品质量、保证互换性，制定有 GB/T 157—2001《锥度与锥角系列》、GB/T 11334—2005《产品几何量技术规范（GPS）圆锥公差》、GB/T 12360—2005《圆锥配合》等国家标准。

第一节　圆锥连接的主要参数

1. 圆锥表面（cone surface）
圆锥表面是由与轴线成一定角度且一端相交于轴线的一条母线绕着该轴线旋转所形成的表面，如图 6-1 所示。
2. 圆锥（cone）
圆锥是由圆锥表面与一定尺寸所限定的几何体。它分为外圆锥和内圆锥，如图 6-2 所示。

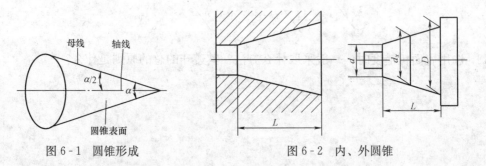

图 6-1　圆锥形成　　　　　　　图 6-2　内、外圆锥

3. 圆锥角 α（cone angle）
圆锥角是指在通过圆锥轴线的截面内，两条素线间的夹角，如图 6-1 所示。
4. 圆锥直径（cone diameter）
圆锥直径是指在垂直于圆锥轴线的截面上的直径，如图 6-2 所示。
常用的圆锥直径有：最大圆锥直径 D、最小圆锥直径 d、给定截面圆锥直径 d_x。
5. 圆锥长度 L（cone length）
圆锥长度是指最大圆锥直径截面与最小圆锥直径截面之间的轴向距离，如图 6-2 所示。
6. 锥度 C（rate of taper）
锥度是指两个垂直圆锥轴线截面的圆锥直径差与该两截面间的轴向距离之比。如最大圆锥直径 D 与最小圆锥直径 d 之差对圆锥长度 L 的比值，即 $C = \dfrac{(D-d)}{L}$。

锥度 C 与锥角 α 的关系为 $C = 2\tan\dfrac{\alpha}{2} = 1 : \dfrac{1}{2}\cot\dfrac{\alpha}{2}$。

锥度一般用分数或比例形式表示，如 $C = 1/50$ 或 $1 : 50$。

7. 圆锥配合长度 L_p （length of cone fit）

圆锥配合长度是指内、外圆锥结合部分的轴向长度。

8. 基面距 E_a （distance of basis-face）

基面距是指内外圆锥基面之间的距离。基面距用于确定内、外圆锥的轴向相对位置，其位置取决于所选圆锥的基本直径。当以外圆锥的小端直径 d_e 为基本直径，基面距的位置在圆锥的小端，当以内圆锥的大端直径 D_e 为基本直径，基面距的位置在圆锥的大端。如图 6-3 所示。

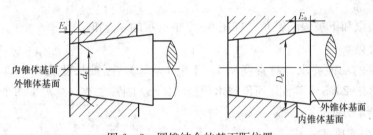

图 6-3　圆锥结合的基面距位置

第二节　圆　锥　公　差

圆锥零件的直径、锥角及圆锥形状均有制造误差，会引起圆锥配合基面距的变动和锥面接触不良，从而影响到圆锥配合的性质和质量，因而标准对圆锥规定了公差。

一、圆锥公差的基本术语

1. 公称圆锥

设计给定的理想形状圆锥称为公称圆锥，见图 6-2。公称圆锥可以用两种形式确定：

（1）以一个公称圆锥直径（最大圆锥直径 D 或最小圆锥直径 d 或给定截面圆锥直径 d_x）、公称圆锥长度 L 和公称圆锥角 α 或公称锥度 C 来确定。

（2）以两个公称圆锥直径和公称圆锥长度 L 来确定。

2. 实际圆锥

实际圆锥是实际存在并与周围介质分隔的圆锥，如图 6-4 所示。它包含有圆锥加工的尺寸误差、形状误差和测量误差。在实际圆锥上测得的直径称为实际圆锥直径 d_a。

3. 实际圆锥角 α_a

在实际圆锥的任一轴向截面内，包容圆锥素线且距离为最小的两对平行直线之间的夹角称为实际圆锥角，见图6-4。不同的轴向截面内，实际圆锥角是不同的。

4. 极限圆锥

与公称圆锥共轴且圆锥角相等、直径分别为上极限尺寸和下极限尺寸的两个圆锥称为极限圆锥，如图 6-5 所示。在垂直圆锥轴线的任一截面上，这两个圆锥的直径差都相等。

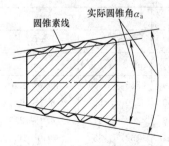

图 6-4　实际圆锥及圆锥角

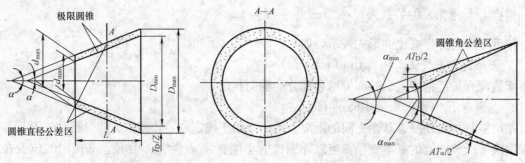

图 6 - 5　极限圆锥和圆锥直径公差区　　　图 6 - 6　极限圆锥角及圆锥角公差区

5. 极限圆锥角

允许的上极限和下极限圆锥角，如图 6 - 6 中所示的 α_{max} 和 α_{min}。

二、圆锥公差

为满足圆锥的功能要求，对锥度从 1：3 至 1：500，圆锥长度从 6～630mm 的光滑圆锥，GB/T 11334—2005《产品几何量技术规范（GPS）圆锥公差》给出了四个公差项目和两种圆锥公差的给定方法。

（一）圆锥公差项目

1. 圆锥直径公差 T_D

圆锥直径公差是指圆锥直径的允许变动量。它是一个没有符号的绝对值，等于两极限圆锥直径之差。其公差区是两个极限圆锥所限定的区域，该公差适用于圆锥的全长，见图6 - 5。

规定圆锥直径公差以大端直径作为公称尺寸，按 GB/T 1800.3—1998《极限与配合》标准规定选取；对非配合圆锥，其基本偏差一般采用 JS 或 js。

2. 圆锥角公差 AT

圆锥角公差是圆锥角的允许变动量。它是一个没有符号的绝对值，等于上极限与下极限圆锥角之差。其公差区为两个极限圆锥角所限定的区域，见图 6 - 6。

按加工精度的高低，圆锥角公差分为 12 级，用 $AT1$～$AT12$ 表示，其中 $AT1$ 精度最高，$AT12$ 精度最低，其数值见表 6 - 1。

为了便于加工和检验，圆锥角公差可用角度值 AT_α 和线性值 AT_D 给定。

表 6 - 1　　　　　　　　　圆锥角公差（摘录 GB/T 11334—2005）

基本圆锥长度 L（mm）		圆锥角公差等级							
		AT4			AT5			AT6		
		AT_α		AT_D	AT_α		AT_D	AT_α		AT_D
大于	至	μrad	(″)	μm	μrad	(″)	μm	μrad	(′) (″)	μm
16	25	125	26″	>2.0～3.2	200	41″	>3.2～5.0	315	1′05″	>5.0～8.0
25	40	100	21″	>2.5～4.0	160	33″	>4.0～6.3	250	52″	>6.3～10.0
40	63	80	16″	>3.2～5.0	125	26″	>5.0～8.0	200	41″	>8.0～12.5
63	100	63	13″	>4.0～6.3	100	21″	>6.3～10.0	160	33″	>10.0～16.0
100	160	50	10″	>5.0～8.0	80	16″	>8.0～12.5	125	26″	>12.5～20.0

续表

基本圆锥长度 L（mm）		圆锥角公差等级							
		AT7			AT8			AT9	
		AT_α		AT_D	AT_α		AT_D	AT_α		AT_D
大于	至	μrad	(′) (″)	μm	μrad	(′) (″)	μm	μrad	(′) (″)	μm
16	25	500	1′43″	>8.0~12.5	800	2′54″	>12.5~20.0	1 250	4′18″	>20~32
25	40	400	1′22″	>10.0~16.0	630	2′10″	>16.0~25.0	1 000	3′26″	>25~40
40	63	315	1′05″	>12.5~20.0	500	1′43″	>20.0~32.0	800	2′45″	>32~50
63	100	250	52″	>16.0~25.3	400	1′22″	>25.3~40.0	630	2′10″	>40~63
100	160	200	41″	>20.0~32.0	315	1′05″	>32.0~50.0	500	1′43″	>50~80

AT_α 的单位用微弧度、AT_D 的单位用 μm 表示，两者的关系为：$AT_D = AT_\alpha \times L \times 10^{-3}$，$L$ 的单位为 mm。

圆锥角的极限偏差可按单向或双向取值。双向取值时，可以是对称的，也可以不对称。如图 6 - 7 所示。

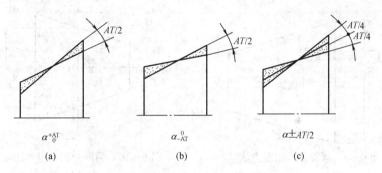

图 6 - 7　圆锥角的极限偏差取值

（a）单向（正偏差）；（b）单向（负偏差）；（c）双向（对称偏差）

3. 圆锥的形状公差 T_F

该形位公差包括圆锥素线直线度公差和任意径向截面的圆度公差。

圆锥的形状误差对连接的基面距影响不大，主要影响连接的质量，即接触精度。对精度要求不高的圆锥，该形状误差可由直径公差 T_D 来加以限制；对于重要的圆锥配合，为保证连接的紧密性，不漏气、不漏水，应控制其形状误差，其数值从 GB/T 1184—1996《形状和位置公差　未注公差》附录中选取，但应不大于圆锥直径公差值的一半。

4. 给定截面圆锥直径公差 T_{DS}

给定截面圆锥直径公差是在垂直于圆锥轴线的给定截面内，圆锥直径的允许变动量。它是一个没有符号的绝对值。如图 6 - 8 所示。其公差区是指在给定圆锥截面内，由直径等于两极限圆锥直径的同心圆所限定的区域。

T_{DS} 是以给定截面圆锥直径 d_x 为公称尺寸，按 GB/T 1800.3—1998《极限与配合》标准规定选取。

圆锥直径公差 T_D 对整个圆锥的任意截面直径都起作用，其公差区限定的是空间区域；给定截面圆锥直径公差 T_{DS} 只对给定截面直径都起作用，其公差区限定的是平面区域。

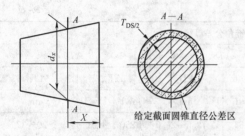

图6-8　给定截面圆锥直径公差与公差区

（二）圆锥公差的给定方法

对于一个实际的圆锥工件，并不需要给定上述的四项公差，而是根据工件的不同要求给出相应的公差。GB/T 11334—2005 中规定了两种圆锥公差的给定方法。

1. 给出圆锥的理论正确圆锥角 α（或锥度 C）和圆锥的直径公差 T_D

由 T_D 确定的两个极限圆锥来限制圆锥角误差和圆锥的形状误差，其实质就是包容原则。按该方法给定圆锥公差时，要在圆锥的极限偏差后标注"Ⓣ"符号，如图6-9所示。该方法适用于有配合要求的内外圆锥，如钻头的锥柄等。

2. 给出给定截面圆锥直径公差 T_{DS} 和圆锥角公差 AT

给定截面圆锥直径和圆锥角应分别满足这两项公差要求。给出的 T_{DS} 和 AT 是独立的，彼此无关，相当于独立原则。如图6-10所示。

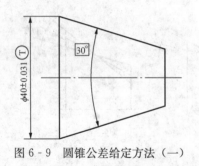

图6-9　圆锥公差给定方法（一）　　　　图6-10　圆锥公差给定方法（二）

第三节　圆　锥　配　合

一、圆锥配合及种类

圆锥配合是指公称圆锥相同的内、外圆锥直径之间，由于结合不同所形成的相互关系。圆锥配合分为间隙配合、过盈配合和紧密配合三种。

1. 间隙配合

内、外圆锥连接在直径方向具有一定的间隙；并且在装配和使用过程中，当圆锥表面磨损后，可通过调整内外圆锥轴向位置来调整间隙，如圆锥滑动轴承中主轴轴颈与轴承衬套间的配合。

2. 过盈配合

内、外圆锥连接时，具有一定的过盈，其大小可通过调整内外圆锥轴向位置。在轴向力的作用下，可以较小的过盈量获得较大的摩擦力来传递扭矩。例如，带柄铰刀、扩孔钻的锥柄与机床主轴锥孔的配合。

3. 紧密配合

内、外圆锥连接时，间隙等于或小于零，主要用于要求密封、定心的场合，如发动机中气阀和阀座的配合等。这类配合一般没有互换性。

二、圆锥配合的两种形式

按相互结合的内、外圆锥轴向位置的确定方法的不同，圆锥配合有结构型和位移型两种形式。

1. 结构型圆锥配合

结构型圆锥配合是指采用适当的结构，使内、外圆锥保持固定的相对轴向位置而获得的配合。结构型圆锥配合推荐优先采用基孔制。

实现轴向位置固定的方法可以是内、外圆锥基准平面直接接触，见图6-11（a）；也可以通过结构尺寸保持内、外圆锥具有一定的基面距，见图6-11（b）。

结构型圆锥配合可以获得间隙、紧密和过盈配合。

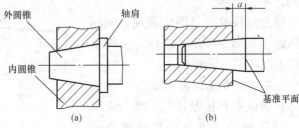

图6-11　结构型圆锥配合
（a）由轴肩结构确定轴向位置；（b）由基准平面间尺寸确定轴向位置

2. 位移型圆锥配合

位移型圆锥配合有两种形成方法。

相互结合的内、外圆锥由实际初始位置 P_a 开始，作一定的相对轴向位移 E_a 而获得要求的间隙或过盈配合，如图6-12（a）、（b）所示。

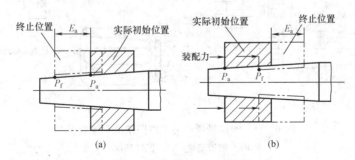

图6-12　位移型圆锥配合
（a）间隙配合；（b）过盈配合

位移型圆锥配合的松紧程度由内、外圆锥轴向位移 E_a 决定，而与内、外圆锥的直径公差区的位置无关。通常，该配合只适用于间隙和过盈配合。

三、圆锥配合的一般规定

从上可知，圆锥可通过调整内外圆锥之间的轴向相对位置形成不同的配合，对两类圆锥配合有以下规定。

1. 结构型圆锥配合

由于结构型圆锥的轴向相对位置是固定的，其配合性质主要取决于内外圆锥的直径公差区，因此推荐优先采用基孔制，内、外圆锥的直径公差区及配合按 GB/T 1800.3—1998 选取。

2. 位移型圆锥配合

位移型圆锥的配合性质是由轴向位移或轴向装配力决定的。内、外圆锥的直径公差区的基本偏差推荐采用 H、h、JS、js，其极限轴向位移按 GB/T 1800.3—1998 规定的极限间隙或极限过盈来计算。具体公式这里省略。

第四节 圆锥的检测

内、外圆锥除了用通用测量器具进行测量检验外，最常用的方法是用圆锥量规进行综合检测。

检测内圆锥的是圆锥塞规，检测外圆锥的是圆锥环规，统称为工作量规，如图 6-13 所示。

圆锥量规是通过其与工件圆锥的实际初始位置和接触状况，来分别检测工件圆锥的圆锥直径和圆锥角偏差的。

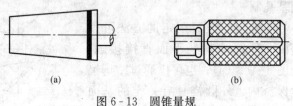

图 6-13　圆锥量规
(a) 圆锥塞规；(b) 圆锥环规

图 6-14 给出了圆锥工作量规检测工件内、外圆锥直径的示意图。图 6-14（a）所示为用圆锥塞规检测工件内圆锥的圆锥直径时，工件圆锥的大端端面应在轴向距离为 T_{zi} 的两条标志线之间方为直径合格；图 6-14（b）所示为用圆锥环规检测工件外圆锥的圆锥直径时，工件圆锥的小端端面应在轴向距离为 T_{ze} 的量规小端端面与标志线之间方为直径合格。

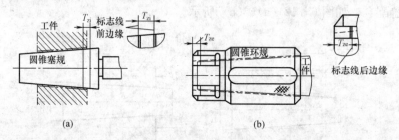

图 6-14　圆锥量规检测工件圆锥的圆锥直径
(a) 圆锥塞规；(b) 圆锥环规

圆锥量规还可以用涂色法来检测 $AT3 \sim AT8$ 各公差等级工件圆锥的圆锥角偏差。用涂色法检测圆锥角偏差是将圆锥量规与工件圆锥在不大于 100N 的轴向力的作用下相互研合，根据圆锥量规工作表面（或工件圆锥表面）上的涂色层向工件圆锥表面（或圆锥量规工作表面）转移所确定的接触率 ψ，来判断其合格性的。涂色层的厚度 δ 及接触率 ψ 应符合相关规定。

复 习 题

1. 试述圆锥连接中各几何参数定义及符号。
2. 影响圆锥连接的误差因素有哪些？各种误差如何影响圆锥连接？
3. 圆锥公差包括哪些项目？

第七章　滚动轴承的公差与配合

　　滚动轴承（rolling bearing）是一种标准化部件，广泛用于机床、汽车、仪器仪表及各种机器部位中的转动支撑。滚动轴承由内圈、外圈、滚动体和保持架组成，如图 7-1 所示。轴承的内圈与轴颈配合，外圈与壳体孔配合，滚动体承受载荷，并使轴承形成滚动摩擦，保持架将滚动体均匀分开，使每个滚动体轮流承载并在内外滚道上滚动。

　　滚动轴承的种类很多，按滚动体形状分为球轴承、圆柱（圆锥）滚子和滚针轴承；按承载的方向分为向心轴承、向心推力轴承（角接触轴承）和推力轴承。

　　滚动轴承的内圈与轴颈、外圈与壳体孔的配合是属于光滑圆柱体配合。滚动轴承的工作性能和使用寿命，不仅取决于轴承本身的制造精度，还和与其配合的壳体孔和轴的尺寸精度、形状精度等因素有关。

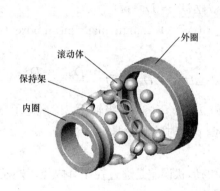 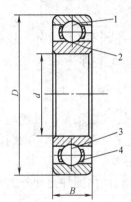

图 7-1　滚动轴承结构

1—外圈；2—内圈；3—滚动体；4—保持架

第一节　滚动轴承的公差等级及其应用

　　国家标准 GB/T 307.3—2005《滚动轴承通用技术规则》中，按尺寸精度和旋转精度划分滚动轴承的公差等级。其中，向心轴承精度由低到高分为 0、6、5、4、2 五级；圆锥滚子轴承分为 0、6x、5、4 四级；推力轴承分为 0、6、5、4 四级。

　　0 级为普通级，用在中等精度、中等转速和旋转精度要求不高的一般机构中，它在机械产品中应用十分广泛。例如，普通机床中的变速机构、进给机构、水泵、压缩机等一般通用机器中所用的轴承。

　　6（6x）、5、4、2 级轴承用于旋转精度较高或转速较高的旋转机构中。具体应用如下：

　　6、5 级轴承多应用于比较精密的机床和机器中。例如，卧式机床主轴的前轴承多采用 5 级，后轴承多采用 6 级；汽车变速箱中使用的轴承也是 6 级。

　　4 级轴承多应用于转速很高或旋转精度要求很高的机床和精密仪器的旋转机构中。例如，高精度磨床和车床多采用 4 级轴承，高速摄影机等精密机械中使用的轴承也多为 4 级。

2 级轴承只应用在高转速、高精度、特别精密机械的主要部件上。例如，精密车床、精密坐标镗床、数控机床、高精度仪器和高转速机构中使用的轴承。

第二节　滚动轴承公差带及其特点

一、滚动轴承的尺寸公差

滚动轴承的尺寸公差，主要指成套轴承内圈和外圈的公差。由于滚动轴承的内圈和外圈都是薄壁件，在制造和保管过程中容易变形（如变成椭圆形），如果变形较小，在轴承内圈与轴、外圈与壳体孔装配后，这种微量变形又可以得到矫正，使轴承仍可正常工作。因此，对滚动轴承内圈与轴、外圈与壳体孔的配合起作用的是平均直径。为此，国家标准对轴承内径 d 和外径 D 的公差作了以下两种规定。

1. 尺寸公差

（1）单一内（外）径偏差 Δd_s（ΔD_s）［deviation of a single bore (outside) diameter］，即

$$\Delta d_s = d_s - d, \Delta D_s = D_s - D$$

（2）单一平面平均内（外）径偏差 Δd_{mp}（ΔD_{mp}）［single plane mean bore (outside) diameter deviation］，即

$$\Delta d_{mp} = d_{mp} - d = \frac{d_{smax} + d_{smin}}{2} - d; \Delta D_{mp} = D_{mp} - D = \frac{D_{smax} + D_{smin}}{2} - D$$

对于 0、6、5 级轴承，只规定了 Δd_{mp} 和 ΔD_{mp}；对 4、2 级轴承，除规定了 Δd_{mp} 和 ΔD_{mp} 以外，还规定了 Δd_s、ΔD_s，用来控制内外圈制造时的实际偏差。

2. 形状公差

滚动轴承内圈内圆柱面和外圈外圆柱面的形状误差是通过控制其内径、外径的变动量来进行限制的。

（1）单一平面内（外）径的变动量 V_{dsp}、V_{Dsp}［single plane bore (outside) diameter deviation］，即

$$V_{dsp} = d_{smax} - d_{smin}; V_{Dsp} = D_{smax} - D_{smin}$$

V_{dsp}、V_{Dsp} 用来限制轴承制造时单一径向平面内的圆度误差。

（2）平均内（外）径的变动量 V_{dmp}、V_{Dmp}［mean bore (outside) diameter deviation］

$$V_{dmp} = d_{mpmax} - d_{mpmin}; V_{Dmp} = D_{mpmax} - D_{mpmin}$$

V_{dmp}、V_{Dmp} 用来控制轴承内圈与轴颈、外圈与壳体孔装配后在整个轴承宽度上的圆柱度误差，上述两项适用于所有公差等级的滚动轴承。各级精度的公差值见表 7 - 1。

二、滚动轴承的公差带特点

滚动轴承内、外径尺寸公差的特点是采用单向制，所有公差等级的公差都单向配置在零线下侧，即上偏差为零，下偏差为负值，如图 7 - 2 所示。

滚动轴承配合基准制的特点：轴承内圈与轴配合采用基孔制，外圈与壳体孔的配合采用基轴制。

在国家标准《极限与配合》中，基准孔的公差带在零线以上，而轴承内圈虽然也是基准孔，但其所有公差等级的公差带都在零线以下。因此，轴承内圈与轴配合，比国家标准《极

限与配合》中基孔制同名配合要紧得多。

表 7-1　　　　　向心轴承内、外圈偏差和公差值（摘录 GB/T 307.1—2005）　　　　μm

公差项目	公差等级	偏差	公称直径 d (mm) >18~30	>30~50	>50~80	公差项目	公差等级	偏差	公称直径 D (mm) >50~80	>80~120	>120~150
Δd_{mp} 单一平面平均内径偏差	0	上偏差	0	0	0	ΔD_{mp} 单一平面平均外径偏差	0	上偏差	0	0	0
		下偏差	−10	−12	−15			下偏差	−13	−15	−18
	6	上偏差	0	0	0		6	上偏差	0	0	0
		下偏差	−8	−10	−12			下偏差	−11	−13	−15
	5	上偏差	0	0	0		5	上偏差	0	0	0
		下偏差	−6	−8	−9			下偏差	−9	−10	−11
	4	上偏差	0	0	0		4	上偏差	0	0	0
		下偏差	−5	−6	−7			下偏差	−7	−8	−9
	2	上偏差	0	0	0		2	上偏差	0	0	0
		下偏差	−2.5	−2.5	−4			下偏差	−4	−5	−5
V_{dsp} 单一平面内径的变动量	0	9	13	15	19	V_{Dsp} 单一平面外径的变动量	0	9	16	19	23
		0,1	10	12	19			0,1	13	19	23
		2,3,4	8	9	11			2,3,4	10	11	14
	6	9	10	13	15		6	9	14	16	19
		0,1	8	10	15			0,1	11	16	19
		2,3,4	6	8	9			2,3,4	8	10	11
	5	9	6	8	9		5	9	9	10	11
		0,1,2,3,4	5	6	7			0,1,2,3,4	7	8	8
	4	9	5	6	7		4	9	7	8	9
		0,1,2,3,4	4	5	5			0,1,2,3,4	5	6	7
	2		2.5	2.5	4		2		4	5	5
V_{dmp} 平均内径的变动量	0		8	9	11	V_{Dmp} 平均外径的变动量	0		10	11	14
	6		6	8	9		6		8	10	11
	5		3	4	5		5		5	5	6
	4		2.5	3	3.5		4		3.5	4	5
	2		1.5	1.5	2		2		2	2.5	2.5

注：V_{dsp}、V_{Dsp} 栏中"直径系列"分别标注。

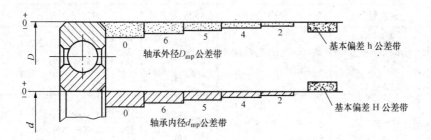

图 7-2　轴承内、外圈公差带图

　　轴承内圈的公差带都偏置在零线以下，主要是考虑轴承的结构特点和配合的需要。因为在多数情况下，轴承内圈是随轴一起旋转的，为了防止在它们之间发生相对运动而导致结合面磨损，两者的配合应具有一定的过盈。但由于内圈是薄壁件，且工作一定时间后必须拆换，因此，配合的过盈量不宜太大。假如轴承内圈的公差带也与一般基准孔的公差带一样分布在零线上方，当采用《极限与配合》国家标准中的过盈配合时，所得的过盈量往往太大；如果改用过渡配合，则有可能出现间隙，从而不能保证配合要求；若采用非标准配合，不仅给设计者带来麻烦，而且违反了标准化和互换性的原则。为此，滚动轴承国家标准将内圈的公差带偏置在零线下方，再与《极限与配合》标准中推荐的常用（或优先）过渡配合中某些轴的公差带配合时，完全能满足轴承内圈与轴的配合性能要求。

　　轴承外圈在壳体孔中一般不旋转，不要求太紧的配合。另外，考虑到在有些场合工作时温度较高，使轴受热膨胀，这样轴两端的轴承中至少有一端应是游动支撑。把外圈和壳体孔的配合选得稍微松一点，使之能补偿轴的热变形，可防止轴的弯曲或卡死轴承。轴承外圈的公差带与一般的基准轴的公差带一样，虽然均在零线的下方，即上偏差均为零、下偏差均为负，但是两者的公差数值是不同的。因此，轴承外圈与壳体孔的配合与标准中基轴制的同名配合相比，改变了配合的松紧程度。

第三节　滚动轴承与轴及壳体孔的配合

　　滚动轴承的配合是指成套轴承的内圈与轴颈、外圈与壳体孔的尺寸配合。正确合理地选用滚动轴承与轴颈和壳体孔的配合，对保证机器正常运转、提高机械效率、提高轴承的使用寿命和充分发挥其承载能力有着非常重要的意义。

一、配合选择

1. 轴颈和壳体孔公差带的种类

　　GB/T 275—1993《滚动轴承与轴和壳体孔的配合》标准规定：与0、6级滚动轴承的内圈相配的轴颈有17种公差带，与轴承外圈相配的壳体孔有16种公差带，见表7-2。其中0、6级滚动轴承与轴颈、壳体孔配合的尺寸公差带图如图7-3所示。

表7-2　　　　　　　　　　与滚动轴承各级精度相配合的轴和壳体孔的公差带

精度等级	轴承内圈与轴		轴承外圈与壳体孔		
	过渡配合	过盈配合	间隙配合	过渡配合	过盈配合
0级	h8 h7　. g6, h6, j6, js6 g5, h5, j5	r7 k6, m6, n6, p6, r6 k5, m5	H8 G7, H7 H6	J7, JS7, K7, M7, N7 J6, JS6, K6, M6, N6	P7 P6
6级	g6, h6, j6, js6 g5, h5, j5	r7 k6, m6, n6, p6, r6 k5, m5	H8 G7, H7 H6	J7, JS7, K7, M7, N7 J6, JS6, K6, M6, N6	P7 P6
5级	h5, j5, js5	k6, m6 k5, m5	G6, H6	JS6, K6, M6 JS5, K5, M5	—

续表

精度等级	轴承内圈与轴		轴承外圈与壳体孔		
	过渡配合	过盈配合	间隙配合	过渡配合	过盈配合
4 级	h5, js5 h4, js4	k5, m5 k4	H5	K6 JS5, K5, M5	—
2 级	h3, js3	—	H4	JS4, K4	—

注 1. 孔 N6 与 0 级轴承（外径 $D<150$mm）和 6 级精度轴承（外径 $D<350$mm）的配合为过渡配合。

　　2. 轴 r6 用于内径 $d>120\sim500$mm；轴 r7 用于内径 $d>180\sim500$mm。

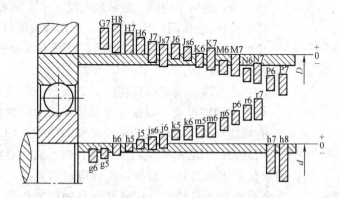

图 7-3　滚动轴承与轴和壳体孔配合的公差带图

2. 配合的选择

轴承配合的选择应综合考虑作用在轴承上负荷的类型、大小；轴承的类型和尺寸；轴和壳体孔的材料、结构、工作环境、装配要求等因素。

（1）负荷类型。

机器运转时，根据作用于轴承上的负荷相对于套圈的旋转情况，可将套圈所承受的负荷分为三类：定向负荷、旋转负荷和摆动负荷，见图 7-4。

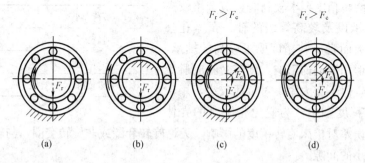

图 7-4　轴承套圈承受的负荷类型

1）定向负荷（stationary load）：作用于轴承上的合成径向负荷若与某套圈相对静止，该负荷始终方向不变地作用在该套圈的局部滚道上，此时该套圈所承受的负荷称为定向负荷。图 7-4（a）中的轴承外圈和图 7-4（b）中的轴承内圈所承受的负荷均为定向负荷。

2）旋转负荷（rotating load）：作用于轴承上的合成径向负荷若与某套圈相对旋转，并顺次作用在该套圈的整个圆周滚道上，此时该套圈所承受的负荷称为旋转负荷。图 7-4（a）和图 7-4（c）的轴承内圈、图 7-4（b）和图 7-4（d）的轴承外圈所承受的负荷均为旋转负荷。

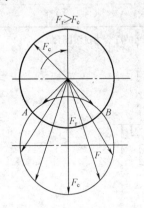

图 7-5　摆动负荷的作用区

3）摆动负荷（oscillating load）：作用于轴承上的合成径向负荷在某套圈滚道的一定区域内相对摆动，此套圈所承受的负荷称为摆动负荷。如图 7-4（c）所示的轴承外圈和图 7-4（d）所示的轴承内圈，轴承同时受一个定向负荷 F_r 和一个旋转负荷 F_c 的作用，且 $F_r > F_c$。它们合成负荷 F 仅在小于 180° 角度范围内的一段滚道内摆动，如图 7-5 所示，AB 弧为摆动负荷的作用区。

当套圈承受定向负荷时，其配合一般应选较松的过渡配合或小间隙配合，以便在滚动体摩擦力矩的作用下，使套圈有可能产生少许转动，从而使套圈受力均匀，延长轴承的使用寿命。当套圈受旋转负荷时，为了防止套圈在轴颈上或壳体孔的配合表面上打滑，引起配合表面发热、磨损，配合应选得紧些，一般选用小过盈配合或较紧的过渡配合。当套圈受摆动负荷时，选择其配合的松紧程度，一般与受旋转负荷的配合相同或稍松一点。对于受重负荷或冲击负荷的轴承配合，应比轻负荷和正常负荷下的配合要紧。

（2）负荷大小。

国家标准对向心轴承负荷的大小按径向当量动负荷 P_r 与径向额定动负荷 C_r 的比值分为轻负荷、正常负荷、重负荷，见表 7-3。轴承在负荷作用下，套圈会发生变形，使配合面受力不均，引起松动。因此，受重负荷时配合应紧些，受轻负荷时应松些。

（3）轴承的旋转精度与旋转速度。

当轴承的旋转精度要求较高时，应选用较高精度等级的轴承以及较高等级的轴、壳体孔公差；对负荷较大而且旋转精度要求较高的轴承，为消除弹性变形和振动的影响，旋转套圈应避免采用间隙配合，但不宜太紧；对负荷较小，用于精密机床的高精度轴承，为避免相配合的壳体孔、轴的形状误差对机床旋转精度的影响，无论旋转套圈或非旋转套圈，与轴或壳体孔的配合都希望有较小的间隙。

表 7-3　负荷的类型和大小

负荷大小	P_r/C_r
轻负荷	≤0.07
正常负荷	>0.07～0.15
重负荷	>0.15

其他条件相同的情况下，轴承的旋转精度愈高，转速愈高，选用配合也应愈紧。

（4）轴承尺寸的大小。

随着轴承尺寸的增大，选择过盈配合时，其过盈量应随之增大；选择间隙配合时，其间隙量应随之增大。例如，承受定向负荷的轴承，随轴承直径加大，间隙逐渐加大，以使套圈沿配合表面有足够的蠕动；受旋转负荷的轴承，随轴承直径加大，过盈量逐渐加大，以保证有足够的连接强度。

（5）轴与轴承座孔的结构和材料。

剖分式的轴承座与轴承外圈的配合不宜太紧，以避免这种轴承座孔的形状误差引起轴承外圈不正常的变形；薄壁壳或空心轴与轴承套圈的配合应比厚壁壳或实心轴与轴承套圈的配合紧一些，以保证足够的连接强度。

轻合金壳体与轴承外圈的配合，应比铸铁壳体与轴承外圈的配合紧一些，这样也是为了保证连接强度。

（6）轴承组件的轴向游动。

轴承组件在运转时容易受热而伸长，为此轴承组件的一端应有能轴向移动的余地。这就要求该端的轴承套圈与固定件（壳体孔或轴）的配合较松，以保证有游动的可能。例如普通车床主轴的后轴承，其外圈与箱体孔即为间隙配合，以保证主轴工作时受热后往后伸长的余地，防止轴的弯曲或卡死。如图 7-6 所示。

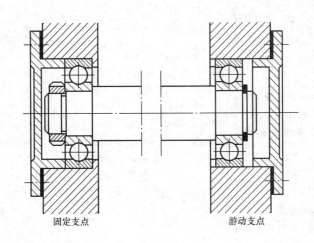

固定支点　　　　　　　　　　　　　游动支点

图 7-6　轴承的轴向游动

对于一些非常重要的轴承组件，可使其两端均有轴向移动的余地。这时，两端轴承套圈与固定件的配合都应有一些间隙。这样不但受热后有伸长的余地，而且容易装配。

（7）工作温度。

轴承旋转时，套圈的温度经常高于与它配合的壳体孔、轴的温度。由此，内圈因热胀与轴的配合变松；外圈因热胀与壳体孔的配合变紧。因此，必须认真考虑轴承装置各部分的温度差及热传导的方向。当轴承工作温度高于 100℃时，应对选择的配合进行适当修正。

（8）轴承的安装与拆卸。

考虑轴承安装与拆卸的方便，宜采用较松的配合，对重型机械用的大型和特大型轴承，这点尤为重要。例如要求装拆方便而又需紧配时，可采用分离型轴承，或内圈带锥孔、带紧定套和退卸套的轴承。

滚动轴承与轴及壳体孔配合的选用通常采用类比法。请参阅表 7-4～表 7-7。

二、公差等级的选择和配合表面粗糙度的选择

轴颈与壳体孔的公差等级与轴承本身精度等级密切相关，与 0、6 级轴承配合的轴一般取 IT6，壳体孔一般取 IT7。对旋转精度和运转平稳有较高要求的场合，轴取 IT5，壳体孔取 IT6。与 5 级轴承配合的轴和壳体孔均取 IT6，要求高的场合取 IT5；与 4 级轴承配合的轴取 IT5，壳体孔取 IT6，要求更高的场合轴取 IT4，壳体孔取 IT5。配合表面及端面的粗糙度按表 7-8 进行选取。

表 7-4　　　　　向心轴承与轴的配合及轴公差带代号（摘自 GB/T 275—1993）

内圈工作条件		应用举例	深沟球轴承、调心球轴承、角接触球轴承	圆柱滚子轴承、圆锥滚子轴承	调心滚子轴承	公差带
说明	负荷状态		轴承公称内径（mm）			
圆 柱 孔 轴 承						
旋转的内圈负荷及摆动负荷	轻负荷	电器仪表、精密机械主轴、泵、通风机、传送带	≤18	—	—	h5
			>18～100	≤40	≤40～100	j6①
			>100～200	>40～140	>40～140	k6①
			—	>140～200	>140～200	m6①
	正常负荷	一般通用机械、电动机、机床主轴、内燃机、直齿轮传动装置	≤18	—	—	j5js5
			>18～100	≤40	≤40	k5②
			>100～140	>40～100	>40～65	m5②
			>140～200	>100～140	>65～100	m6
			>200～280	>140～200	>100～140	n6
			—	>200～400	>140～280	p6
					>280～500	r6
	重负荷	火车的轴箱、牵引电动机、破碎机等重型机械		>50～140	>50～140	n6
				>140～200	>100～140	p6③
				>200	>140～200	r6
				—	>200	r7
固定的内圈负荷	所有负荷	静止轴上的各种轮子、张紧轮、线轮、振动筛、惯性振动器	所有尺寸			f6
						g6①
						h6
						j6
仅有轴向负荷			所有尺寸			j6 或 js6
圆锥孔轴承（带锥形套）						
所有负荷		铁路机车车辆轴箱	装在退卸套上的所有尺寸			h8（IT6）⑤④
		一般机械传动	装在紧定套上的所有尺寸			h9（IT7）⑤④

①凡对精度有较严格要求的场合，应用 j5、k5…代替 j6、k6…；

②圆锥滚子轴承、角接触球轴承配合对游隙影响不大，可用 k6、m6 代替 k5、m5；

③重负荷下轴承油隙应选大于 0 组；

④凡有较高精度或转速要求的场合，应用 h7（IT5）代替 h8（IT6）等；

⑤IT6、IT7 表示圆柱度公差数值。

表 7 - 5　　　　推力轴承与轴配合及轴公差带代号 （摘自 GB/T 275—1993）

负荷状态	运转条件	推力球轴承和推力滚子轴承	推力调心滚子轴承[1]	公差带
		轴承公称内径（mm）		
仅有轴向负荷		所有尺寸		j6、js6
径向和轴向联合负荷	固定的轴圈负荷	—	≤250	j6
			>250	js6
	旋转的轴圈负荷或摆动负荷	—	≤200	k6[2]
			>200～400	m6
			>400	n6

①也包括圆锥滚子轴承和推力角接触轴承。

②要求较小过盈时，可分别用 j6、k6、m6 代替 k6、m6、n6。

表 7 - 6　　　向心轴承与壳体孔配合及孔公差带代号 （摘自 GB/T 275—1993）

外圈工作条件				应用举例	公差带[1]	
旋转状态	负荷状态	轴向移动	其他情况		球轴承	滚子轴承
固定的外圈负荷	轻、正常和重负荷	轴向容易移动	可采用剖分式外壳	一般机械、铁路机车车辆轴箱、电动机、泵、曲轴主轴承	H7、G7[2]	
	冲击负荷	轴向能移动	可采用整体式或剖分式外壳		J7、Js7	
摆动负荷	轻和正常负荷					
	正常和重负荷				K7	
	冲击负荷				M7	
旋转的外圈负荷	轻负荷	轴向不移动	整体式外壳	张紧滑轮、轮毂轴承	J7	K7
	正常负荷				K7、M7	M7、N7
	重冲击负荷				—	N7、P7

①并列公差带随尺寸的增大从左至右选择，对旋转精度有较高要求时，可相应提高一个公差等级。

②不适于剖分式外壳。

表 7 - 7　　　推力轴承与壳体孔配合及孔的公差带代号 （摘自 GB/T 275—1993）

负荷状态	运转状态	轴承类型	公差带	备　注
仅有轴向负荷		推力球轴承	H8	
		推力圆柱、圆锥滚子轴承	H7	
		推力调心滚子轴承		壳体孔与座圈间间隙为 0.001 D（D 为轴承公称外径）
径向和轴向联合负荷	固定的座圈负荷	推力调心滚子轴承、推力角接触轴承、推力圆锥滚子轴承	H7	
			K7	普通条件使用
	旋转的座圈负荷或摆动负荷		M7	有较大径向负荷

表 7 - 8　　　　　　　　　　配合表面的粗糙度（摘自 GB/T 275—1993）

轴或轴承座直径 (mm)		轴或壳体孔配合表面直径公差等级					
		IT7		IT6		IT5	
		表面粗糙度（μm）					
超　过	到	Ra		Ra		Ra	
		磨	车	磨	车	磨	车
	80	1.6	3.2	0.8	1.6	0.4	0.8
80	500	1.6	3.2	1.6	3.2	0.8	1.6
端　面		3.2	6.3	3.2	6.3	1.6	3.2

三、配合面及端面的形状和位置公差

轴颈和壳体孔表面的圆柱度公差、轴肩及壳体孔肩的端面圆跳动按表 7 - 9 选取。标注方法如图 7 - 7 所示。

表 7 - 9　　　　　　　　　　轴和壳体孔的形位公差（摘自 GB/T 275—1993）

基本尺寸（mm）		圆柱度 t				端面圆跳动 t_1			
		轴　颈		壳体孔		轴　肩		壳体孔肩	
		轴承公差等级							
		0	6（6X）	0	6（6X）	0	6（6X）	0	6（6X）
超过	到	公　差　值（μm）							
	6	2.5	1.5	4	2.5	5	3	8	5
6	10	2.5	1.5	4	2.5	6	4	10	6
10	18	3.0	2.0	5	3.0	8	5	12	8
18	30	4.0	2.5	6	4.0	10	6	15	10
30	50	4.0	2.5	7	4.0	12	8	20	12
50	80	5.0	3.0	8	5.0	15	10	25	15
80	120	6.0	4.0	10	6.0	15	10	25	15
120	180	8.0	5.0	12	8.0	20	12	30	20
180	250	10.0	7.0	14	10.0	20	12	30	20
250	315	12.0	8.0	16	12.0	25	15	40	25
315	400	13.0	9.0	18	13.0	25	15	40	25
400	500	15.0	10.0	20	15.0	25	15	40	25

【**例 7 - 1**】　　已知减速器的功率为 5kW，从动轴转速为 83r/min，当量径向动负荷 P_r 为 883N，其两端的轴承是 6211 深沟球轴承 $d = 55mm$，$D = 100mm$，额定动负荷 C_r 为 33 354 N，轴承内圈与轴一起旋转，外圈装在剖分式的壳体孔中不动。试确定轴颈和壳体孔的公差带代号，形位公差值和表面粗糙度值，并将它们分别标注在装配图和零件图上。

　　解　1）确定轴承的等级。

减速器属于一般机械，从动轴的转速不高，所以选用 0 级轴承。

　　2）负荷类型及负荷大小。

该轴承承受定向的径向负荷，内圈承受旋转负荷，外圈承受定向负荷。

$$P_r / C_r = 883/ 33\,354 = 0.026\,5$$

属于轻负荷

3）确定轴颈和壳体孔的公差代号。

按轴承的工作条件，查表7-4和表7-6，分别选取轴颈公差带为$\phi 55j6(^{+0.012}_{-0.007})$，壳体孔的公差带为$\phi 100H7(^{+0.035}_{0})$。

4）查表7-8和表7-9，确定轴颈和壳体孔的形位公差值及表面粗糙度参数值，并标注在图样上，如图7-7（a）、（b）、（c）所示。

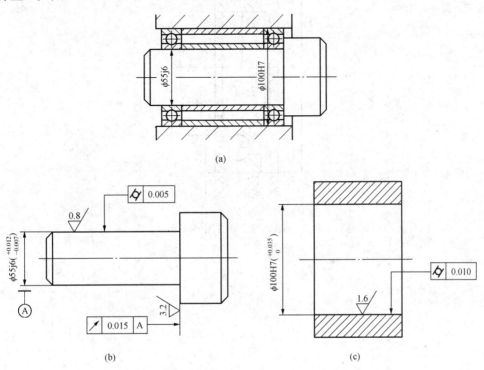

(a)

(b)   (c)

图7-7 轴颈和壳体孔精度设计示例

（a）装配图图样；（b）轴颈图样；（c）壳体孔图样

复 习 题

1. 滚动轴承按照什么方式划分精度等级的？共分为几个精度等级？应用情况如何？

2. 滚动轴承的内、外径都规定了哪两种公差带？试举例说明这两种公差带各起什么作用？

3. 滚动轴承内圈与轴颈及外圈与壳体孔的配合分别采用何种基准制？

4. 滚动轴承的内径公差带的布置有什么特点？内圈与轴的配合，比国家标准《极限与配合》中基孔制的同名配合在松紧程度及配合性质上有什么变化？

5. 选择滚动轴承与轴及壳体孔的配合时应考虑哪些因素？

6. 试分析说明滚动轴承套圈承受的定向负荷，旋转负荷及摆动负荷的三种状态在含义上的区别。

7. 如图7-8所示，某闭式传动减速器传动轴上安装0级609深沟球轴承，内径45mm，外径85mm，其额定动负荷为19 700N。工作情况为：外壳固定，轴旋转，转速为980r/min，承受径向动负荷为1 300N，试确定轴径和壳体孔的公差带代号，形位公差值和表面粗糙度值，并将它们分别标注在装配图和零件图上。

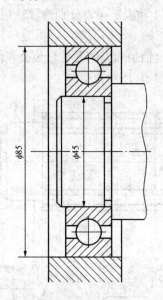

图7-8　题7图

第八章　键、花键连接的互换性

第一节　键　连　接

　　键连接常用于齿轮、皮带轮、联轴器等轴上零件与轴的连接，以传递扭矩，并可作导向用。它属于可拆卸连接，应用很广。

　　键的类型有平键、半圆键、楔键、切向键等多种，其中以平键用得最多，半圆键次之。本节只讨论平键连接。

一、平键连接的特点

　　平键（prismatic key）连接方式见图8-1，由键、轴槽和轮毂槽三部分组成，键的两个侧面同时与轴槽和轮毂槽配合，通过键侧面接触传递运动和扭矩，因而键宽b是主要的配合尺寸，而键高h和键长L配合精度要求较低，分别取IT11和IT14。

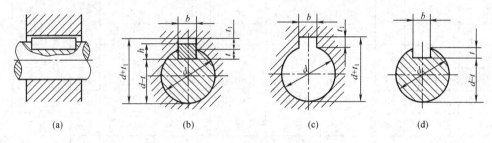

图8-1　平键和键槽连接及主要尺寸

二、平键的公差与配合

　　平键连接中，键是标准件，键与键槽的配合为基轴制，键宽只有一种公差带h8。按照配合的松紧，平键连接分为松连接、正常连接和紧密连接三种，其中轴槽和轮毂槽的公差、偏差数值从GB/T 1800.3—1998中选取。各种连接的配合性质及应用见图8-2和表8-1。

　　平键连接中键和键槽的公差见表8-2和表8-3，其他非配合尺寸见表8-4。

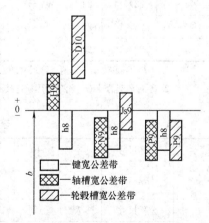

图8-2　平键连接配合公差带图

三、形位公差和表面粗糙度

　　为了保证键和键槽的装配及工作面负荷均匀和对中性，标准规定了轴键槽对称面对轴的轴线对称度公差和轮毂槽对称面对孔轴线对称度公差，尤其是采用紧密连接，更要控制键槽的对称度公差，以免装配困难。对称度的公差等级按GB/T 1184—1996《形状和位置公差》中的7～9级选取。当键长与键宽之比$l/b \geqslant 8$时，加选平行度公差，键宽b的两侧面在长度方向的平行度应符合GB/T 1184—1996《形状和位置公差》的规定，即当$b \leqslant 6$mm时，平行度公差按7级；$b \geqslant 8 \sim 36$mm时按6级；$b \geqslant 40$mm时按5级选用。

表 8 - 1　　　　　　　　　　　　　平键的配合种类及应用

键的类型	配合种类	尺寸 b 的公差带			应 用 范 围
		键	轴槽	轮毂槽	
平　键	松连接	h8	H9	D10	主要用于导向平键，轮毂可在轴上作轴向移动
	正常连接		N9	Js9	键在轴上及轮毂上均固定，传递不大的扭矩
	紧密连接		P9	P9	传递重载和冲击负荷或双向传递扭矩

表 8 - 2　　　　普通平键的键槽剖面尺寸及极限偏差（摘录 GB/T 1095—2003）　　　　mm

轴 公称直径 d	键 公称尺寸 $b×h$	公称尺寸 b	松连接 轴 H9	松连接 毂 D10	正常连接 轴 N9	正常连接 毂 Js10	紧密连接 轴和毂 P9	深度 轴 t 公称尺寸	深度 轴 t 极限偏差	深度 毂 t_1 公称尺寸	深度 毂 t_1 极限偏差
>22~30	8×7	8	+0.036 / 0	+0.098 / +0.040	0 / −0.036	±0.018	−0.015 / −0.051	4.0		3.3	
>30~38	10×8	10	+0.036 / 0	+0.098 / +0.040	0 / −0.036	±0.018	−0.015 / −0.051	5.0		3.3	
>38~44	12×8	12	+0.043 / 0	+0.012 0 / +0.050	0 / −0.043	±0.021 5	−0.018 / −0.061	5.0		3.3	
>44~50	14×9	14	+0.043 / 0	+0.012 0 / +0.050	0 / −0.043	±0.021 5	−0.018 / −0.061	5.5		3.8	
>50~58	16×10	16	+0.043 / 0	+0.012 0 / +0.050	0 / −0.043	±0.021 5	−0.018 / −0.061	6.0	+0.2 / 0	4.3	+0.2 / 0
>58~65	18×11	18	+0.043 / 0	+0.012 0 / +0.050	0 / −0.043	±0.021 5	−0.018 / −0.061	7.0		4.4	
>65~75	20×12	20	+0.052 / 0	+0.149 / +0.064	0 / −0.052	±0.026	−0.022 / −0.074	7.5		4.9	
>75~85	22×14	22	+0.052 / 0	+0.149 / +0.064	0 / −0.052	±0.026	−0.022 / −0.074	9.0		5.4	
>85~95	25×14	25	+0.052 / 0	+0.149 / +0.064	0 / −0.052	±0.026	−0.022 / −0.074	9.0		5.4	
>85~110	28×16	28	+0.052 / 0	+0.149 / +0.064	0 / −0.052	±0.026	−0.022 / −0.074	10.0		6.4	

注　1.（$d-t$）和（$d+t$）两组合尺寸的偏差，按相应的 t 和 t_1 的偏差选取，但（$d-t$）偏差值应取（−）。
　　2. 导向平键的轴槽与轮毂槽用松连接的公差。

表 8 - 3　　　　　　　　　　　普通平键的尺寸及极限偏差　　　　　　　　　　mm

b	公称尺寸	8	10	12	14	16	18	20	22	25	28
	偏差 h8	0 −0.022		0 −0.027					0 −0.033		

h	公称尺寸	7	8	8	9	10	11	12	14	16
	偏差 h11	0 −0.090					0 −0.110			

表 8 - 4　　　　键连接中非配合尺寸的公差（摘录 GB/T 1096—2003）

各部分尺寸	键高 h	键长 L	轴槽长
公差带代号	h11 （h9）[1]	h14	H14

[1]（h9）用于 B 型键。

键和键槽配合面的表面粗糙度 Ra 上限允许值一般取 $1.6\sim3.2\mu m$，非配合面 Ra 上限允许值取 $6.3\mu m$。

【例 8 - 1】 轴与齿轮孔采用平键正常连接，孔轴配合为 56H7/r6，根据 GB/T 1095—2003 确定槽宽为 16mm 和槽深 $t=6$mm 的公称尺寸及上下偏差，并确定相应的形位公差值并标注在图样上。

解 查表 2 - 1、表 2 - 5 和表 8 - 2

得 轴槽 16N9 $\left({}^{0}_{-0.043}\right)$

轮毂槽 JS9 $\left({}^{+0.021}_{-0.021}\right)$

当 $t=6$ ，$d-t$ $\left({}^{0}_{-0.2}\right)$ $=50^{0}_{-0.2}$

$t_1=4.3$ $d+t$ $\left({}^{+0.2}_{0}\right)$ $=60.3^{+0.2}_{0}$

与键相配合的轴槽和轮毂槽的标注如图 8 - 3 所示。

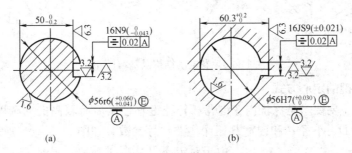

图 8 - 3 轴槽和轮毂槽公差标注

(a) 轴键槽；(b) 轮毂键槽

四、键的检测

键的检测比较简单，可使用各种通用计量器具检测。在大批生产时，常用专用的极限量规来检验，如图 8 - 4 所示。

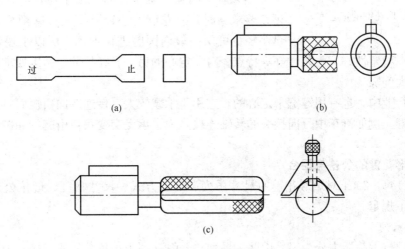

图 8 - 4 检验量规

(a) 检测键槽宽 b 用的板式塞规；(b) 轮毂槽对称度的量规；

(c) 检测轴槽对称度的量规

第二节　花　键　连　接

花键（Spline）按齿形状的不同分为矩形花键（Rectangular spline）、渐开线花（Invo-lute spline）和三角形花键（Triangle spline），如图 8-5 所示。与单键相比较，花键具有承载能力强（可传递较大的扭矩）、定心精度高、导向性好、连接可靠等特点，故在汽车、机床等产品中，应用较广。但花键的制造工艺比单键复杂，成本也较高。本节只讨论矩形花键连接。

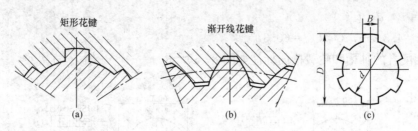

矩形花键　　　　　渐开线花键

(a)　　　　　　(b)　　　　　　(c)

图 8-5　花键的结构及基本尺寸

一、矩形花键的定心方式

花键连接的主要要求是保证内花键孔和外花键轴连接后有较高的同轴度，并传递扭矩。矩形花键有大径 D、小径 d 和键宽 B 三个主要尺寸参数，如图 8-5（c）所示。

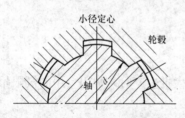

小径定心　　　轮毂

轴 d

图 8-6　矩形花键的定心方式

由于对定心尺寸要求较高，若要求三个尺寸同时起配合定心作用以保证同轴度是很困难的，而且也无必要。GB/T 1144—2001《矩形花键尺寸、公差和检测》中规定，矩形花键用小径定心，如图 8-6 所示。这是因为大径定心在工艺上难于实现，如果要求定心表面硬度高时，内花键的大径淬火后磨削加工困难。如采用小径定心，当定心表面硬度要求高时，外花键的小径可用成形磨削加工，而内花键小径也可用一般内圆磨进行加工，所以小径定心能保证定心精度高、稳定性好、工艺性好等特点。对非定心的另一直径尺寸，精度要求较低，并在配合后有较大间隙。

在某些行业中，也有用键宽来定心的。它用于承载较大、传递双向扭矩而对定心精度要求不高的花键。例如汽车中万向接头的转轴连接，为了承受交变负荷引起的冲击，故采用键宽定心。

二、矩形花键的公差与配合

GB/T 1144—2001 对矩形花键的尺寸系列、定心方式、尺寸精度、形位公差、表面粗糙度等进行了规定。

1. 尺寸系列

矩形花键按承载能力分为轻、中两个系列，轻系列用于小负荷的静连接，中系列用于中等负荷。两个系列的区别仅在大径尺寸的不同。

花键规格按 $N×d×D×B$ 的方法表示。其中，N 表示键数，取偶数，分 6、8、10 三种，以便加工和检测；d、D、B 分别表示小径、大径和键宽。

2. 基准制和尺寸公差带

为了减少加工花键孔专用拉刀的种类，矩形花键连接采用基孔制，规定了滑动配合、紧滑动配合和固定配合三种配合，三种配合都是间隙配合。但是，由于花键形位误差的影响会使配合较紧，当要求定位准确度高或传递扭矩大或经常有正反转变动时，应选用紧一些的配合；反之，应选松一些的配合。当内、外花键需频繁相对滑动或配合长度较大时，应选松一些的配合。以小径定心的矩形内、外花键的尺寸公差带见表 8 - 5，不同用途的配合见表 8 - 6。

表 8 - 5　　　　　　　　　**矩形花键的尺寸公差带**（摘录 GB/T 1144—2001）

内 花 键				外 花 键			
小径 d	大径 D	键槽宽 B		小径 d	大径 D	键宽 B	装配方式
		拉削后不热处理	拉削后热处理				
一般用							
H7	H10	H9	H11	f7	d10		滑动
				g7	a11	f9	紧滑动
				h7		h10	固定
精密传动用							
H5②	H10	H7、H9①		f5		d8	滑动
				g5		f7	紧滑动
				h5	a11	h8	固定
				f6		d8	滑动
H6②				g6		f7	紧滑动
				h6		h8	固定

①精密传动用的内花键，当需要控制键侧配合间隙时，键宽可选 H7，一般情况下可选 H9。
②d 为 H5 和 H6 的内花键，允许与高一级的外花键配合。

表 8 - 6　　　　　　　　　　　　**不同用途的矩形花键配合**

用途	配合种类	配合代号			说　　　明
		小径 d	大径 D	键宽 B	
一般用途	滑动	$\dfrac{H7}{f7}$	$\dfrac{H10}{a11}$	$\dfrac{H11}{d10}\left(\dfrac{H9}{d10}\right)$	1. 当内花键拉削后不热处理时，键宽 B 用加括弧的配合；
	紧滑动	$\dfrac{H7}{g7}$		$\dfrac{H11}{f9}\left(\dfrac{H9}{f9}\right)$	2. 内花键小径公差带 H7 允许与外花键小径公差带 f6、g6、h6 相配合
	固定	$\dfrac{H7}{h7}$		$\dfrac{H11}{h10}\left(\dfrac{H9}{h10}\right)$	
精密传动用途	滑动	$\dfrac{H5}{f5}\quad\dfrac{H6}{f6}$	$\dfrac{H10}{a11}$	$\dfrac{H9}{d8}\left(\dfrac{H7}{d8}\right)$	1. 当需要控制键侧间隙时，键宽 B 用加括弧的配合；
	紧滑动	$\dfrac{H5}{g5}\quad\dfrac{H6}{g6}$		$\dfrac{H9}{f7}\left(\dfrac{H7}{f7}\right)$	2. 内花键小径公差带 H6 允许与外花键小径公差带 f5、g5、h5 相配合
	固定	$\dfrac{H5}{h5}\quad\dfrac{H6}{h6}$		$\dfrac{H9}{h8}\left(\dfrac{H7}{h8}\right)$	

3. 形位公差

矩形花键除上述尺寸公差外，还有形位公差要求，它对花键结合的传力性能和装配性能影响很大，主要包括位置度公差（包括键齿和键槽的等分度及对称度）和平行度公差。

位置度公差见表 8-7，标注见图 8-7，均采用最大实体要求，以保证内、外花键的可装配性，检验时用花键综合量规检测。

表 8-7	矩形花键的位置度公差 t_1			mm
键槽宽或键宽 B	3	3.5～6	7～10	12～18
	t_1			
键槽宽	0.010	0.015	0.020	0.025
键宽　滑动、固定	0.010	0.015	0.020	0.025
键宽　紧滑动	0.006	0.010	0.013	0.016

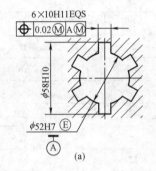 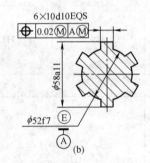

图 8-7　花键位置度公差的标注
(a) 内花键；(b) 外花键

对较长的花键，还要规定键侧对轴线的平行度公差，可根据产品性能在设计时自行规定，标准中未作推荐或规定。

对单件、小批量生产，可用键（键槽）宽的对称度公差或等分度公差，并遵守独立原则。具体数值按表 8-8，标注如图 8-8 所示。

表 8-8	矩形花键的对称度公差 t_2			mm
键槽宽或键宽 B	3	3.5～6	7～10	12～18
	t_2			
一般用	0.010	0.012	0.015	0.018
精密传动用	0.006	0.008	0.009	0.011

4. 花键的表面粗糙度要求

花键小径、大径及键侧粗糙度见表 8-9。

5. 花键的标注

花键的图纸标注，按顺序包括以下项目：键数 N、小径 d、大径 D、键（键槽）宽 B，其公差带代号标注于各自的基本尺寸之后，例如：

花键副　6×23H7/f7×26H10/a11×6H11/d10 GB/T 1144—2001

内花键　6×23H7×26H10×6H11 GB/T 1144—2001

外花键　6×23f7×26a11×6d10 GB/T 1144—2001

在图纸中的标注见图8-9，也可按图8-7或8-8将各尺寸公差带分别注出。

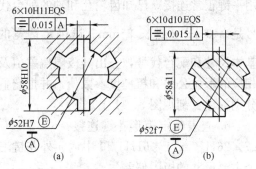

图8-8　花键对称度公差标注

(a) 内花键；(b) 外花键

表8-9　花键表面粗糙度

加工表面	内花键	外花键
	Ra 不大于（μm）	
小径	1.6	0.8
大径	6.3	3.2
键侧	6.3	1.6

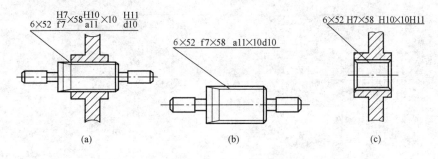

图8-9　花键配合及公差带的图样标注

(a) 内外花键配合；(b) 外花键轴；(c) 内花键孔

6. 矩形花键的检测

对单件小批量生产内、外花键，用通用器具，按独立原则进行单项检测，对键（键槽）宽的对称度和等分度误差进行分别的检测。

对大批量生产内、外花键，包括上述的位置度（等分度或对称度）误差，采用综合量规来检测。内花键用综合塞规，外花键用综合环规，如图8-10所示，检测时，合格的标志是综合量规能通过，而单项止规不能通过。

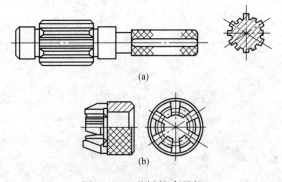

图8-10　花键综合量规

(a) 检验内花键的综合塞规；(b) 检验外花键的综合环规

复 习 题

1. 平键、花键连接的特点是什么？各适用于哪些场合？

2. 平键连接有几种使用情况？其配合采用哪种基准制？

3. 矩形花键的定心方式有哪几种？用得最多的是哪种？为什么？

4. 矩形花键的配合采用哪种基准制？

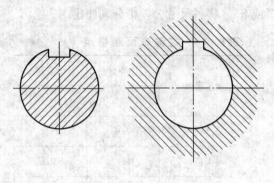

图 8-11　题 5 图

5. 某减速器中，其中某一齿轮与轴采用平键正常连接。已知齿轮孔和轴的配合代号是 $\phi40\ \dfrac{H8}{k7}$，键长 55mm。试确定键宽的基本尺寸和配合代号，查出其极限偏差值及相应的形位公差和粗糙度参数值，并把它们分别标注在剖视图 8-11 上。

6. 查表确定矩形花键连接：6×23H7/g7×26H10/a11×6H11/f9 中内、外花键三个主要尺寸的极限偏差。

第九章　螺纹连接的互换性

第一节　概　　述

一、螺纹的分类

螺纹连接在机械制造和仪器制造中应用很广，按其不同的用途可分为三类：

1. 普通螺纹

普通螺纹亦称为紧固螺纹，主要用于紧固和连接零件，是使用最广的一种螺纹连接。对其主要要求是可旋合性和连接的可靠性。

2. 传动螺纹

传动螺纹用于传递动力和位移，例如机床中的丝杠螺母副、量仪中的测微螺旋副。对其主要的要求是传递动力要可靠和传动精度，并要求有一定的保证间隙，以便储存润滑油。

3. 紧密（密封）螺纹

紧密（密封）螺纹是连接螺纹，用于管路的连接，对其主要要求是连接紧密，不漏水、不漏气、不漏油。

二、普通螺纹的基本牙型和主要几何参数

标准 GB/T 192—2003《普通螺纹基本牙型》和 GB/T 14791—1993《螺纹术语》对普通螺纹的牙型、术语及几何参数进行了规定。

普通螺纹的基本牙型（basic profile）是在其轴线剖面内，原始三角形的顶端截去 $H/8$，底部截去 $H/4$ 所形成的内、外螺纹共有的理论牙型，如图 9-1 所示，是确定螺纹设计牙型的基础。

螺纹的主要几何参数有：

1. 大径（D 或 d）（major diameter）

与外螺纹牙顶或内螺纹牙底相切的假想圆柱的直径，称为大径。螺纹大径作为螺纹的公称尺寸。相互结合的普通螺纹，其内、外螺纹大径的公称尺寸相等，即 $D=d$。

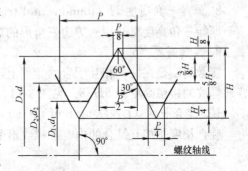

图 9-1　普通螺纹的基本牙型

外螺纹的大径 d 又称为顶径（crest diameter）；内螺纹的大径 D 又称为底径（root diameter）。

2. 小径（D_1 或 d_1）（minor diameter）

与外螺纹牙底或内螺纹牙顶相切的假想圆柱的直径，称为小径。外螺纹的小径 d_1 又称为底径；内螺纹的小径 D_1 又称为顶径。

3. 中径（D_2 或 d_2）（pitch diameter）

中径是一个假想圆柱的直径，该圆柱的母线通过牙型上沟槽和凸起宽度相等的地方。此假想圆柱称为中径圆柱。

中径、大径和小径与原始三角形高度 H 的关系见图 9-1。螺纹中径不受大径、小径尺

寸变化的影响，不是大径和小径的平均值。

4. 单一中径（D_{2s}或d_{2s}）（single pitch diameter）

单一中径也是一个假想圆柱的直径，该圆柱的母线通过牙型上的沟槽宽度等于1/2基本螺距的地方，如图9-2所示。

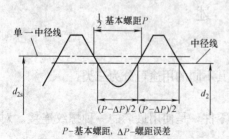

P—基本螺距，ΔP—螺距误差

图9-2 外螺纹的中径与单一中径

单一中径是按三针法测量中径定义的。当螺距无误差时，中径就是单一中径，如果螺距有误差，则二者不相等，见图9-2。

5. 螺距（P）与导程（P_h）（pitch and lead）

螺距是指相邻两牙在中径线上对应两点间的轴向距离，见图9-1；导程是指在同一条螺旋线上相邻两牙在中径线上对应两点间的轴向距离。中径线即中径圆柱的母线。

对单线螺纹：导程＝螺距

对多头（线）螺纹：导程＝线数×螺纹螺距

6. 牙型角（α）与牙型半角（$\alpha/2$）（thread angle and half of thread angle）

牙型角是指在通过螺纹轴线剖面内，相邻两牙侧间的夹角，如图9-3（a）所示。牙型半角是牙型角的一半。公制普通螺纹的牙型角$\alpha=60°$，$\alpha/2=30°$。

7. 牙侧角（α_1，α_2）（flank angle）

牙侧角是在螺纹牙型上牙侧与螺纹轴线的垂线间的夹角。α_1表示左牙侧角，α_2表示右牙侧角，见图9-3（b）。普通螺纹的基本牙侧角$\alpha_1=\alpha_2=30°$。

8. 原始三角高度 H（foundmental triangle height）

原始三角高度是指原始等边三角形的顶点到底边的垂直距离。

9. 接触高度（h）

接触高度是在两个相互配合的牙型上，牙侧重合部分在垂直于螺纹轴线方向上的距离。普通螺纹的接触高度为$5H/8$。见图9-1。

10. 旋合长度（L）（length of thread engagement）

旋合长度是相互结合的内、外螺纹沿其轴线方向彼此旋合部分的长度，如图9-4所示。

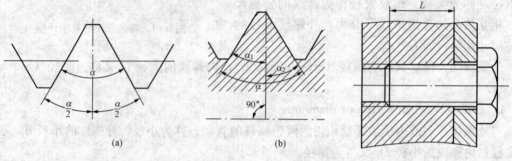

图9-3 牙型角和牙侧角
（a）牙型角；（b）牙侧角

图9-4 旋合长度

11. 螺纹的最大实体牙型（maximum material profile）

螺纹的最大实体牙型是由设计牙型和各直径的基本偏差及公差所决定的最大实体状态下

的螺纹，即具有材料量最多且与基本牙型形状一致的螺纹牙型。

12. 螺纹的最小实体牙型（minimum material profile）

螺纹的最小实体牙型是由设计牙型、各直径的基本偏差及公差所决定的最小实体状态下的螺纹，即具有材料量最少且与基本牙型形状一致的螺纹牙型。

第二节　普通螺纹几何参数误差对互换性的影响

对紧固连接用的普通螺纹，主要要求保证可旋合性和一定的连接强度。由于螺纹在大径和小径处均留有间隙，故大径和小径的变动一般不会影响其配合性质，只要将它们限制在公差范围内即可；而螺纹旋合后主要接触面是牙侧，因而影响螺纹互换性的主要因素是中径误差、螺距误差和牙侧角误差。

一、中径误差

中径误差是指中径实际尺寸（以单一中径体现）与中径基本尺寸的差值。制造中螺纹的中径误差 ΔD_{2s} 或 Δd_{2s}，将直接影响螺纹的互换性和连接强度。

设除中径外，其他几何参数均为理想状态，若 $\Delta D_{2s} \geqslant \Delta d_{2s}$，则连接过松而削弱其连接强度；若 $\Delta D_{2s} \leqslant \Delta d_{2s}$，则连接过紧，产生干涉而无法旋合。螺纹中径误差主要是由于在加工时，进刀量的深、浅造成的，是影响螺纹互换性的主要参数。

二、螺距误差

螺距误差包括螺距误差 ΔP 和螺距累积误差 ΔP_{Σ} 两种。螺距误差 ΔP 是指单个螺距的实际尺寸与其基本尺寸的代数差，即 $\Delta P = P_{\text{实}} - P$；螺距累积误差 ΔP_{Σ} 是指在旋合长度内，任意个螺距的实际尺寸与其基本尺寸的代数差，即 $\Delta P_{\Sigma} = \sum P_{\text{实}} - nP$。螺距误差是螺纹牙型相对于螺纹轴线的位置误差，它主要由刀具本身的螺距误差和机床传动链的运动误差造成的，是影响螺纹互换性的主要因素。

如图 9-5 所示，由于螺距有误差，在旋合长度上了产生螺距累积误差 ΔP_{Σ}，使得内、外螺纹产生干涉而无法旋合。为了使具有 ΔP_{Σ} 的外螺纹能够旋入理想的内螺纹，可将外螺纹的中径减少至图中 $d_2{}'$ 处，即使外螺纹的中径减少一个 f_p 值（或内螺纹中径相应增加一个 f_p 值），此 f_p 值称为螺距误差的中径当量。

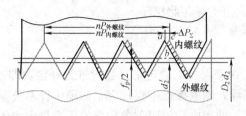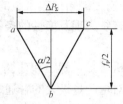

图 9-5　螺距误差

从图 9-5 的 Δabc 中可以看出

$$f_p = |\Delta P_{\Sigma}| \cot\left(\frac{\alpha}{2}\right)$$

对于牙型角 $\alpha = 60°$，$\frac{\alpha}{2} = 30°$ 的普通螺纹，$f_p = 1.732 |\Delta P_{\Sigma}|$（$\mu$m）

三、牙侧角误差

牙侧角误差是指牙侧角的实际值与公称值之差。该误差主要是由加工刀具的牙侧角制造误差和安装误差（牙侧与轴线的相对位置不正确）造成的，牙侧角误差对螺纹的旋合性和连接强度均有影响。

设内螺纹为理想牙型，与其相配合的外螺纹仅有牙侧角误差（即内外螺纹的中径和螺距分别相等），当外螺纹 $\Delta\alpha_1 < 0$、$\Delta\alpha_2 > 0$ 时，内、外螺纹旋合时，牙侧发生干涉而不能旋合，如图 9-6 所示。

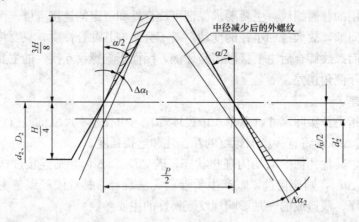

图 9-6　牙侧角误差

为了消除干涉，保证旋合性，可将外螺纹的中径减少至图中 d_2' 处，即使外螺纹的中径减少一个 f_α 值（或内螺纹中径相应增加一个 f_α 值），此 f_α 值称为牙侧角误差的中径当量。

根据任意三角形的正弦定理，考虑到左、右牙侧角误差可能出现的各种情况及必要的单位换算，得出

$$f_\alpha = 0.073P[K_1 \mid \Delta\alpha_1 \mid + K_2 \mid \Delta\alpha_2 \mid] \quad (\mu m)$$

式中　P——螺距，mm；

$\Delta\alpha_1$，$\Delta\alpha_2$——左、右牙侧角误差，′；

K_1、K_2——左、右牙侧角误差系数。

对于外螺纹，当牙侧角误差为正值时，K_1、K_2 取值为 2；为负值时，K_1、K_2 取值为 3；内螺纹左、右牙侧角误差系数的取值正好与此相反。

四、普通螺纹实现互换性的条件

1. 中径公差

由以上分析可知，螺距和牙侧角误差均可以通过中径当量进行补偿，即通过 f_p 和 f_α 来补偿，因此，对生产量极大的普通螺纹，国家标准中仅规定了一项中径总公差，以综合控制中径本身的误差和螺距、牙侧角误差。即用中径极限偏差构成的牙廓最大实体边界，来限制以螺距及牙侧角误差形式呈现的形位误差。这样规定是为了加工和检验方便，按中径综合公差进行检测，可保证螺纹的互换性。

2. 作用中径（D_{2m} 或 d_{2m}）（virtual pitch diameter）

作用中径是指在规定的旋合长度内，恰好包容实际螺纹的一个假想螺纹的中径。这个假想螺纹具有理想的螺距、半角和牙型高度，并在牙顶和牙底处留有间隙，以保证包容时不与实际螺纹的大小径发生干涉。

螺纹的作用中径是在螺纹配合中实际起作用的中径。

当外螺纹存在螺距误差和牙侧角误差时，如图 9 - 7 所示，该外螺纹只能与一个中径较大且具有基本牙型的理想内螺纹旋合，这时的外螺纹中径相当于增大了。即

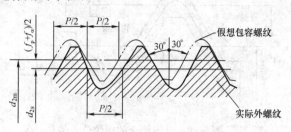

图 9-7　外螺纹作用中径

$$d_{2m} = d_{2s} + (f_p + f_\alpha)$$

同理，当内螺纹存在上述的误差时，该内螺纹只能与一个中径较小且具有基本牙型的理想外螺纹旋合，这时的内螺纹中径相当于减小了。

即
$$D_{2m} = D_{2s} - (f_p + f_\alpha)$$

因此，判断普通螺纹能否旋合的指标不是单一中径而是作用中径，即要使螺纹能旋合，必须保证 $D_{2m} \geqslant d_{2m}$。

3. 螺纹中径合格条件

螺纹中径合格性的判断原则（泰勒原则）为：实际螺纹的作用中径不能超出最大实体牙型的中径，而实际螺纹上任何部位的单一中径不能超出最小实体牙型的中径，如图 9 - 8 所示。

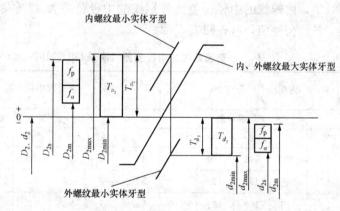

图 9-8　螺纹中径合格条件

即　外螺纹　　　　　　　　　　　$d_{2m} \leqslant d_{2max}$，$d_{2s} \geqslant d_{2min}$

　　内螺纹　　　　　　　　　　　$D_{2m} \geqslant D_{2min}$，$D_{2s} \leqslant D_{2max}$

D_{2max}、d_{2max} 和 D_{2min}、d_{2min} 分别为内、外螺纹中径的最大、最小极限尺寸。满足上述合格条件，既保证了螺纹的可旋合性，又保证了螺纹具有足够的连接强度。螺纹中径的检测见本章第五节。

第三节　普通螺纹的公差与配合

普通螺纹是指公称尺寸为 1～355mm、螺距为 0.2～6mm，并且具有间隙配合性质的内外螺纹。GB/T 197—2003 规定了普通螺纹中径、顶径公差和基本偏差，没有规定螺距、牙侧角公差，其误差由中径综合公差控制。考虑到旋合长度对螺纹精度的影响，螺纹公差体系

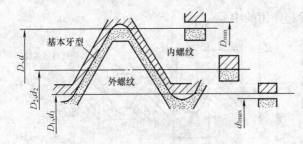

图 9-9　H/h 配合的螺纹公差带

由螺纹公差带和旋合长度构成。

一、普通螺纹的公差带

普通螺纹的公差带是沿着基本牙型的牙顶、牙侧、牙底连续分布的牙型公差带，在垂直于轴线方向，由相对于基本牙型的位置和大小两部分构成，如图 9-9 所示，公差带的大小由公差等级决定，公差带的位置由基本偏差决定。

1. 螺纹的公差等级

螺纹的公差等级见表 9-1。

表 9-1　　　　　　　　　　　　　　　　螺 纹 的 公 差 等 级

螺纹直径	公差等级	螺纹直径	公差等级
外螺纹中径 d_2	3，4，5，6，7，8，9	内螺纹中径 D_2	4，5，6，7，8
外螺纹大径 d	4，5，6	内螺纹小径 D_1	4，5，6，7，8

其中，3 级精度最高，公差值最小；9 级精度最低，公差值最大。

在同一公差等级中，内螺纹的中径公差比外螺纹的中径公差大 32% 左右，这是因为内螺纹加工比较困难。各级公差值，可查阅表 9-2。

表 9-2　　　　　　　　　　普通螺纹的中径公差（摘录 GB/T 197—2003）　　　　　μm

公称直径 D (mm)		螺距 P (mm)	内螺纹中径公差 T_{D_2}					外螺纹中径公差 T_{d_2}						
			公 差 等 级					公 差 等 级						
>	≤		4	5	6	7	8	3	4	5	6	7	8	9
5.6	11.2	0.5	71	90	112	140	—	42	53	67	85	106	—	—
		0.75	85	106	132	170	—	50	63	80	100	125	—	—
		1	95	118	150	190	236	55	71	90	112	140	180	224
		1.25	100	125	160	200	250	60	75	95	118	150	190	236
		1.5	112	140	180	224	280	67	85	106	132	170	212	295
11.2	22.4	0.5	75	95	118	150	—	45	56	71	90	112	—	—
		0.75	90	112	140	180	—	53	67	85	106	132	—	—
		1	100	125	160	200	250	60	75	95	118	150	190	236
		1.25	112	140	180	224	280	67	85	106	132	170	212	265
		1.5	118	150	190	236	300	71	90	112	140	180	224	280
		1.75	125	160	200	250	315	75	95	118	150	190	236	300
		2	132	170	212	265	335	80	100	125	160	200	250	315
		2.5	140	180	224	280	355	85	106	132	170	212	265	335

续表

公称直径 D (mm)		螺距	内螺纹中径公差 T_{D_2}					外螺纹中径公差 T_{d_2}					
>	≤	P (mm)	公 差 等 级					公 差 等 级					
			4	5	6	7	8	3	4	5	6	7	8	9
22.4	45	0.75	95	118	150	190	—	56	71	90	112	140	—	—
		1	106	132	170	212	—	63	80	100	125	160	200	250
		1.5	125	160	200	250	315	75	95	118	150	190	235	300
		2	140	180	224	280	355	85	106	132	170	212	265	335
		3	170	212	265	335	425	100	125	160	200	250	315	400
		3.5	180	224	280	355	450	106	132	170	212	265	335	425
		4	190	236	300	375	415	112	140	180	224	280	355	450
		4.5	200	250	315	400	500	118	150	190	236	300	375	475

2. 普通螺纹的基本偏差

内、外螺纹的公差带位置如图 9-10 所示，螺纹的基本牙型是计算螺纹偏差的基准。螺纹公差带相对于基本牙型的位置由基本偏差确定。外螺纹的基本偏差是上偏差，分布在基本牙型的下方；内螺纹的基本偏差是下偏差，分布在基本牙型的上方。

标准对普通螺纹的中径和顶径规定了基本偏差，即对内螺纹的中径、小径（顶径）规定了两种基本偏差，其代号为 G、H，以下偏差 EI 为基本偏差，如图 9-10 (a)、(b) 所示；对外螺纹中径、大径规定了 4 种基本偏差，其代号为 e、f、g、h，上偏差 es 为基本偏差，如图 9-10 (c)、(d) 所示。

对外螺纹小径和内螺纹大径，虽没有规定公差值（见表 9-1），但由于螺纹加工时外螺纹的中径 d_2 与小径 d_1、内螺纹中径 D_2 与大径 D 是同时由刀具切出的，其尺寸由刀具保证，故在正常情况下，外螺纹小径 d_1 不会过小，内螺纹大径 D 不会过大，因此只规定内、外螺纹牙底实际轮廓不得超过按基本偏差所确定的最大实体牙型，即可保证旋合时不发生干涉。

普通螺纹的基本偏差值和顶径公差见表 9-3。

表 9-3 普通螺纹的基本偏差和顶径公差（摘录 GB/T 197—2003） μm

螺距 P (mm)	内螺纹的基本偏差 EI		外螺纹的基本偏差 es				内螺纹小径公差 T_{D_1}				外螺纹大径公差 T_d		
	G	H	e	f	g	h	公 差 等 级				公 差 等 级		
							4	5	6	7	8	4	6	8
1	+26	0	−60	−40	−26	0	150	190	236	300	375	112	180	280
1.25	+28	0	−63	−42	−28	0	170	212	265	335	425	132	212	335
1.5	+32	0	−67	−45	−32	0	190	236	300	375	475	150	236	375
1.75	+34	0	−71	−48	−34	0	212	265	335	425	530	170	265	425
2	+38	0	−71	−52	−38	0	236	300	375	475	600	180	280	450
2.5	+42	0	−80	−58	−42	0	280	355	450	560	710	212	335	530
3	+48	0	−85	−63	−48	0	315	400	500	630	800	236	375	600
3.5	+53	0	−90	−70	−53	0	355	450	560	710	900	265	425	670
4	+60	0	−95	−75	−60	0	375	475	600	750	950	300	475	750

注 顶径是与外螺纹或内螺纹牙顶相切的假想圆柱直径，即外螺纹的大径或内螺纹的小径。

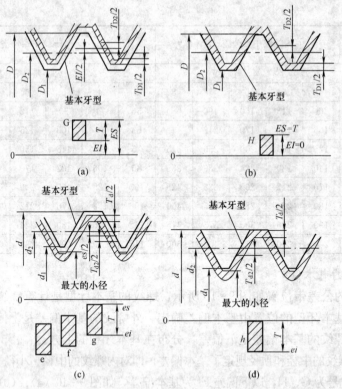

图 9 - 10　　内、外螺纹的公差带

3. 普通螺纹的旋合长度

螺纹的配合不仅与公差等级有关，而且与旋合长度有关，因为螺纹的旋合长度越长，其螺距累积误差越大，对旋合的妨碍作用越大。标准对螺纹连接规定了"短"、"中等"、"长"三种旋合长度，分别用字母 S、N、L 表示。一般情况下，采用中等旋合长度 N 完全能够满足使用要求，而 S、L 只在必要和特殊情况下才采用。

二、普通螺纹的公差带及选用

普通螺纹的公差等级和基本偏差可以组成数目很多的公差带，公差带代号由表示公差等级的数字和基本偏差的字母代号组成，如 6H、5g 等。

1. 普通螺纹公差带

在生产中为了减少刀具、量具的种类规格，国家标准中规定了既能满足当前需要，数量又有限的常用公差带，见表 9 - 4 和表 9 - 5。公差带优先选用顺序为粗字体公差带、一般字体公差带、括号内公差带，其中带方框的粗字体公差带用于大量生产的紧固螺纹。除有特殊需要外，一般不应选择标准规定以外的公差带。

表 9 - 4　　　　　　　　**内螺纹选用的公差带**（摘录 GB/T 197—2003）

精度	公差带位置 G			公差带位置 H		
	S	N	L	S	N	L
精密	—	—	—	4H	5H	6H
中等	(5G)	**6G**	(7G)	**5H**	6H	**7H**
粗糙	—	(7G)	**8G**	—	7H	8H

表9-5　　　　　　　　**外螺纹选用的公差带**（摘录 GB/J 197—2003）

精度	公差带位置 e			公差带位置 f			公差带位置 g			公差带位置 h		
	S	N	L	S	N	L	S	N	L	S	N	L
精密	—	—	—	—	—	—	—	(4g)	(5g4g)	(3h 4h)	4h	(5h 4h)
中等	—	**6e**	(7e6e)	—	**6f**	—	(5g 6g)	**6g**	(7g 6g)	(5h 6h)	6h	(7h 6h)
粗糙	—	(8e)	(9e8e)	—	—	—	—	8g	(9g 8g)	—	—	—

注　表中带两个等级，前者用于中径，后者用于顶径。

螺纹分精密、中等、粗糙3个等级。精密级用于要求配合性质稳定、保证定位精度的精密螺纹；中等级用于一般用途；粗糙级用于对精度要求不高或制造比较困难的场合，如热轧棒料螺纹、长盲孔中的螺纹。从表9-4、表9-5可以看出，内、外螺纹在同一精度中根据旋合长度的不同，其中径采用不同的公差等级，就是考虑了螺距累积误差的影响。旋合长度的划分见表9-6。普通螺纹的精度组成如图9-11所示。

表9-6　　　　　　　　**螺纹旋合长度**（摘录 GB/T 197—2003）　　　　　　mm

公称直径 D、d		螺距 P	旋合长度				
			S		N		L
>	≤		≤	>	≤	>	>
5.6	11.2	0.75	2.4	2.4	7.1		7.1
		1	3	3	9		9
		1.25	4	4	12		12
		1.5	5	5	15		15
11.2	22.4	1	3.8	3.8	11		11
		1.25	4.5	4.5	13		13
		1.5	5.6	5.6	16		16
		1.75	6	6	18		18
		2	8	8	24		24
		2.5	10	10	30		30

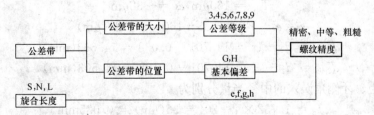

图9-11　普通螺纹的精度组成

2. 内、外螺纹公差带的选用

为保证旋合性和连接强度，通常采用 H/h、H/G 或 G/h 的配合。其中，H/h 配合的最小间隙为零，有足够的接触高度，连接强度高，适于单件、小批量生产的螺纹；H/g 或 G/h

的配合应用在大批量生产或希望装拆方便、保证间隙的场合；对高温或需要涂镀保护层的螺纹，可选用 G/e 或 G/f 等配合。

3. 普通螺纹的标记

普通螺纹的标记由螺纹代号、螺纹中径与顶径公差带代号（如果两者代号相同，只标注一个代号）和螺纹旋合长度代号组成。当螺纹为左旋时，标注"LH"；右旋不标注。

在装配图上，内、外螺纹公差带代号用斜线分开，左边表示内螺纹公差带代号，右边表示外螺纹公差带代号，如：

$$M20 \times 2 - 6H/5g6g$$

在零件图上，内、外螺纹的标记如下：

外螺纹：M10 — 5g6g — L

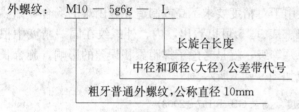

长旋合长度
中径和顶径（大径）公差带代号
粗牙普通外螺纹，公称直径 10mm

内螺纹：M10×1 — 6H

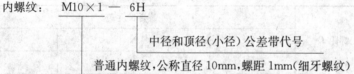

中径和顶径（小径）公差带代号
普通内螺纹，公称直径 10mm，螺距 1mm（细牙螺纹）

必要时，可在螺纹公差带代号之后加注旋合长度代号 S 或 L（中等旋合长度代号 N 不注出），如 M10—5g6g—S。特殊需要时，可注明旋合长度的数值，如 M20×2—7g6g—40，表示旋合长度为 40mm。

如果要进一步表明螺纹的线数，可在螺距后面加线数，用英文说明，如：

$$M20 \times P_h 4P2 \ (\text{two starts}) - 5g6g\text{-}S\text{-}LH$$

表示公称直径 20mm，螺距 2mm，导程 4mm 的双线螺纹，中径和顶径（大径）公差带代号 5g6g，短旋合长度，左旋。

【例 9-1】 一外螺纹 M16—6g，螺距 $P = 2mm$，中径基本尺寸 $d_2 = 14.701mm$，实测单一中径 $d_{2s} = 14.592mm$，螺距累积误差 $\Delta P_\Sigma = -20\mu m$，牙侧角误差 $\Delta\alpha_1 = 30'$，$\Delta\alpha_2 = 40'$。试画出中径公差带图，并判断该外螺纹是否合格。

解 查表 9-2 和表 9-3，得

$$T_{d_2} = 160\mu m, es = -38\mu m$$

得

$$ei = es - T_{d_2} = -38 - 160 = -198 \ (\mu m)$$

$$d_{2max} = d_2 - es = 14.701 - 0.038 = 14.663 \text{(mm)}$$

$$d_{2min} = d_2 - ei = 14.701 - 0.198 = 14.503 \text{(mm)}$$

外螺纹螺距、牙侧角误差的中径当量分别为

$$f_p = 1.732 \times |-20| = 35(\mu m) = 0.035mm$$

$$f_\alpha = 0.073 \times 2(2 \times 30 + 2 \times 40) = 20(\mu m) = 0.020mm$$

外螺纹作用中径为

$$d_{2m} = d_{2s} + (f_p + f_\alpha) = 14.592 + 0.035 + 0.020 = 14.647 \text{(mm)}$$

因为 $d_{2m} \leqslant 14.663mm$，$d_{2s} \geqslant 14.503mm$，所以该外螺纹中径合格。其中径公差带图如

图 9 - 12 所示。

【例 9 - 2】　查表确定 M20—5g6g 外螺纹中径和大径的公差、极限偏差和极限尺寸。已知 $P = 2.5$mm，$d_2 = 18.376$mm，$d_1 = 17.294$mm。

解　查表 9 - 2 和表 9 - 3，得

$T_d = 335\mu m$，$T_{d2} = 132\mu m$，$es = -42\mu m$

中径　$ei = es - T_{d2} = -42 - 132 = -174$（$\mu m$）；

大径　$ei = es - T_d = -42 - 335 = -377$（$\mu m$）；

小径　$es = -42\mu m$，ei 不作规定。

计算结果见下表：

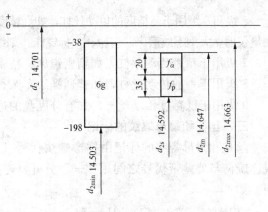

图 9 - 12　外螺纹中径公差带图解

外螺纹	最大极限尺寸（mm）	最小极限尺寸（mm）
大　径 d	$20 - 0.042 = 19.958$	$20 - 0.377 = 19.623$
中　径 d_2	$18.376 - 0.042 = 18.334$	$18.376 - 0.174 = 18.202$
小　径 d_1	$17.294 - 0.042 = 17.252$	不超过最大实体牙形

第四节　机床丝杠、螺母公差

一、概述

丝杠螺母副常用牙型角为 30° 的单线梯形螺纹，基本牙型如图 9 - 13 所示。其特点是丝杠和螺母的大径和小径的公称直径不相同，两者结合后，在大径、中径及小径上均有间隙。

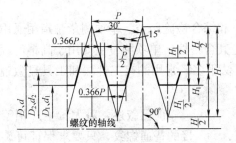 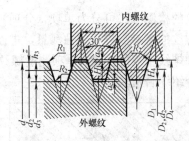

图 9 - 13　丝杠螺母基本牙型

二、丝杠和螺母的精度等级

我国机床中传动用的丝杠、螺母制订有行业标准 JB/T 2886—1992，它的公差特点是精度要求高，尤其是丝杠螺旋线（或螺距 P）规定有较严格的公差。

根据使用要求的不同，梯形螺纹丝杠和螺母的精度分 3、4、5、6、7、8、9 共 7 个精度等级，3 级最高，9 级最低。应用情况如下：

3 级和 4 级用于精度特别高的传动丝杠，如高精度螺纹磨床的传动丝杠。

5 级和 6 级用于高精度的传动丝杠,如高精度磨床、坐标镗床及没有校正装置的分度机构和测量仪器;大型螺纹磨床、齿轮、坐标镗床、刻线机及没有校正装置的分度机构和测量仪器。

7 级用于精密传动丝杠,如精密镗床、精密齿轮加工机床。

8 级用于一般传动丝杠,如普通螺纹车床、普通铣床的进给机构。

9 级用于低精度传动丝杠,如有分度盘的进给丝杠。

三、丝杠和螺母螺纹的标记

丝杠和螺母螺纹的标记由梯形螺纹代号 Tr(公称尺寸×螺距)、旋向和公差带代号组成。旋向与公差带代号之间用"—"分开,左旋螺纹用代号 LH 表示,右旋螺纹不标注旋向。如:

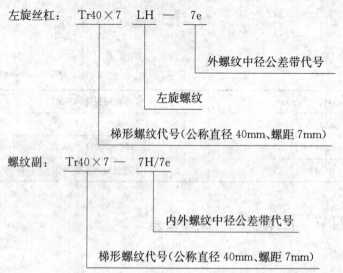

左旋丝杠: Tr40×7 LH — 7e

外螺纹中径公差带代号

左旋螺纹

梯形螺纹代号(公称直径 40mm、螺距 7mm)

螺纹副: Tr40×7 — 7H/7e

内外螺纹中径公差带代号

梯形螺纹代号(公称直径 40mm、螺距 7mm)

第五节 螺纹的检测

螺纹的检测方法可分为单项(分项)测量和综合检验两类。单项测量是指用通用或专用量仪对螺纹的各参数进行单独测量,进而评定其合格性。单项测量主要用于高精度螺纹、螺纹刀具和螺纹量规的测量。单项测量螺纹的方法很多,常用的有三针法和工具显微镜法。下面主要介绍综合检验。

前已叙述,对大量生产用于紧固连接的普通螺纹,只要求保证可旋合性及一定的连接强度,其螺距及牙侧角误差是由中径公差综合控制,而不再单独规定其公差。因此,检测时应按泰勒原则(极限尺寸判断原则),用螺纹量规(综合极限量规)来检验。

检测外螺纹的螺纹量规称为螺纹环规,检测内螺纹的螺纹量规称为螺纹塞规,如图9-14和图9-15所示。通规模

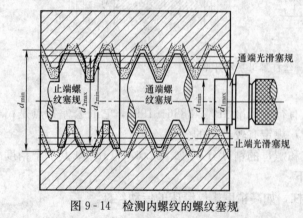

图 9-14 检测内螺纹的螺纹塞规

拟被检测螺纹的最大实体牙型，且具有完整牙型，其长度应等于被检测螺纹的旋合长度。通规用以检验螺纹的作用中径，使之不超出螺纹的最大实体中径，并兼有控制螺纹底径的作用；止规采用截短牙型，不完整的止规模拟两点法检验单一实际中径，使之不超出螺纹的最小实体中径。

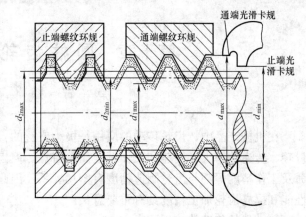

图 9-15 检测外螺纹的螺纹环规

综合检验时，被检螺纹合格的标志是通端量规能顺利地与被检螺纹在全长上旋合，而止端量规不能完全旋合或不能旋入。

普通螺纹产量很大，用量规进行综合检验非常方便，且检测准确度很高。在相应的标准中规定了螺纹量规的中径、螺距、牙侧角的公差。

复 习 题

1. 螺纹连接分几类？各有何特点？

2. 影响螺纹互换性的主要误差有哪几项？

3. 对普通螺纹为什么不单独规定螺距公差及牙侧角公差？

4. 查表确定螺纹连接 M16×1.5—6H/6g 公称直径，大、中、小径的公差及极限尺寸。

5. 有一外螺纹 M24—6h，在工具显微镜下测得：实际中径为 21.935mm，实际螺距为 3.040mm，左牙侧角误差为 $-70'$，右牙侧角误差为 $-30'$，问该螺纹是否合格？

6. 丝杠、螺母连接有何特点？

7. 解释下列螺纹标注：

（1）M14×Ph6P2（three starts）—7H—L—LH；

（2）M10×1—5H/6h—16；

（3）Tr 40×7 — 7H—L。

第十章　圆柱齿轮的互换性

第一节　概　　述

在机械产品中，齿轮传动的应用是极为广泛的，主要用来传递动力或运动，具有自身重量轻、传递功率大、转速和工作精度高等特点。但齿轮传动的工作性能、承载能力、使用寿命及工作精度等都与齿轮制造精度有密切关系。因此，研究齿轮加工和安装误差，对其使用性能和提高齿轮加工精度具有重要意义。

一、齿轮传动的使用要求

对各种机械所用的齿轮，归纳起来有以下四项要求：

1. 传递运动的准确性

要求齿轮在一转范围内，主动齿轮转过一定的角度 φ_1，从动齿轮也应转动相应的角度 $\varphi_2 = i\varphi_1$，保持传动比的变化要小。因此，要将齿轮的最大转角误差限制在一定范围内，以保证从动轮与主动轮的协调。

2. 传递运动的平稳性

齿轮啮合传动中，每转动一个齿距角，其转角误差变化不大，从而保持瞬时传动比变化不大，使运转平稳。避免由于瞬时传动比的突变产生冲击、振动和噪声。

3. 载荷分布的均匀性

要求齿轮啮合时齿面接触良好，载荷沿齿面均匀分布，以免应力集中引起齿面局部磨损、点蚀甚至折断，从而影响齿轮使用寿命。

4. 合理的齿轮副侧隙

齿轮在啮合时，非工作齿面间应有一定间隙。该间隙用于储藏润滑油，补偿齿轮传动受力的弹性变形、热膨胀以及齿轮传动装置的制造和安装误差，保证齿轮传动过程中不出现卡死或齿面烧伤。

齿轮在不同的工作条件下，对上述使用要求的侧重点是不同的。对分度、读数齿轮，主要要求传递运动准确性；对高速动力齿轮，因其传递功率大、速度较高，主要要求传递运动平稳性；对低速动力齿轮（如轧钢、矿山及起重等机械用的齿轮），传递功率大、速度低，主要要求齿面接触良好，载荷分布均匀。

上述的 1、2、3 项要求是针对齿轮本身提出的精度要求，第 4 项要求是针对齿轮副的，是独立于前 3 项要求，即无论齿轮的精度高低，都应根据其工作条件确定适当的齿轮副侧隙。

二、齿轮加工误差的来源

在机械制造中，齿轮加工方法按齿廓形成原理可分为：仿形法，如用成形铣刀在铣床上铣齿；范成法，如用滚刀或插齿刀在滚齿机或插齿机上加工齿轮。图 10-1 所示为滚齿加工示意图。

其加工过程是滚刀和齿坯绕各自的轴线等速回转，同时滚刀又沿齿坯的轴线方向缓慢移动，滚刀对齿坯周期地连续滚切，这样便能切出齿轮的所有轮齿，见图 10-1（a）。滚刀加工齿轮相当于齿轮与齿条的啮合过程，因而产生的加工误差是齿轮转角的函数，具有周期性，这是范成法齿轮加工误差的特点。

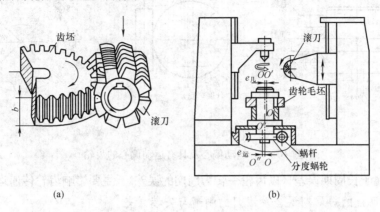

图 10 - 1　滚齿加工示意图

如图 10 - 1（b）所示，齿轮的加工误差主要来源于齿坯本身误差和安装误差，齿轮加工机床的分度机构和传动链的误差，刀具的制造及安装误差等。下面以滚齿加工为例分析齿轮的加工误差。

1. 几何偏心（$e_{几}$）

几何偏心主要发生在切齿加工时，由于齿轮毛坯孔与机床芯轴有安装偏心，如图 10 - 2（a）所示。由于刀具到机床芯轴 OO 的距离 L 始终保持不变，从而使得刀具到齿坯孔轴线 $O'O'$ 的距离不断变化，因而加工出的齿轮在以 O' 为中心的圆周上齿距或齿厚是不均匀的，远离轴线 O' 的一边齿距变长，靠近轴线 O' 的一边，齿距变短，齿距呈不均匀变化（从小到大再从大到小），工作时产生以一转为周期的转角偏差，影响传递运动的准确性。

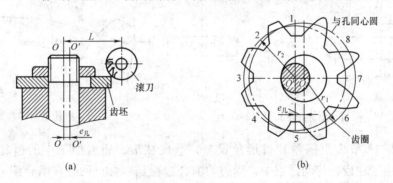

图 10 - 2　几何偏心及具有几何偏心的齿轮

2. 运动偏心（$e_{运}$）

由于机床分度蜗轮的加工误差及蜗轮轴线与机床芯轴轴线的安装偏心 $e_{运}$，使得蜗轮上啮合点的半径不断变化，如图 10 - 3（b）所示。当蜗杆匀速旋转，在保证蜗杆与蜗轮啮合点的线速度相等条件下，蜗轮的转速发生（$\omega+\Delta\omega$，$\omega-\Delta\omega$）的变化，从而带动齿坯不均匀旋转，使加工出的齿廓沿基圆切线方向发生位移和齿形变异，即实际齿廓（图中实线）的位置偏离了理论齿廓（图中虚线）的位置，导致齿轮的齿距分布不均匀，如图 10 - 3（c）所示。

由于几何偏心（$e_{几}$）和运动偏心（$e_{运}$）所产生的齿轮加工误差在齿轮一转中，最大误差

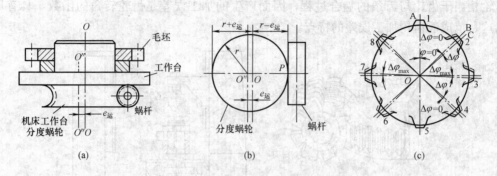

图 10 - 3　运动偏心及具有运动偏心的齿轮

只出现一次，属于长周期误差（以齿轮一转为周期的误差）。主要影响齿轮传递运动的准确性。

3. 机床传动链的短周期误差及滚刀的制造与安装误差

机床传动链误差是指加工直齿轮时，受分度链各元件误差的影响，主要是分度蜗杆的径向跳动和轴向窜动的影响；加工斜齿轮时，除分度链外，还受差动链误差的影响。再有，滚刀本身的齿形、齿距及齿形角误差，滚刀安装后的径向跳动、轴向窜动误差，如图 10 - 4 所示。

由于蜗杆、滚刀、传动链的转速很高，其每转动一转，齿坯转动一个齿距角，因而它们的误差复现在每一个齿上，使得在齿轮一转中，多次重复出现，属于短周期误差，也称齿频误差，影响齿轮传递运动的平稳性。

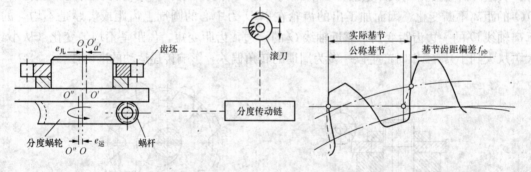

图 10 - 4　机床传动链及滚刀的误差　　　　　图 10 - 5　齿轮的基节齿距偏差

如由刀具的基节齿距偏差和齿形角误差，造成在滚、插齿加工中的齿轮误差，如图 10 - 5所示。由于在齿轮传动过程中，理想的啮合过程是啮合点始终在啮合线上，但是当存在基节齿距偏差 f_{pb} 时，齿轮在进入啮合和脱离啮合时就会发生瞬间冲击。如图 10 - 6 所示，设齿轮 1 为主动轮，齿轮 2 为从轮，当：

（1）当 $f_{pb1} > f_{pb2}$ 时，见图 10 - 6（a），当第一对齿 A_1、A_2 啮合终止，而第二对齿 B_1、B_2 尚未进入啮合（有 f_{pb} 间隙），此时，A_1 的齿顶将沿着 A_2 的齿面刮行，使得从动轮突然降速为零，直至 B_1、B_2 进入啮合，这时，从动轮又突然加速。因此，从一对齿啮合过渡到下一对齿的啮合过程中，瞬时传动比产生突变，将引起撞击、振动和噪声。

（2）当 $f_{pb1} < f_{pb2}$ 时，见图 10 - 6（b），当第一对齿 A'_1、A'_2 的啮合尚未脱离啮合，而第二对齿 B'_1、B'_2 就已开始进入啮合，使从动轮突然加速，迫使 A'_1、A'_2 脱离啮合。此后

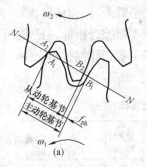
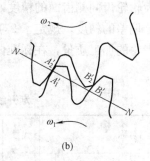

图 10 - 6　基节齿距偏差对传动性能的影响

(a) $f_{pb1} > f_{pb2}$；(b) $f_{pb1} < f_{pb2}$

B'_2 的齿顶将沿着 B'_1 的齿面刮行，从动轮减速，直到 B'_1、B'_2 进入正常的啮合为止。这种情况比前一种更坏，振动、噪声会更大。

上述两种情况产生的撞击在齿轮一转中多次重复出现，误差频数等于齿数，它是影响传动平稳性的重要原因。

另外，还有机床导轨误差和刀具的安装、倾斜造成直齿齿轮的齿廓倾斜偏差、斜齿轮的螺旋线形状和倾斜偏差。

三、渐开线圆柱齿轮精度标准

渐开线齿轮精度标准有两项齿轮精度国家标准（GB/T 10095.1～2—2001）和 4 项国家标准化指导性技术文件（GB/Z 18620.1～4—2002）构成，替代了国标 GB/T 10095—1988，见表 10 - 1。

表 10 - 1　　　　　　　　　　渐开线圆柱齿轮精度标准的构成

项　目		代　号	名　称	ISO 标准
新标准	标准与指导性技术文件	GB/T 10095.1—2001	渐开线圆柱齿轮精度 第 1 部分：轮齿同侧齿面偏差的定义和允许值	等同采用
		GB/T 10095.2—2001	渐开线圆柱齿轮精度 第 2 部分：径向综合偏差与径向跳动的定义和允许值	
		GB/Z 18620.1—2002	圆柱齿轮检验实施规范 第 1 部分：轮齿同侧齿面的检验	
		GB/Z 18620.2—2002	圆柱齿轮检验实施规范 第 2 部分：径向综合偏差、径向跳动、齿厚和侧隙的检验	
		GB/Z 18620.3—2002	圆柱齿轮检验实施规范 第 3 部分：齿轮坯、轴中心距和轴线平行度	
		GB/Z 18620.4—2002	圆柱齿轮检验实施规范 第 4 部分：表面结构和轮齿接触斑点的检验	
旧标准		GB/T 10095—1988	渐开线圆柱齿轮精度	等效采用

从几何精度要求考虑，渐开线圆柱齿轮（直齿、斜齿）设计，只要齿轮各轮齿的分度准确、齿形正确、螺旋线正确，那么齿轮就是没有误差的理想几何体，也不会产生任何传动误差。基于上述理论，现行标准以单项偏差为基础，在 GB/T 10095.1～2—2001 中规定了单

个渐开线圆柱齿轮轮齿同侧齿面的精度，包括齿距（位置）、齿廓（形状）、齿向（方向）和切向、径向综合偏差的精度，规定了 9 项单项指标和 5 项综合指标，见表 10 - 2。

为了保证齿轮的加工质量，在标准体系中规定了 4 项指导性技术文件，对各项偏差检测进行了规范。

表 10 - 2　　　　　　　　　　　　渐开线圆柱齿轮精度指标

		项目名称	代号	对传动的主要影响	必检项目	常用检测方法和仪器
轮齿同侧齿面偏差	齿距偏差	1 单个齿距偏差	f_{pt}	平稳性	是	在齿距仪或万能测齿仪上用相对法测量
		2 齿距累积偏差	F_{pk}	平稳性	不是	
		3 齿距累积总偏差	F_p	平稳性	是	
	齿廓偏差	1 齿廓总偏差	F_α	平稳性	是	在渐开线渐查仪上用展成法检测
		2 齿廓形状偏差	$f_{f\alpha}$	平稳性	不是	
		3 齿廓倾斜偏差	$f_{H\alpha}$	平稳性	不是	
	螺旋线偏差	1 螺旋线总偏差	F_β	载荷分布均匀性	是	直齿轮可用径向跳动检查仪等检测；斜齿轮在螺旋线检查仪上用展成法检测
		2 螺旋线形状偏差	$f_{f\beta}$	载荷分布均匀性	不是	
		3 螺旋线倾斜偏差	$f_{H\beta}$	载荷分布均匀性	不是	
	切向综合偏差	1 切向综合总偏差	F_i'	准确性	不是	在单面啮合仪上检测
		2 一齿切向综合偏差	f_i'	平稳性	不是	
径向综合偏差与径向跳动	径向综合偏差	1 径向综合总偏差	F_i''	准确性	不是	在双面啮合仪上检测
		2 一齿径向综合偏差	f_i''	平稳性	不是	
	径向跳动		F_r	准确性	不是	用径向跳动检查仪或万能测齿仪检测
齿厚偏差			E_{sn}	侧隙	是	用万能测齿仪或齿厚游标卡尺检测

第二节　圆柱齿轮精度的评定参数

渐开线圆柱齿轮精度的评定参数分为轮齿同侧齿面、径向偏差、径向跳动和侧隙。

一、渐开线圆柱齿轮轮齿同侧齿面偏差

GB/T 10095.1—2001 对单个齿轮的同侧齿面规定了 11 项偏差，见表 10 - 2。

（一）齿距偏差

1. 单个齿距偏差（f_{pt}）（single pitch deviation）

在齿轮的端平面上，在接近齿高中部的一个与齿轮轴线同心的圆上，实际齿距与理论齿距的代数差，如图 10 - 7（a）所示。

单个齿距偏差是齿轮几何精度最基本的偏差项目之一，反映了轮齿在圆周上分布的均匀性。用来控制齿轮一个齿距角内的分度精度，f_{pt} 无论正负，都会影响齿轮工作的平稳性。

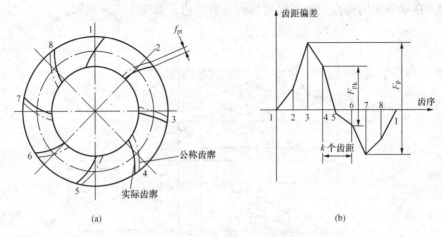

图 10-7 齿距偏差、齿距累积偏差和齿距累积总偏差

(a) 截面误差图；(b) 齿距累积误差曲线

2. 齿距累积偏差 F_{pk} (cumulative pitch deviation)

在齿轮的端平面上，在接近齿高中部的一个与齿轮轴线同心的圆上，任意 k 个齿距的实际弧长与公称弧长的代数差，如图 10-7 (b) 所示。

k 个齿距累积偏差 F_{pk} 等于所含 k 个齿距的单位齿距偏差之和，通常 $2 \leqslant k \leqslant z/8$ (z 为齿数)。对高速齿轮等，k 可取更小的值。

F_{pk} 反映了齿轮局部圆周上齿距累积偏差。当多齿数齿轮的累积总误差在整个齿圈上分布均匀，如果在较少齿数上齿距累积偏差过大，在实际工作中，在较小的转角内会产生较大的动载荷，带来振动、冲击和噪声，尤其是高速齿轮，因而影响齿轮传动的平稳性。

3. 齿距累积总偏差 F_p (total cumulative pitch deviation)

在齿轮的端平面上，在接近齿高中部的一个与齿轮轴线同心的圆上，任意两个同侧齿面 ($k=1 \sim z$) 间的实际弧长与公称弧长之差的最大绝对值，即任意 k 个齿距累积偏差的最大绝对值。它表现为齿距累积偏差曲线的总幅值，见图 10-7 (b)。

F_p 能较全面地反映齿轮一转内齿距的最大变化，直接反映齿轮的转角误差，是几何偏心和运动偏心的综合影响，是评定齿轮运动准确性的综合指标。在 GB/T 10095.1—2001 中规定，用于评价单个齿轮加工精度的基本参数。

F_{pk}、F_p 的测量可分为绝对测量和相对测量，通常用相对法测量，允许在齿高中部测量。相对测量是以齿轮上任意一齿距为基准，将仪器指示表调整为零，然后依次测出其余各齿距相对于基准的偏差（相对），最后通过数据处理求出齿距累积总偏差 F_p、F_{pk}。按其定位基准的不同，相对测量又可分为以齿顶圆、齿根圆和齿轮内孔为定位基准三种，如图 10-8 所示。

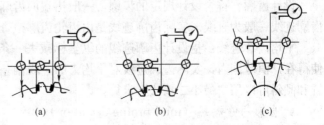

（二）齿廓偏差

实际齿廓偏离设计齿廓的量称

图 10-8 齿距累积总偏差相对测量示意图

(a) 齿顶圆定位；(b) 齿根圆定位；(c) 齿轮内孔定位

为齿廓偏差。在端平面内垂直于渐开线齿廓的方向计值。如图 10 - 9 所示。

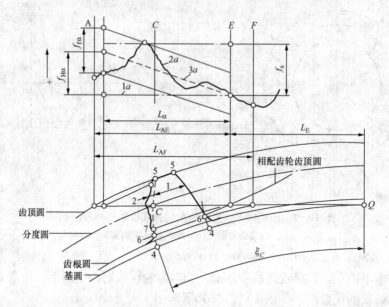

图 10 - 9　齿轮齿廓和齿廓示意图

1—设计齿廓；2—实际齿廓；3—平均齿廓；1a—设计齿廓迹线；2a—实际齿廓迹线；

3a—平均齿廓迹线；4—渐开线起始点；5—齿顶点；5～6—可用齿廓；

5～7—有效齿廓；$C～Q～C$ 点基圆切线长度；ξ_C—C 点渐开线展开角；

Q—滚动的起点（端面基圆切线的起点）；A—轮齿齿顶或倒角的起点；

C—设计齿廓在分度圆上的一点；E—有效齿廓起始点；F—可用齿廓起始点；

L_α—齿廓计值范围；L_{AE}—有效长度；L_{AF}—可用长度

可用长度 L_{AF}：指两条端面基圆切线之差。其中一条是从基圆到可用轮廓的外界限点，另一条是从基圆到可用轮廓的内界限点。依据设计，可用长度外界限点被齿顶、齿顶倒棱或齿顶倒圆的起始点（点 A）限定；在朝齿根方向上，可用长度的内界限点被齿根圆角或挖根的起始点（点 F）限定，如图 10 - 10 所示。

有效长度 L_{AE}：可用长度对应于有效齿廓的部分。对于齿顶，有与可用长度同样的限定点（A）。对于齿根，有效长度延伸到与之配对齿轮有效啮合的终止点（E），即有效齿廓的起始点。如未知配对齿轮，则 E 为基本齿条相啮合的有效齿廓的起始点，见图 10 - 10。

齿廓计值范围 L_α：除另有规定外，其长度等于从 E 点开始延伸的有效长度 L_{AE} 的 92%，见图 10 - 10。

设计齿廓：符合设计规定的齿廓，一般指端面齿廓。在齿廓曲线中，未经修形的渐开线齿廓迹线一般为直线。实际齿廓迹线是由齿轮齿廓检查仪在纸上画出的齿廓偏差曲线。

平均齿廓迹线：指设计齿廓迹线的纵坐标减去一条斜直线的纵坐标后得到的一条迹线，使得在计值范围内，实际齿廓迹线对平均齿廓迹线偏差的平方和最小。即平均齿廓迹线的位置和倾斜可以用"最小二乘法"求得。

1. 齿廓总偏差 F_α（total profile deviation）

在计值范围 L_α 内，包容实际齿廓线的两条设计齿廓迹线间的距离，如图 10 - 10（a）所示。齿廓的计值范围 L_α 等于有效长度 L_{AE}，再从其顶端或倒棱处减去 8%。

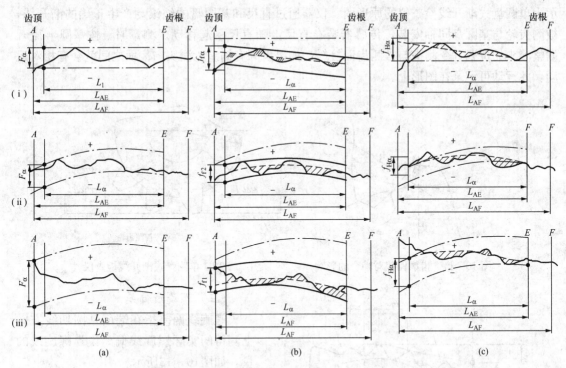

图 10-10　齿廓偏差（点画线：设计齿廓；粗实线：实际齿廓；虚线：平均齿廓）

(a) 齿廓总偏差；(b) 齿廓形状偏差；(c) 齿廓倾斜偏差

图 10-10 中，(i) 为设计齿廓为未修形的渐开线，实际齿廓在减薄区内具有偏向体内的负偏差；(ii) 为设计齿廓为修形的渐开线，实际齿廓在减薄区内具有偏向体内的负偏差；(iii) 为设计齿廓为修形的渐开线，实际齿廓在减薄区内具有偏向体内的正偏差。

2. 齿廓形状偏差 $f_{f\alpha}$ (profile form deviation)

在计值范围内，包容实际齿廓迹线的两条与平均齿廓迹线完全相同的曲线间的距离，且两条曲线与平均齿廓迹线的距离为常数，见图 10-10 (b)。

3. 齿廓倾斜偏差 $f_{H\alpha}$ (profile slope deviation)

在计值范围内的两端与平均齿廓迹线相交的两条设计齿廓迹线间的距离，见图 10-10 (c)。

根据齿轮的啮合基本规律可知，渐开线齿轮之所以能平稳传动，是由于传动时的瞬时啮合节点保持不变，始终在啮合线上。若有齿廓偏差，如图 10-11 所示，二啮合齿 A_1 与 A_2 本应在啮合线上的 a 点接触，但由于齿 A_2 有齿廓偏差，使得接触点偏离了啮合线，在啮合线外 a' 点发生啮合，这种啮合点偏离啮合线的现象若在一对齿轮啮合传动中多次发生，会使齿轮在一转内传动比发生高频率、小幅度的周期变化，从而引起振动、噪声，破坏了传动平稳性。

齿廓偏差主要是刀具的制造（如齿形角误差）和安装误差（如刀具在刀杆上的安装偏心及倾斜）以及机床传动链中的短周期误差等因素造成的。

齿廓总偏差常用渐开线检查仪进行测量。仪器分为单圆盘式和万能式两种，其基本原理都是利用精密机构产生正确的渐开线与实际齿廓进行比较，以确定齿廓偏差。图 10-12 所示为单圆盘式渐开线检查仪的原理图。仪器通过直尺和基圆盘的纯滚动产生正确的渐开线，被测齿轮与基圆盘同轴安装，传感器装在直尺上随直尺一起移动。测量时，按基圆半径 r_b 调整测头的位置，令测头与被测齿面接触，如果齿廓有偏差，测头与齿面之间就会有相对运动，此运动可记录在图形上。

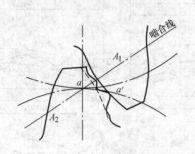

图 10-11　齿廓偏差对啮合的影响

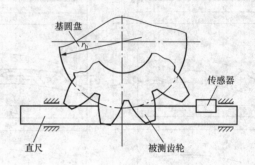

图 10-12　单圆盘式渐开线检查仪

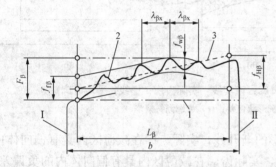

图 10-13　螺旋线示意图

1—设计螺旋线迹线；2—实际螺旋线迹线；3—平均螺旋线迹线；

L_β—螺旋线计值范围；b—齿宽或两端倒角之间的距离；

$\lambda_{\beta x}$—波度曲线轴向波长；$f_{w\beta}$—波长曲线波高；

Ⅰ—基准面；Ⅱ—非基准面

（三）螺旋线偏差

螺旋线偏差指在端面基圆切线方向上测得的实际螺旋线偏离设计螺旋线的量，如图10-13所示。

1. 螺旋线总偏差 F_β（total helix deviation）

在计值范围内，包容实际螺旋线迹线的两条设计螺旋线迹线间的距离，如图 10-14（a）所示。

2. 螺旋线形状偏差 $f_{f\beta}$（helix form deviation）

在计值范围内，包容实际螺旋线迹线的两条与平均螺旋线迹线完全相同的曲线间的距离，且两条曲线与平均螺旋线迹线的距离为常数，如图 10-14（b）所示。

3. 螺旋线倾斜偏差 $f_{H\beta}$（helix slope deviation）

在计值范围的两端与平面螺旋线迹线相交的设计螺旋线迹线间的距离，如图 10-14（c）所示。

图 10-14 中，（ⅰ）为设计螺旋线为未修形的螺旋线，实际螺旋线在减薄区内具有偏向体内的负偏差；（ⅱ）为设计螺旋线为修形的螺旋线，实际螺旋线在减薄区内具有偏向体内的负偏差；（ⅲ）为设计螺旋线为修形的螺旋线，实际螺旋线在减薄区内具有偏向体内的正偏差。

从理论上讲，一对齿在啮合过程中，从齿顶到齿根的每一瞬间都应是沿全齿宽接触的，即每一瞬间轮齿都是沿着一条直线（对直齿轮，该直线与齿轮内孔的轴线平行）进行接触。但由于齿轮的制造和安装误差，啮合齿并不是沿全齿宽和全齿高接触，从而影响齿轮载荷分布的均匀性。因而，应限制齿轮的螺旋线偏差。

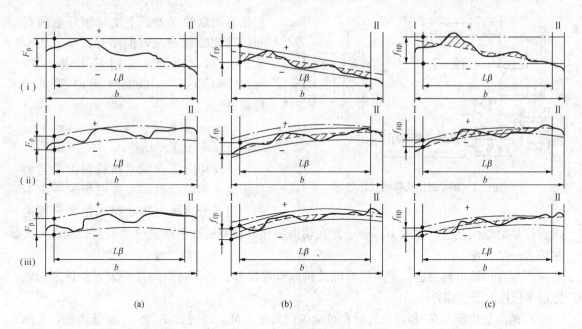

图 10 - 14 螺旋线偏差

(a) 螺旋线总偏差；(b) 螺旋线形状偏差；(c) 螺旋线倾斜偏差

（四）切向综合偏差（tangential composite deviations）

1. 切向综合总偏差 F_i'（total tangential composite deviation）

切向综合总偏差指被测齿轮与测量齿轮单面啮合检验时，被测齿轮一转内，齿轮分度圆上实际圆周位移与理论圆周位移的最大差值，如图 10 - 15 所示。

该项指标是在齿轮单面啮合综合检查仪（简称单啮仪）上检测的，仪器原理如图 10 - 16 所示。

光栅式单啮仪测量原理是被测齿轮与测量齿轮（一般比被测齿轮精度高 4 级）按设计中心距安装在单啮仪主轴上，通过两个圆光栅盘读数头可测出两齿轮转角的读数信号，将两个读数信号经过倍频、分频后，使其具有相同频率，再输入

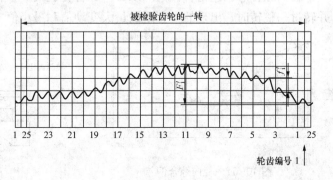

图 10 - 15 切向综合偏差

比相计，若被测齿轮无误差，则两个信号无相位差变化，记录器输出为一条直线；否则，所记录的曲线为被测齿轮的切向综合总偏差 F_i'。

指标 F_i' 的检测状态与齿轮的工作状态一致，误差曲线较真实、全面地反映了齿轮的误差情况和任意两点间传动比变化情况，是几何偏心、运动偏心及各项短周期误差综合影响的结果。但由于齿轮单啮仪结构复杂、价格高，多用于评定精度较高的齿轮，对于小批量生产、尺寸规格较大的齿轮，受到单啮仪测量范围和使用条件的限制，不采用该评定参数。所以 GB/T 10095.1 规定 F_i' 不是必检项目。

指标 F_p 是沿着与基准孔同轴的圆周上逐齿测得（每齿测一点）的折线状误差曲线，

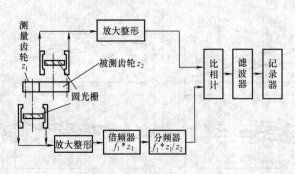

图 10 - 16　光栅式单啮仪原理图

它是有限点的误差，不能反映任意两点间传动比变化情况，但测量简单、成本低。所以，在生产中常用 F_p 代替 F_i' 指标。因而，GB/T 10095.1 规定 F_p 是必检项目。

2. 一齿切向综合偏差 f_i'（tooth-to-tooth tangential composite deviation）

一齿切向综合偏差指被测齿轮与测量齿轮单面啮合时，在被测齿轮一齿距内，齿轮分度圆上实际圆周位移与理论圆周位移的最大差值，见图 10 - 15。即在切向综合总偏差曲线上小波纹的最大幅度值，其波长为一个齿距。

f_i' 综合反映刀具制造、安装误差以及机床分度蜗杆、传动链短周期误差，是评定齿轮传动平稳性的最佳综合指标。

f_i' 的测量仪器与 F_i' 相同，通过在单啮仪的测量，可同时测得 F_i' 和 f_i' 两项指标，见图 10 - 16。

二、径向综合偏差与径向跳动

GB/T 10095.2—2001 规定了径向综合偏差与径向跳动三项指标，见表 10 - 2。

（一）径向综合偏差（radial composite deviations）

1. 径向综合总偏差 F_i''（total radial composite deviation）

径向综合总偏差指在径向（双面）综合检验时，产品齿轮的左右齿面与测量齿轮接触，并转过一整转时，出现的中心距的最大变动值和最小值之差，如图 10 - 17 所示。

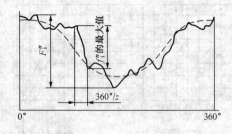

图 10 - 17　径向综合偏差

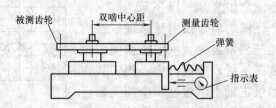

图 10 - 18　双面啮合仪

该指标是在齿轮双面啮合综合检查仪上测量的，如图 10 - 18 所示。将被测齿轮与测量齿轮分别安装在双面啮合检查仪的两平行芯轴上，并借助弹簧力作用，使两齿轮保持双面紧密接触，被测齿轮一转中指示表的最大读数差值即 F_i''。

F_i'' 主要反映齿轮径向误差（几何偏心）及短周期误差（如齿廓形状偏差、基节齿距偏差）的影响，不反映切向误差。因此，不如 F_i' 能充分地反映齿轮的运动精度。是评定齿轮传动准确性的指标。

2. 一齿径向综合偏差 f_i''（tooth-to-tooth radial composite deviation）

一齿径向综合偏差指当产品齿轮啮合一整圈时，对应一个齿距（$360°/z$）的径向综合偏差值，即齿轮在一个齿距内，双啮中心距的最大变动量，见图 10 - 17。

f_i'' 综合反映了刀具制造、安装误差以及机床传动链短周期误差，是评定齿轮传动平稳性的综合指标。

F_i'' 和 f_i'' 使用的测量仪器相同。在通过双啮仪测量时，其检测结果均包含有左、右两个齿面的误差，与齿轮的工作状态不相符。因此，不宜用来检验高精度的齿轮。但由于仪器结构简单，操作方便，检测效率高，因而在成批生产中仍广泛采用。

（二）齿轮径向跳动 F_r（radial run-out）

齿轮径向跳动指一个适当的测头（球形、圆柱形、砧形）在齿轮旋转时逐齿放置于每个齿槽中，相对于齿轮的基准轴线的最大和最小径向位置之差。检查时，测头与齿高中部与左右齿面同时接触，如图 10-19 所示。

F_r 主要是由于切齿加工时，齿坯孔与芯轴间有几何偏心，造成齿圈上各点到孔轴线距离不等，当几何偏心为 e 时，$F_r=2e$。由几何偏引起的误差属于长周期径向误差。几何偏心与径向跳动的关系如图 10-20 所示。

齿轮径向跳动 F_r 不是必检项目，在标准的正文中没有给出，只在 GB/T 10095.2—2001 的附录中给出。此处不再详述。

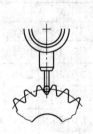

图 10-19 径向跳动的测量   图 10-20 几何偏心与径向跳动的关系

第三节 渐开线圆柱齿轮的精度等级及其应用

一、渐开线圆柱齿轮的精度等级

1. 轮齿同侧齿面偏差的精度等级

GB/T 10095.1—2001 将单个齿轮精度等级规定为 13 个精度等级，用阿拉伯数字 0、1~12 表示，其中 0 级为最高精度等级，12 级为最低精度等级。0、1、2 级精度很高，目前制造较困难，应用很少，标准列出了公差数值，但属于待用的精度等级。一般情况下，3、4、5 级属于高精度等级，6、7、8 级属于中等精度等级，10、11、12 级属于低精度等级。

标准适用于分度圆直径：5~10 000mm，法向模数：0.5~70mm，齿宽：4~1 000mm 的渐开线圆柱齿轮。

2. 径向综合偏差的精度等级

GB/T 10095.2—2001 规定，径向综合公差的精度等级由径向综合总偏差 F_i'' 和一齿径向综合偏差 f_i'' 的 9 个精度等级组成，用阿拉伯数字 4~12 表示，其中 4 级为最高精度等级，

12 级为最低精度等级。

标准适用于分度圆直径：5～1 000mm，法向模数：0.2～10mm 的渐开线圆柱齿轮。

3. 径向跳动的精度等级

GB/T 10095.2—2001 在附录 B 中推荐径向跳动的精度等级，用阿拉伯数字 0、1～12 表示，共 13 个精度等级，其中 0 级为最高精度等级，12 级为最低精度等级。

适用于分度圆直径：5～10 000mm，法向模数：0.5～70mm，齿宽：4～1 000mm 的渐开线圆柱齿轮。

当文件需要叙述齿轮精度等级要求时，应注明是 GB/T 10095.1—2001 或 GB/T 10095.2—2001。

二、渐开线圆柱齿轮偏差项目和允许值

1. 齿廓同侧齿面的精度允许值

GB/T 10095.1—2001 规定的齿廓同侧齿面公差或极限偏差如下：单个齿距偏差 f_{pt} 的极限偏差、齿距累积总偏差 F_p 的公差值、齿廓总偏差 F_α 的公差值、螺旋线总偏差 F_β 的公差值，见表 10-3～表 10-6。

表 10-3　　　　　　单个齿距极限偏差±f_{pt}（摘自 GB/T 10095.1—2001）　　　　μm

分度圆直径 d (mm)	法向模数 m_n (mm)	精　度　等　级												
		0	1	2	3	4	5	6	7	8	9	10	11	12
5≤d≤20	0.5≤m_n≤2	0.8	1.2	1.7	2.3	3.3	4.7	6.5	9.5	13.0	19.0	26.0	37.0	53.0
	2<m_n≤3.5	0.9	1.3	1.8	2.6	3.7	5.0	7.5	10.0	15.0	21.0	29.0	41.0	59.0
20<d≤50	0.5≤m_n≤2	0.9	1.2	1.8	2.5	3.5	5.0	7.0	10.0	14.0	20.0	28.0	40.0	56.0
	2<m_n≤3.5	1.0	1.4	1.9	2.7	3.9	5.5	7.5	11.0	15.0	22.0	31.0	44.0	62.0
	3.5<m_n≤6	1.1	1.5	2.1	3.0	4.3	6.0	8.5	12.0	17.0	24.0	34.0	48.0	68.0
	6<m_n≤10	1.2	1.7	2.5	3.5	4.9	7.0	10.0	14.0	20.0	28.0	40.0	56.0	79.0
50<d≤125	0.5≤m_n≤2	0.9	1.3	1.9	2.7	3.8	5.5	7.5	11.0	15.0	21.0	30.0	43.0	61.0
	2<m_n≤3.5	1.0	1.5	2.1	2.9	4.1	6.0	8.5	12.0	17.0	23.0	33.0	47.0	66.0
	3.5<m_n≤6	1.1	1.6	2.3	3.2	4.6	6.5	9.0	13.0	18.0	26.0	36.0	52.0	73.0
	6<m_n≤10	1.3	1.8	2.6	3.7	5.0	7.5	10.0	15.0	21.0	30.0	42.0	59.0	84.0
	10<m_n≤16	1.6	2.2	3.1	4.4	6.5	9.0	13.0	18.0	25.0	35.0	50.0	71.0	100.0
	16<m_n≤25	2.0	2.8	3.9	5.5	8.0	11.0	16.0	22.0	31.0	44.0	63.0	89.0	125.0

表 10-4　　　　　　齿距累积总公差 F_p（摘自 GB/T 10095.1—2001）　　　　μm

分度圆直径 d (mm)	法向模数 m_n (mm)	精　度　等　级												
		0	1	2	3	4	5	6	7	8	9	10	11	12
5≤d≤20	0.5≤m_n≤2	2.0	2.8	4.0	5.5	8.0	11.0	16.0	23.0	32.0	45.0	64.0	90.0	127.0
	2<m_n≤3.5	2.1	2.9	4.2	6.0	8.5	12.0	17.0	23.0	33.0	47.0	66.0	94.0	133.0
20<d≤50	0.5≤m_n≤2	2.5	3.6	5.0	7.0	10.0	14.0	20.0	29.0	41.0	57.0	81.0	115.0	162.0
	2<m_n≤3.5	2.6	3.7	5.0	7.5	10.0	15.0	21.0	30.0	42.0	59.0	84.0	119.0	168.0
	3.5<m_n≤6	2.7	3.9	5.5	7.5	11.0	15.0	22.0	31.0	44.0	62.0	87.0	123.0	174.0
	6<m_n≤10	2.9	4.1	6.0	8.0	12.0	16.0	23.0	33.0	46.0	65.0	93.0	131.0	185.0

分度圆直径 d (mm)	法向模数 m_n (mm)	精 度 等 级												
		0	1	2	3	4	5	6	7	8	9	10	11	12
50<d≤125	0.5≤m_n≤2	3.3	4.6	6.5	9.0	13.0	18.0	26.0	37.0	52.0	74.0	104.0	147.0	208.0
	2<m_n≤3.5	3.3	4.7	6.5	9.5	13.0	19.0	27.0	38.0	53.0	76.0	107.0	151.0	214.0
	3.5<m_n≤6	3.4	4.9	7.0	9.5	14.0	19.0	28.0	39.0	55.0	78.0	110.0	156.0	220.0
	6<m_n≤10	3.6	5.0	7.0	10.0	14.0	20.0	29.0	41.0	58.0	82.0	116.0	164.0	231.0
	10<m_n≤16	3.9	5.5	7.5	11.0	15.0	22.0	31.0	44.0	62.0	88.0	124.0	175.0	248.0
	16<m_n≤25	4.3	6.0	8.5	12.0	17.0	24.0	34.0	48.0	68.0	96.0	136.0	193.0	273.0

表 10-5 　　　　齿廓总公差 $F_α$（摘自 GB/T 10095.1—2001）　　　　μm

分度圆直径 d (mm)	法向模数 m_n (mm)	精 度 等 级												
		0	1	2	3	4	5	6	7	8	9	10	11	12
5≤d≤20	0.5≤m_n≤2	0.8	1.1	1.6	2.3	3.2	4.6	6.5	9.0	13.0	18.0	26.0	37.0	52.0
	2<m_n≤3.5	1.2	1.7	2.3	3.3	4.7	6.5	9.5	13.0	19.0	26.0	37.0	53.0	75.0
20<d≤50	0.5≤m_n≤2	0.9	1.3	1.8	2.6	3.6	5.0	7.5	20.0	15.0	21.0	29.0	41.0	58.0
	2<m_n≤3.5	1.3	1.8	2.5	3.6	5.0	7.0	10.0	14.0	20.0	29.0	40.0	57.0	81.0
	3.5<m_n≤6	1.6	2.2	3.1	4.4	6.0	90.0	12.0	18.0	25.0	35.0	50.0	70.0	99.0
	6<m_n≤10	1.9	2.7	3.8	5.5	7.5	11.0	15.0	22.0	31.0	43.0	61.0	87.0	123.0
50<d≤125	0.5≤m_n≤2	1.0	1.5	2.1	2.9	4.1	6.0	8.5	12.0	17.0	23.0	33.0	47.0	66.0
	2<m_n≤3.5	1.4	2.0	2.8	3.9	5.5	8.0	11.0	16.0	22.0	31.0	44.0	63.0	89.0
	3.5<m_n≤6	1.7	2.4	3.4	4.8	6.5	9.5	13.0	19.0	27.0	38.0	54.0	76.0	108.0
	6<m_n≤10	2.0	2.9	4.1	6.0	8.0	12.0	16.0	23.0	33.0	46.0	65.0	92.0	131.0
	10<m_n≤16	2.5	3.5	5.0	7.0	10.0	14.0	20.0	28.0	40.0	56.0	79.0	112.0	159.0
	16<m_n≤25	3.0	4.2	6.0	8.5	12.0	17.0	24.0	34.0	48.0	68.0	96.0	136.0	192.0

表 10-6 　　　　螺旋线总公差 $F_β$（摘自 GB/T 10095.1—2001）　　　　μm

分度圆直径 d (mm)	齿　宽 b (mm)	精 度 等 级												
		0	1	2	3	4	5	6	7	8	9	10	11	12
5≤d≤20	0.5≤b≤10	1.1	1.5	2.2	3.1	4.3	6.0	8.5	12.0	17.0	24.0	35.0	49.0	69.0
	10≤b≤20	1.2	1.7	2.4	3.4	4.9	7.0	9.5	14.0	19.0	28.0	39.0	55.0	78.0
	20≤b≤40	1.4	2.0	2.8	3.9	5.5	8.0	11.0	16.0	22.0	31.0	45.0	63.0	89.0
	40≤b≤80	1.6	2.3	3.3	4.6	6.5	9.5	13.0	19.0	26.0	37.0	52.0	74.0	105.0
20<d≤50	4≤b≤10	1.1	1.6	2.2	3.2	4.5	6.5	9.0	13.0	18.0	25.0	36.0	51.0	72.0
	10≤b≤20	1.3	1.8	2.5	3.6	5.0	7.0	10.0	14.0	20.0	29.0	40.0	57.0	81.0
	20≤b≤40	1.4	2.0	2.9	4.1	5.5	8.0	11.0	16.0	23.0	32.0	46.0	65.0	92.0
	40≤b≤80	1.7	2.4	3.4	4.8	6.5	9.5	13.0	19.0	27.0	33.0	54.0	76.0	107.0
	80<b≤160	2.0	2.9	4.1	5.5	8.0	11.0	16.0	23.0	32.0	46.0	65.0	92.0	130.0
50<d≤125	4≤b≤10	1.2	1.7	2.4	3.3	4.7	6.5	9.5	13.0	19.0	27.0	38.0	53.0	76.0
	10≤b≤20	1.3	1.9	2.6	3.7	5.5	7.5	11.0	15.0	21.0	30.0	42.0	60.0	84.0
	20≤b≤40	1.5	2.1	3.0	4.2	6.0	8.5	12.0	17.0	24.0	34.0	48.0	68.0	95.0
	40≤b≤80	1.7	2.5	3.5	4.9	7.0	10.0	14.0	20.0	28.0	39.0	56.0	79.0	111.0
	80<b≤160	2.1	2.9	4.2	5.5	8.5	12.0	17.0	24.0	33.0	47.0	67.0	94.0	133.0
	160<b≤250	2.5	3.5	4.9	7.0	10.0	14.0	20.0	28.0	40.0	56.0	79.0	112.0	158.0
	250<b≤400	2.9	4.1	6.0	8.0	12.0	16.0	23.0	33.0	46.0	65.0	92.0	130.0	184.0

2. 齿廓与螺旋线形状偏差和倾斜偏差的允许值

GB/T 10095.1—2001 在附录 B 中规定齿廓与螺旋线形状偏差和倾斜偏差不是必检项目，不作为标准的要素。但因齿廓与螺旋线形状偏差和倾斜偏差对齿轮的性能有重要影响，所以相应数值见表 10-7～表 10-9。

表 10-7　　　　齿廓形状公差 $f_{f\alpha}$（摘自 GB/T 10095.1—2001）　　　μm

分度圆直径 d (mm)	法向模数 m_n (mm)	精度等级												
		0	1	2	3	4	5	6	7	8	9	10	11	12
$5 \leqslant d \leqslant 20$	$0.5 \leqslant m_n \leqslant 2$	0.6	0.9	1.3	1.8	2.5	3.5	5.0	7.0	10.0	14.0	20.0	28.0	40.0
	$2 < m_n \leqslant 3.5$	0.9	1.3	1.8	2.6	3.6	5.0	7.0	10.0	14.0	20.0	29.0	41.0	58.0
$20 < d \leqslant 50$	$0.5 \leqslant m_n \leqslant 2$	0.7	1.0	1.4	2.0	2.8	4.0	5.5	8.0	11.0	16.0	22.0	32.0	45.0
	$2 < m_n \leqslant 3.5$	1.0	1.4	2.0	2.8	3.9	5.5	8.0	11.0	16.0	22.0	31.0	44.0	62.0
	$3.5 < m_n \leqslant 6$	1.2	1.7	2.4	3.4	4.8	7.0	9.5	14.0	19.0	27.0	39.0	54.0	77.0
	$6 < m_n \leqslant 10$	1.5	2.1	3.0	4.2	6.0	8.5	12.0	17.0	24.0	34.0	48.0	67.0	95.0
$50 < d \leqslant 125$	$0.5 \leqslant m_n \leqslant 2$	0.8	1.1	1.6	2.3	3.2	4.5	6.5	9.0	13.0	18.0	26.0	36.0	51.0
	$2 < m_n \leqslant 3.5$	1.1	1.5	2.1	3.0	4.3	6.0	8.5	12.0	17.0	24.0	34.0	49.0	69.0
	$3.5 < m_n \leqslant 6$	1.3	1.8	2.6	3.7	5.0	7.5	10.0	15.0	21.0	29.0	42.0	59.0	83.0
	$6 < m_n \leqslant 10$	1.5	2.2	3.2	4.5	6.5	9.0	13.0	18.0	25.0	36.0	51.0	72.0	101.0
	$10 < m_n \leqslant 16$	1.9	2.7	3.9	5.5	7.5	11.0	15.0	22.0	31.0	44.0	62.0	87.0	123.0
	$16 < m_n \leqslant 25$	2.3	3.3	4.7	6.5	9.5	13.0	19.0	26.0	37.0	53.0	75.0	106.0	149.0

表 10-8　　　　齿廓倾斜极限偏差 $\pm f_{H\alpha}$（摘自 GB/T 10095.1—2001）　　　μm

分度圆直径 d (mm)	法向模数 m_n (mm)	精度等级												
		0	1	2	3	4	5	6	7	8	9	10	11	12
$5 \leqslant d \leqslant 20$	$0.5 \leqslant m_n \leqslant 2$	0.5	0.7	1.0	1.5	2.1	2.9	4.2	6.0	8.5	12.0	17.0	24.0	33.0
	$2 < m_n \leqslant 3.5$	0.7	1.0	1.5	2.1	3.0	4.2	6.0	8.5	12.0	17.0	24.0	34.0	47.0
$20 < d \leqslant 50$	$0.5 \leqslant m_n \leqslant 2$	0.6	0.8	1.2	1.6	2.3	3.3	4.6	6.5	9.5	13.0	19.0	26.0	37.0
	$2 < m_n \leqslant 3.5$	0.8	1.1	1.6	2.3	3.2	4.5	6.5	9.0	13.0	18.0	26.0	36.0	51.0
	$3.5 < m_n \leqslant 6$	1.0	1.4	2.0	2.8	3.9	5.5	8.0	11.0	16.0	22.0	32.0	45.0	63.0
	$6 < m_n \leqslant 10$	1.2	1.7	2.4	3.4	4.8	6.5	9.5	14.0	19.0	27.0	39.0	55.0	78.0
$50 < d \leqslant 125$	$0.5 \leqslant m_n \leqslant 2$	0.7	0.9	1.3	1.9	2.6	3.7	5.5	7.5	11.0	15.0	21.0	30.0	42.0
	$2 < m_n \leqslant 3.5$	0.9	1.2	1.8	2.5	3.5	5.0	7.0	10.0	14.0	20.0	28.0	40.0	57.0
	$3.5 < m_n \leqslant 6$	1.1	1.5	2.2	3.1	4.4	6.0	8.5	12.0	17.0	24.0	34.0	48.0	68.0
	$6 < m_n \leqslant 10$	1.3	1.8	2.6	3.7	5.0	7.5	10.0	15.0	21.0	29.0	41.0	58.0	83.0
	$10 < m_n \leqslant 16$	1.6	2.2	3.1	44	6.5	9.0	13.0	18.0	25.0	35.0	50.0	71.0	100.0
	$16 < m_n \leqslant 25$	1.9	2.8	4.0	5.5	7.5	11.0	15.0	21.0	30.0	43.0	60.0	86.0	121.0
$125 < d \leqslant 280$	$0.5 \leqslant m_n \leqslant 2$	0.8	1.1	1.6	2.2	3.1	4.4	6.0	9.0	12.0	18.0	25.0	35.0	50.0
	$2 < m_n \leqslant 3.5$	1.0	1.4	2.0	2.8	4.0	5.5	8.0	11.0	16.0	22.0	32.0	45.0	64.0
	$3.5 < m_n \leqslant 6$	1.2	1.7	2.4	3.3	4.7	6.5	9.5	13.0	19.0	27.0	38.0	54.0	76.0
	$6 < m_n \leqslant 10$	1.4	2.0	2.8	4.0	5.5	8.0	11.0	16.0	23.0	32.0	45.0	64.0	90.0
	$10 < m_n \leqslant 16$	1.7	2.4	3.4	4.8	6.5	9.5	13.0	19.0	27.0	38.0	54.0	76.0	108.0
	$16 < m_n \leqslant 25$	2.0	2.8	4.0	5.5	8.0	11.0	16.0	23.0	32.0	45.0	64.0	91.0	129.0
	$25 < m_n \leqslant 40$	2.4	3.4	4.8	7.0	9.5	14.0	19.0	27.0	39.0	55.0	77.0	109.0	155.0

表 10-9　螺旋线形状公差 $f_{f\beta}$ 和螺旋线倾斜极限偏差 $\pm f_{H\beta}$ （摘自 GB/T 10095.1—2001）　　　μm

分度圆直径 d (mm)	齿宽 b (mm)	精度等级												
		0	1	2	3	4	5	6	7	8	9	10	11	12
5≤d≤20	4≤b≤10	0.8	1.1	1.5	2.2	3.1	4.3	6.0	8.5	12.0	17.0	24.0	35.0	49.0
	10<b≤20	0.9	1.2	1.7	2.5	3.5	4.9	7.0	10.0	14.0	20.0	28.0	39.0	56.0
	20<b≤40	1.0	1.4	2.0	2.8	4.0	5.5	8.0	11.0	16.0	22.0	32.0	45.0	64.0
	40<b≤80	1.2	1.7	2.3	3.3	4.7	6.5	9.5	13.0	19.0	26.0	37.0	53.0	75.0
20<d≤50	4≤b≤10	0.8	1.1	1.6	2.3	3.2	4.5	6.5	9.0	13.0	18.0	26.0	36.0	51.0
	10<b≤20	0.9	1.3	1.8	2.5	3.6	5.0	7.0	10.0	14.0	20.0	29.0	41.0	58.0
	20<b≤40	1.0	1.4	2.0	2.9	4.1	6.0	8.0	12.0	16.0	23.0	33.0	46.0	65.0
	40<b≤80	1.2	1.7	2.4	3.4	4.8	7.0	9.5	14.0	19.0	27.0	38.0	54.0	77.0
	80<b≤160	1.4	2.0	2.9	4.1	6.0	8.0	12.0	16.0	23.0	33.0	46.0	65.0	93.0
50<d≤125	4≤b≤10	0.8	1.2	1.7	2.4	3.4	4.8	6.5	9.5	13.0	19.0	27.0	38.0	54.0
	10<b≤20	0.9	1.3	1.9	2.6	3.8	5.5	7.5	11.0	15.0	21.0	30.0	43.0	60.0
	20<b≤40	1.1	1.5	2.1	3.0	4.3	6.0	8.5	12.0	17.0	24.)	34.0	48.0	68.0
	40<b≤80	1.2	1.8	2.5	3.5	5.0	7.0	10.0	14.0	20.0	28.0	40.0	56.0	79.0
	80<b≤160	1.5	2.1	3.0	4.2	6.0	8.5	12.0	17.0	24.0	34.0	48.0	67.0	95.0
	160<b≤250	1.8	2.5	3.5	5.0	7.0	10.0	14.0	20.0	28.0	40.0	56.0	80.0	113.0
	250<b≤400	2.1	2.9	4.1	6.0	80.0	12.	16.0	23.0	33.0	46.0	66.0	93.0	132.0

3. 切向综合偏差的公差

GB/T 10095.1—2001 在附录 A 中规定切向综合偏差的测量不是必须的。该附录给出了 5 级精度切向综合总偏差的计算公式，即

$$F_i' = F_p + f_i'$$

其中一齿切向综合偏差 $\qquad f_i' = K(4.3 + f_{pt} + F_\alpha)$

当总重合度 $\varepsilon_r < 4$，取 $K = 0.2\left(\dfrac{\varepsilon_r + 4}{\varepsilon_r}\right)$；当 $\varepsilon_r \geqslant 4$ 时，取 $K = 0.4$。不同精度等级的比值 f_i'/K 见表 10-10。

表 10-10　　　　　　　f_i'/K 的比值（摘自 GB/T 10095.1—2001）　　　μm

分度圆直径 d (mm)	法向模数 m_n (mm)	精度等级												
		0	1	2	3	4	5	6	7	8	9	10	11	12
5≤d≤20	0.5≤m_n≤2	2.4	3.4	4.8	7.0	9.5	14.0	19.0	27.0	38.0	54.0	77.0	109.0	154.0
	2<m_n≤3.5	2.8	4.0	5.5	8.0	11.0	16.0	23.0	32.0	45.0	64.0	91.0	129.0	182.0
20<d≤50	0.5≤m_n≤2	2.5	3.6	5.0	7.0	10.0	14.0	20.0	29.0	41.0	58.0	82.0	115.0	163.0
	2<m_n≤3.5	3.0	4.2	6.0	8.5	12.0	17.0	24.0	34.0	48.0	68.0	96.0	135.0	191.0
	3.5<m_n≤6	3.4	4.8	7.0	9.5	14.0	19.0	27.0	38.0	54.0	77.0	108.0	153.0	217.0
	6<m_n≤10	3.9	5.5	8.0	11.0	16.0	22.0	31.0	44.0	63.0	89.0	125.0	177.0	251.0

分度圆直径 d (mm)	法向模数 m_n (mm)	精度等级												
		0	1	2	3	4	5	6	7	8	9	10	11	12
50<d≤125	0.5≤m_n≤2	2.7	3.9	5.5	8.0	11.0	16.0	22.0	31.0	44.0	62.0	88.0	124.0	176.0
	2<m_n≤3.5	3.2	4.5	6.5	9.0	13.0	18.0	25.0	36.0	51.0	72.0	102.0	144.0	204.0
	3.5<m_n≤6	3.6	5.0	7.0	10.0	14.0	20.0	29.0	40.0	57.0	81.0	115.0	162.0	229.0
	6<m_n≤10	4.1	6.0	8.0	12.0	16.0	23.0	33.0	47.0	66.0	93.0	132.0	186.0	263.0
	10<m_n≤16	4.8	7.0	9.5	14.0	19.0	27.0	38.0	54.0	77.0	109.0	154.0	218.0	308.0
	16<m_n≤25	5.5	8.0	11.0	16.0	23.0	32.0	46.0	65.0	91.0	129.0	183.0	259.0	366.0

4. 径向综合偏差的允许值

GB/T 10095.2—2001 规定了圆柱齿轮径向综合偏差的精度和允许值，径向综合总公差和一齿径向综合公差的数值见表 10-11 和表 10-12。

表 10-11　　　　　　径向综合总公差 F''_i（摘自 GB/T 10095.2—2001）　　　　　　μm

分度圆直径 d (mm)	法向模数 m_n (mm)	精度等级								
		4	5	6	7	8	9	10	11	12
		径向综合总公差（F''_i）								
5≤d≤20	0.2≤m_n≤0.5	7.5	11	15	21	30	42	60	85	120
	0.5<m_n≤0.8	8.0	12	16	23	33	46	66	93	131
	0.8<m_n≤1.0	9.0	12	18	25	35	50	70	100	141
	1.0<m_n≤1.5	10	14	19	27	38	54	76	108	153
	1.5<m_n≤2.5	11	16	22	32	45	63	89	126	179
	2.5<m_n≤4.0	14	20	28	39	56	79	112	158	223
20<d≤50	0.2≤m_n≤0.5	9.0	13	19	26	37	52	74	105	148
	0.5<m_n≤0.8	10	14	20	28	40	56	80	113	160
	0.8<m_n≤1.0	11	15	21	30	42	60	85	120	169
	1.0<m_n≤1.5	11	16	23	32	45	64	91	128	181
	1.5<m_n≤2.5	13	18	26	37	52	73	103	146	207
	2.5<m_n≤4.0	16	22	31	44	63	89	126	178	251
	4.0<m_n≤6.0	20	28	39	56	79	111	157	222	314
	6.0<m_n≤10	26	37	52	74	104	147	209	295	417
50<d≤125	0.2≤m_n≤0.5	12	16	23	33	46	66	93	131	185
	0.5<m_n≤0.8	12	17	25	35	49	70	98	139	197
	0.8<m_n≤1.0	13	18	26	36	52	73	103	146	206
	1.0<m_n≤1.5	14	19	27	39	55	77	109	154	218
	1.5<m_n≤2.5	15	22	31	43	61	86	122	173	244
	2.5<m_n≤4.0	18	25	36	51	72	102	144	204	288
	4.0<m_n≤6.0	22	31	44	62	88	124	176	248	351
	6.0<m_n≤10	28	40	57	80	114	161	227	321	454

表 10 - 12　　　　　　一齿径向综合公差 f''_i（摘自 GB/T 10095.2—2001）　　　　　μm

分度圆直径 d（mm）	法向模数 m_n（mm）	精　度　等　级								
		4	5	6	7	8	9	10	11	12
		一齿径向综合公差（f''_i）								
5≤d≤20	0.2≤m_n≤0.5	1.0	2.0	2.5	3.5	5.0	7.0	10	14	20
	0.5<m_n≤0.8	2.0	2.5	4.0	5.5	7.5	11	15	22	31
	0.8<m_n≤1.0	2.5	3.5	5.0	7.0	10	14	20	28	39
	1.0<m_n≤1.5	3.0	4.5	6.5	9.0	13	18	25	36	50
	1.5<m_n≤2.5	4.5	6.5	9.5	13	19	25	37	53	74
	2.5<m_n≤4.0	7.0	10	14	20	29	41	58	82	115

5. 径向跳动的允许值

径向跳动 F_r 的公差值见表 10 - 13。

表 10 - 13　　　　　　　径向跳动公差（摘自 GB/T 10095.2—2001）　　　　　μm

分度圆直径 d（mm）	法向模数 m_n（mm）	精　度　等　级												
		0	1	2	3	4	5	6	7	8	9	10	11	12
5≤d≤20	0.5≤m_n≤2.0	1.5	2.5	3.0	4.5	6.5	9.0	13	18	25	36	51	72	102
	2.0<m_n≤3.5	1.5	2.5	3.5	4.5	6.5	95	13	19	27	38	53	75	106
20<d≤50	0.5≤m_n≤2.0	2.0	3.0	4.0	5.0	8.0	11	16	23	32	46	65	92	130
	2.0<m_n≤3.5	2.0	3.0	4.0	6.0	8.5	12	17	24	34	47	67	95	134
	3.5<m_n≤6.0	2.0	3.0	4.5	6.0	8.5	12	17	25	35	49	70	99	139
	6.0<m_n≤10	2.5	3.5	4.5	6.5	9.5	13	19	26	37	52	74	105	148
50<d≤125	0.5≤m_n≤2.0	2.5	3.5	5.0	7.5	10	15	21	29	42	59	83	118	167
	2.0<m_n≤3.5	2.5	4.0	5.5	7.5	11	15	21	30	43	61	86	121	171
	3.5<m_n≤6.0	3.0	4.0	5.5	8.0	11	16	22	31	44	62	88	125	176
	6.0<m_n≤10	3.0	4.0	6.0	8.0	12	16	23	33	46	65	92	131	185
	10<m_n≤16	3.0	4.5	6.0	9.0	12	18	25	35	50	70	99	140	198
	16<m_n≤25	3.5	5.0	7.0	9.5	14	19	27	39	55	77	109	154	218

三、精度等级的选择

1. 精度等级的规定

在给定的文件中，如果齿轮精度等级规定为 GB/T 10095.1—2001 的某一等级，而无其他要求或说明，则单个齿距偏差 f_{pt}、齿距累积偏差 F_{pk}、齿距累积总偏差 F_p、齿廓总偏差 F_α 及螺旋线总偏差 F_β 五项偏差的允许值均按该精度等级。

但是，按协议可对工作和非工作齿面规定不同的精度等级，也可对不同偏差项目规定不同的精度等级。

GB/T 10095.2—2001 中，径向综合偏差（F''_i、f''_i）精度等级的确定，不一定与 GB/T 10095.1—2001 中的如齿距、齿廓、螺旋线等选用相同的等级。

在文件中需要叙述齿轮精度时，均应注明标准号 GB/T 10095.1—2001 或 GB/T 10095.2—2001。

2. 精度等级的选择

齿轮精度等级的选择，不但应满足传动使用要求，同时要考虑工艺性与经济性的要求。

要根据齿轮的用途、工作条件、传递功率、圆周速度、振动、噪声、工作寿命等多种因素，合理的确定其精度等级。生产中一般采用计算法和类比法。

（1）计算法。

计算法的要点是如果已知传动链末端原件的传动精度要求，可按误差传递及分布规律，决定齿轮的精度等级；根据传动所允许的振动及噪声指标，按照理论及动力计算确定齿轮的精度等级；也可根据齿轮的承载能力与使用寿命的计算，确定齿轮的精度等。

（2）类比法。

类比法是目前生产中常用的方法。其特点是在齿轮传动设计中，参照类似的被生产实践证明使用良好、运转正常的齿轮传动的精度要求资料，分析对比后确定齿轮的精度等级。

表 10 - 14 列出了不同精度齿轮在各类机械传动的应用，表 10 - 15 列出了齿轮精度等级与工作条件、速度的应用情况。

表 10 - 14　　　　　不同精度齿轮在各类机械传动的应用

齿轮应用	精度等级	齿轮应用	精度等级
精密仪器、测量齿轮	2～5	拖拉机	6～9
蜗轮减速器	3～6	通用减速器	6～9
金属切削机床	3～8	轧钢机	6～10
航空发动机	4～7	水轮发动机	4～8
内燃机车	6～7	矿用铰车	8～10
轻型汽车、机车	5～8	起重机械	7～10
重型汽车	6～9	农用机械	8～11

表 10 - 15　　　　　齿轮精度等级与工作条件、速度的应用情况

工作条件	圆周速度（m/s）		应　用　情　况	精度等级
	直齿	斜齿		
机	＞30	＞50	高精度和精密的分度链末端的齿轮	4
	＞15～30	＞30～50	一般精度分度链末端齿轮、高精度和精密的分度链的中间齿轮	5
	＞10～15	＞15～30	Ⅴ级机床主传动的齿轮、一般精度分度链的中间齿轮、Ⅲ级和Ⅲ级以上精度机床的进给齿轮、油泵齿轮	6
床	＞6～10	＞8～15	Ⅳ级和Ⅳ级以上精度机床的进给齿轮	7
	＜6	＜8	一般精度机床的齿轮	8
			没有传动要求的手动齿轮	9
动力传动		＞70	用于很高速度的透平传动齿轮	4
		＞30	用于高速度的透平传动齿轮、重型机械进给机械、高速重载齿轮	5
		＜30	高速传动齿轮、有高可靠性要求的工业机器齿轮、重型机械的功率传动齿轮、作业率很高的起重运输机械齿轮	6
	＜15	＜25	高速和适度功率或大功率和适度速度条件下的齿轮、冶金、矿山、林业、石油、轻工、工程机械和小型工业齿轮箱（通用减速器）有可靠性要求的齿轮	7
	＜10	＜15	中等速度较平稳传动的齿轮、冶金、矿山、林业、石油、轻工、工程机械和小型工业齿轮箱（通用减速器）的齿轮	8
	≤4	≤6	一般性工作和噪声要求不高的齿轮、受载低于计算载荷的齿轮、速度大于1m/s的开式齿轮传动和转盘的齿轮	9

续表

工作条件	圆周速度（m/s）		应　用　情　况	精度等级
	直齿	斜齿		
航空船舶和车辆	＞35	＞70	需要很高的平稳性、低噪声的航空和船用齿轮	4
	＞20	＞35	需要高的平稳性、低噪声的航空和船用齿轮	5
	≤20	≤35	用于高速传动有平稳性低噪声要求的机车、航空、船和轿车的齿轮	6
	≤15	≤25	用于有平稳性和噪声要求的航空、船舶和轿车的齿轮	7
	≤10	≤15	用于中等速度较平稳传动的载重汽车和拖拉机的齿轮	8
	≤4	≤6	用于较低速和噪声要求不高的载重汽车第一档与倒档，拖拉机和联合收割机的齿轮	9
其他			检验7级精度齿轮的测量齿轮	4
			检验8～9级精度齿轮的测量齿轮，印刷机印刷辊子用的齿轮	5
			读数装置中特别精密传动的齿轮	6
			读数装置的传动及具有非直尺的速度传动齿轮、印刷机传动齿轮	7
			普通印刷机传动齿轮	8
单级传动效率			不低于 0.99（包括轴承不低于 0.985）	4～6
			不低于 0.98（包括轴承不低于 0.975）	7
			不低于 0.92（包括轴承不低于 0.965）	8
			不低于 0.96（包括轴承不低于 0.95）	9

四、检验项目的选择

GB/T 10095.1—2001 和 GB/T 10095.2—2001 没有像 GB/T 10095—1988 规定齿轮的检验组。在检验中，测量全部齿轮要素的偏差既不经济也没有必要，因为其中有些要素对于特定齿轮功能并没有明显的影响。另外，有些测量项目可以代替别的一些项目，如当检验 F_i'、f_i' 时，可以不必检验 f_{pt}、F_p；高速齿轮检验 F_{pk}；当检验 F_i''、f_i'' 时，F_r 就不必重复检验。

渐开线圆柱齿轮的检验项目见表 10 - 16。

表 10 - 16　　　　　　　　**渐开线圆柱齿轮的检验项目**

项目 齿轮	限制加工误差的公差或极限偏差					
	应检精度指标				可检精度指标	
	齿轮传递运动准确性	齿轮传动平稳性	齿轮载荷分布均匀性	侧　隙	齿轮传递运动准确性	齿轮传动平稳性
	F_p	f_{pt} 和 F_α	F_β	E_{sns}、E_{sni} 或 E_{wms}、E_{wmi}	F_i' 或 F_r 或 F_i''	f_i' 或 f_i''

考虑到标准 ISO/TR 10063《圆柱齿轮　功能组　公差族》正在制定中，建议的检测组为

1）f_{pt}、F_p、F_α、F_β、F_r；

2）f_{pt}、F_p、F_α、F_β、F_r、F_{pk}；

3）F_i''、f_i''；

4）f_{pt}、F_r；（10～12 级）

5）F_i'、f_i'（协议有要求时）。

按照我国现有的生产和检测水平，可根据齿轮的精度等级、生产的批量、现有的测量仪器等，从表 10-17 中选取一组来评定齿轮的精度等级。

表 10 - 17　　　　　　　　　　　齿 轮 的 推 荐 检 验 组

检验组	检验项目	精度等级	测量仪器	备注
1	F_p、F_α、F_β、F_r、E_{sn}	3～9	齿距仪、齿形仪、齿向仪、摆差测定仪、齿厚卡尺或公法线千分尺	单件小批量
2	F_p、F_{pk}、F_α、F_β、F_r、E_{sn}	3～9	齿距仪、齿形仪、齿向仪、摆差测定仪、齿厚卡尺或公法线千分尺	单件小批量
3	F''_i、f''_i、E_{sn}	6～9	双面啮合测量仪、齿厚卡尺或公法线千分尺	大批量
4	f_{pt}、F_r、E_{sn}	10～12	齿距仪、摆差测定仪、齿厚卡尺或公法线千分尺	
5	F'_i、f'_i、F_β、E_{sn}	3～6	单啮仪、齿向仪、齿厚卡尺或公法线千分尺	大批量

第四节　齿轮副的精度检验项目和公差

上面所讨论的都是单个齿轮的制造误差项目，齿轮副的安装误差同样影响齿轮传动的使用性能，所以除了控制单个齿轮的制造误差，还需要对齿轮副的安装误差加以控制。

一、齿轮副的安装误差

齿轮副的安装误差有以下几项：

1. 中心距偏差（deviation of center distance）

中心距偏差指实际中心距与公称中心距之差。

公称中心距是在考虑了最小侧隙及两齿轮的齿顶和其相啮合的非渐开线齿廓齿根部分的干涉后确定的。

当齿轮只是单向承载运转而不经常反转时，最大侧隙的控制就不是一个重要的考虑因素。此时，中心距极限偏差主要取决于对重合度的考虑。

当齿轮副要求运动精度高（准确性高）及经常有正反转时，必须控制其最大侧隙。对中心距偏差应充分考虑下列因素：

1）轴、箱体和轴承的倾斜；

2）由于箱体的偏差和轴承的间隙导致齿轮轴线的错斜、不一致；

3）温度的影响（随箱体和齿轮零件的温度、中心距和材料不同而变化）；

4）旋转件的离心伸胀；

5）安装误差，如轴的偏心；

6）轴承径向跳动；

7）其他因素，如润滑剂污染的允许程度及非金属齿轮材料的溶胀等。

GB/Z 18620.3—2002 没有提供中心距的允许偏差数值，设计时可参考成熟产品的经验、设计资料来选择，也可参照 GB/T 10095—1988 齿轮副中心距极限偏差 $\pm f_a$ 的数值选取，见表 10 - 18。

2. 轴线平行度偏差（parallelism deviation of axes）

如果相互啮合的齿轮轴线不平行，形成空间的交叉直线，将影响齿轮的接触精度。由于轴线平行度偏差与其向量的方向有关，因此，GB/Z 18620.3—2002 规定了轴线平面内的偏差 $f_{\Sigma\delta}$ 和垂直平面上的偏差 $f_{\Sigma\beta}$。

齿轮精度等级	1~2	3~4	5~6	7~8	9~10	11~12
f_a	$\frac{1}{2}$IT4	$\frac{1}{2}$IT6	$\frac{1}{2}$IT7	$\frac{1}{2}$IT8	$\frac{1}{2}$IT9	$\frac{1}{2}$IT11

表 10 - 18　　　　中心距极限偏差（$\pm f_a$）（摘自 GB/T 10095—1988）

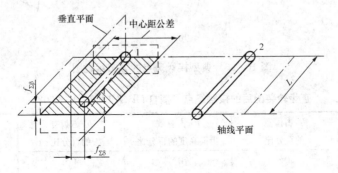

图 10 - 21　轴线平行度偏差

　　轴线平面内的偏差 $f_{\Sigma\delta}$ 是在两轴线的公共平面上测量的，如图 10 - 21 所示。

　　公共平面是用两轴承跨距中较长的一个跨距和另一根轴上的一个轴承来确定的；如果两个轴承的跨距相同，则用小齿轮轴和大齿轮轴的一个轴承来确定。

　　垂直平面上的偏差 $f_{\Sigma\beta}$ 是在轴线的公共平面相垂直的"交错轴平面"上测量，见图 10 - 21。轴线平行度偏差的推荐最大值为

$$f_{\Sigma\delta} = 2f_{\Sigma\beta}$$

$$f_{\Sigma\beta} = 0.5\left(\frac{L}{b}\right)F_{\beta}$$

式中　L——较大轴承的跨距，mm；

　　　　b——齿宽，mm。

二、轮齿接触斑点（tooth contact pattern）

　　轮齿接触斑点指装配好的齿轮副，在轻微制动下，运转后齿面上分布的接触痕迹，如图 10 - 22 所示。接触斑点可对轮齿间的载荷分布进行评估。接触斑点也可用于装配后的齿轮螺旋线和齿廓精度的评估。

　　接触斑点可以用沿齿高方向和齿长方向的百分数表示。图 10 - 23（a）、（b）、（c）所示为产品齿轮与测量齿轮啮合时所产生的典型接触斑点示意图。

　　图 10 - 23（a）所示为典型的规范接触，近似为齿宽 b 的 80%，有效齿面高度 h 的70%，齿端修薄；图 10 - 23（b）所示为有螺旋线偏差，齿廓正确，齿端修薄；图 10 - 23（c）所示为有齿廓偏差，齿长方向配合正确。

　　表 10 - 19 和表 10 - 20 是各级精度的直齿轮、斜齿轮（对齿廓和螺旋线修形的齿面不适合）装配后所需的接触斑点。

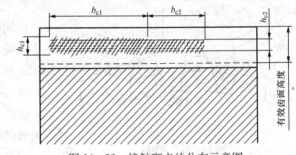

图 10 - 22　接触斑点的分布示意图

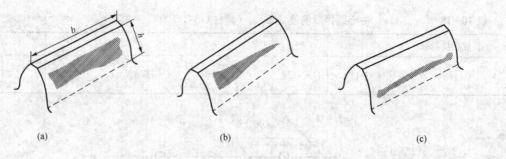

(a)   (b)   (c)

图 10-23   典型接触斑点的分布示意图

表 10-19   直齿轮装配后的接触斑点（摘自 GB/Z 18620.4—2002）

精度等级按 GB/T 10095	b_{c1} 占齿宽的百分比	h_{c1} 占有效齿面高度的百分比	b_{c2} 占齿宽的百分比	h_{c2} 占有效齿面高度的百分比
4级及更高	50%	70%	40%	50%
5 和 6	45%	50%	35%	30%
7 和 8	35%	50%	35%	30%
9 至 12	25%	50%	25%	30%

注 b_{c1} 为触斑点的较大长度；单位%；b_{c2} 为触斑点的较小长度，单位%；
     h_{c1} 为触斑点的较大高度；单位%；h_{c2} 为触斑点的较小高度，单位%。

表 10-20   斜齿轮装配后的接触斑点（摘自 GB/Z 18620.4—2002）

精度等级按 GB/T 10095	b_{c1} 占齿宽的百分比	h_{c1} 占有效齿面高度的百分比	b_{c2} 占齿宽的百分比	h_{c2} 占有效齿面高度的百分比
4级及更高	50%	50%	40%	30%
5 和 6	45%	40%	35%	20%
7 和 8	35%	40%	35%	20%
9 至 12	25%	40%	25%	20%

三、齿轮副侧隙 （backlash of gear pair）

侧隙是指齿轮啮合时，工作齿面相接触，非工作齿面间应有一定间隙。所有啮合的齿轮都要留有侧隙，以防止齿轮在不利的工作条件下出现卡死或齿面烧伤的现象。

侧隙的大小与齿轮的精度等级没有关系，而由齿轮的工作条件来决定。决定侧隙大小的因素有相互啮合的两齿轮齿厚和箱体孔的中心距。

侧隙分为圆周侧隙和法向侧隙两类。

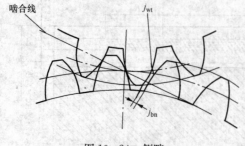

啮合线 j_{wt}

j_{bn}

图 10-24   侧隙

1. 圆周侧隙 j_{wt}

圆周侧隙指齿轮副中一个齿轮固定时，另一个齿轮所能转过的节圆弧长的最大值，如图 10-24 所示。

2. 法向侧隙 j_{bn}

法向侧隙指齿轮副工作齿面接触时，非工作齿面间的最小法向距离，见图 10-24。

两者关系为

$$j_{bn} = j_{wt} \cos\beta_b \cos\alpha_{wt}$$

式中　β_b——齿轮基圆柱螺旋角；

α_{wt}——齿轮压力角。

3. 齿轮副的最小法向侧隙 j_{bnmin}（minmum normal backlash）

齿轮副的最小法向侧隙指当一个齿轮的齿以最大允许实效齿厚与一个也具有最大允许实效齿厚的相配齿在最紧的允许中心距下相啮合时，在静态条件下存在的最小允许侧隙。允许侧隙可以补偿轴、箱体和轴承的倾斜、温度的影响、安装误差等因素带来的不利影响。

齿轮副的最小法向侧隙 j_{bnmin} 的确定方法有经验法和查表法两种。

（1）经验法。参考国内外同类产品中齿轮副的侧隙值来确定最小法向侧隙。

（2）查表法。GB/Z 18620.2—2002 在附录 A 中列出了对工业装置推荐的最小法向侧隙，见表 10-21。适用于齿轮与箱体均为黑色金属制造，工作时，节圆速度小于 15m/s，轴承、轴和箱体均采用常用的制造公差。

表 10-21　　中、大模数齿轮最小侧隙 j_{bnmin} 的推荐值（摘自 GB/Z 18620.2—2002）　　　　mm

m_n	最小中心距 a_i					
	50	100	200	400	800	1600
1.5	0.09	0.11	—			
2	0.10	0.12	0.15	—		
3	0.12	0.14	0.17	0.24	—	
5		0.18	0.21	0.28		
8	—	0.24	0.27	0.34	0.47	
12	—		0.35	0.42	0.55	
18	—			0.54	0.67	0.94

注　表中的数值可用 $j_{bnmin} = \dfrac{2}{3}(0.06 + 0.0005 \mid a_i \mid + 0.03 m_n)$ 计算，m_n 为法向模数。

（3）计算法。

根据齿轮副的工作条件，如工作速度、温度、润滑等条件来计算齿轮副的最小法向侧隙。

1）补偿温升引起的齿轮及箱体热变形所需的最小法向侧隙量（j_{bnmin1}）为

$$j_{bnmin1} = 1\,000 a(\alpha_1 \Delta t_1 - \alpha_2 \Delta t_2) \times 2\sin\alpha_n (\mu m)$$

式中　a——齿轮副中心距，mm；

α_1、α_2——齿轮和箱体材料的线膨胀系数；

α_n——齿轮法向压力角；

Δt_1、Δt_2——齿轮和箱体工作温度与标准温度（20°）之差，即 $\Delta t_1 = t_1 - 20°$，$\Delta t_2 = t_2 - 20°$。

2）保证正常润滑所需的最小法向侧隙量（j_{bnmin2}）。j_{bnmin2} 取决于润滑方式和齿轮的工作速度。具体数值见表 10-22。

因此，齿轮副所需要的最小法向侧隙为

$$j_{bnmin} = j_{bnmin1} + j_{bnmin2}$$

表 10 - 22　　　　　　　　　　**最小法向侧隙 j_{bnmin2}**　　　　　　　　　　　　μm

润滑方式	齿轮圆周速度 v（m/s）			
	$\leqslant 10$	$>10\sim25$	$>25\sim60$	>60
喷油润滑	$10m_n$	$20m_n$	$30m_n$	$(30\sim50)\,m_n$
油池润滑	$(5\sim10)\,m_n$			

4. 齿厚偏差的确定

由于齿轮副的侧隙与中心距及相配合齿轮的齿厚有关，而齿厚和侧隙与齿轮精度没有直接的关系，一般来说，最大侧隙并不会使传递运动的平稳性和动力性下降。因此，对齿厚偏差和侧隙允许采用较大的数值，有利于降低齿轮的制造成本。

为了保证齿轮传动有必要的侧隙，在加工齿轮时，通过调整刀具与齿坯的径向位置，使齿厚适当地减薄，因而规定了齿厚偏差，如图 10 - 25 所示。

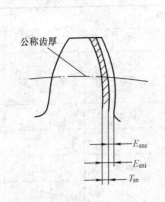

图 10 - 25　齿厚偏差示意图

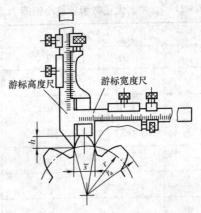

图 10 - 26　齿厚测量

齿厚偏差 E_{sn}（chickness deviation of tooth）是指在齿轮分度圆柱面上，齿厚实际值与公称齿厚之差。对斜齿轮，指法向齿厚。

公称齿厚是分度圆上的一段弧长，可由手册查取。测量时，多用齿厚游标卡尺以齿顶圆定位，测量分度圆上的弦齿厚，如图 10 - 26 所示。由于测量结果受齿顶圆精度影响较大，此方法适用于低精度、模数较大的齿轮测量。

1）齿厚上偏差（E_{sns}）的计算。

除了要保证获得最小侧隙 j_{bnmin}，还应考虑齿轮的加工误差和安装误差以及由于中心距为负偏差所带来的侧隙减少，因此，j_{bnmin} 与两齿轮齿厚以及加工误差和安装误差和中心距偏差有下列关系式

$$E_{sns1} + E_{sns2} = -2f_a\tan\alpha_n - \frac{j_{bnmin} + J_n}{\cos\alpha_n}$$

式中三角函数关系如图 10 - 27 所示。

通常，为便于设计和计算，设 $E_{sns1} = E_{sns2}$，于是齿厚上偏差为

$$E_{sns} = -\left(\frac{j_{bnmin} + J_n}{2\cos\alpha_n} + f_a\tan\alpha_n\right)$$

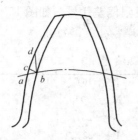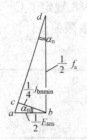

图 10 - 27　侧隙、齿厚偏差和中心距偏差的关系

式中　E_{sns1}、E_{sns2}——大小齿轮的齿厚上偏差;

　　　　J_n——补偿齿轮的加工误差和安装误差带来的侧隙减少;

　　　　f_a——中心距偏差;

　　　j_{bnmin}——最小法向侧隙;

　　　　F_β——大小齿轮的螺旋线总公差;

　　　　α_n——齿轮法向压力角;

　$f_{\sum\delta}$,$f_{\sum\beta}$——齿轮副轴线的平行度公差。

其中　　　　$J_n = \sqrt{f_{pb1}{}^2 + f_{pb2}{}^2 + 2(F_\beta\cos\alpha_n)^2 + (f_{\sum\delta}\sin\alpha_n)^2 + (f_{\sum\beta}\cos\alpha_n)^2}$

当 $\alpha_n = 20°$, $f_{\sum\delta} = F_\beta$, $f_{\sum\beta} = F_\beta/2$, 上式可简化为

$$J_n = \sqrt{f_{pb1}^2 + f_{pb2}^2 + 2.104F_\beta^2}$$

式中　f_{pb1}、f_{pb2}——大小齿轮的基节齿距偏差,具体数值见表 10 - 32。

当两个相互啮合的齿轮齿数相差较大时,为提高小齿轮的承载能力,小齿轮的齿厚减薄量可取得比大齿轮小。

2) 齿厚下偏差(E_{sni}) 的计算。

齿厚下偏差 E_{sni} 的计算可由齿厚上偏差 E_{sns} 及齿厚公差 T_{sn} 求得,即

$$E_{sni} = E_{sns} - T_{sn}$$

齿厚公差 T_{sn} 的确定基本与齿轮的精度无关,可选用较宽的齿厚公差,其对齿轮的传动性能和承载能力没有影响。主要是考虑切齿工艺的难度,且应考虑齿轮径向跳动对齿厚的影响。T_{sn} 的计算公式为

$$T_{sn} = \sqrt{F_r^2 + b_r^2} \times 2\tan\alpha_n$$

式中　F_r——齿轮径向跳动公差;

　　　b_r——切齿径向进刀公差,按表 10 - 23 确定,表中的 IT 值按分度圆直径,查圆柱体公差值(GB/T 1800.1—1997)。

表 10 - 23　　　　　　　　　　　切 齿 径 向 进 刀 公 差

齿轮精度等级	5	6	7	8	9
b_r	IT8	1.26IT8	IT9	1.26IT9	IT10

3) 齿厚上、下偏差代号的确定。

齿厚上、下偏差代号在 GB/Z 18620.2—2002 中没有提供数值表,可根据成熟的设计资料或 GB/T 10095—1988 选取齿厚上、下偏差代号。

GB/T 10095—1988 规定了 C～S 14 种齿厚极限偏差代号，如图 10 - 28 所示。表 10 - 24 中列出了各代号齿厚极限偏差计算式。

表 10 - 24　　　　　　　　　　　齿 轮 齿 厚 极 限 偏 差

$C = +1 f_{pt}$	$G = -6 f_{pt}$	$L = -16 f_{pt}$	
$D = 0$	$H = -8 f_{pt}$	$M = -20 f_{pt}$	$R = -40 f_{pt}$
$E = -2 f_{pt}$	$J = -10 f_{pt}$	$N = -25 f_{pt}$	$S = -50 f_{pt}$
$F = -4 f_{pt}$	$K = -12 f_{pt}$	$P = -32 f_{pt}$	

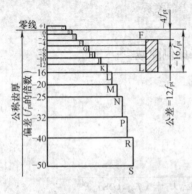

图 10 - 28　14 种齿厚极限偏差代号

根据计算得出的 E_{sns}、E_{sni}，分别被 f_{pt} 除后，再从表 10 - 24 中选择相近的齿厚偏差代号。

4）公法线长度偏差（E_{bn}）（base tangent length deviation）及极限偏差（E_{bns}，E_{bni}）。

公法线长度偏差是指公法线长度的平均值与公称值之差。该指标由 GB/Z 18620.2—2002 推荐。

公法线长度是在基圆柱切平面上跨 k 个齿（外齿轮）或齿槽（内齿轮）后接触到一个齿的右齿面和另一个齿的左齿面的两个平行平面之间的距离，如图 10 - 29 所示。

公法线长度的公称值及跨齿数计算公式为

当 $\alpha = 20°$，变位系数 $x = 0$ 时

$$W = m[1.476(2k - 1) + 0.014z](mm)$$

式中　m——模数；

　　　　z——齿轮齿数；

　　　　k——跨齿数，$k = \dfrac{z}{9} + 0.5$，k 应取整数。

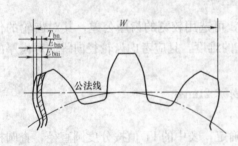

图 10 - 29　公法线长度偏差

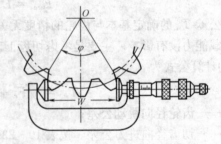

图 10 - 30　用公法线千分尺测量 W

当齿厚减薄时，公法线长度也相应减小，因此测量公法线长度同样也可以控制齿厚。

测量公法线长度可使用公法线千分尺，如图 10 - 30 所示。因不以齿顶圆定位，测量精度高，适用于精度高、中小模数的齿轮或大批量生产的齿轮。

公法线长度上下偏差与齿厚上下偏差的换算关系为

外齿轮：　　　　　　　　　$E_{bns} = E_{sns} \cos\alpha_n - 0.72 F_r \sin\alpha_n$

　　　　　　　　　　　　　$E_{bni} = E_{sni} \cos\alpha_n + 0.72 F_r \sin\alpha_n$

内齿轮：　　　　　　　　　$E_{bns} = -E_{sni} \cos\alpha_n - 0.72 F_r \sin\alpha_n$

$$E_{bni} = - E_{sns}\cos\alpha_n + 0.72F_r\sin\alpha_n$$

因为测量公法线长度时，只按齿面本身为基准，不像测齿厚以齿顶圆为基准，所以换算时，要从齿厚公差中扣除齿轮径向跳动的成分。

计算得到的公法线长度偏差 E_{bn} 必须位于公法线长度极限偏差（E_{bns}，E_{bni}）之间方为合格。验收齿轮时，根据齿轮精度、大小，E_{bs} 和 E_{bn} 选取一项即可。

四、齿轮毛坯（gear blanks）的精度

齿坯的加工误差对齿轮的加工、检验和装配精度有很大的影响，所以应对齿坯提出精度要求。GB/Z 18620.3—2002 对齿坯的精度作了推荐性的规定。

1. 有关定义

（1）工作安装面：用于安装齿轮的面。

（2）工作轴线：齿轮在工作时绕其旋转的轴线，它是由工作安装面的中心确定的。工作轴线只有在考虑整个齿轮组件时才有意义。

（3）基准面：用于确定基准轴线的面。

（4）基准轴线：由基准面中心确定的。齿轮依此轴线来确定齿距、齿廓和螺旋线的公差。

（5）制造安装面：齿轮制造或检测时用于安装齿轮的面。

2. 齿坯的精度

由于齿坯和齿轮箱体的尺寸偏差对齿轮的运转状况影响很大，所以在加工齿坯和箱体时，应根据现有的制造设备尽量让齿坯和箱体保持较紧的公差，这样可使加工的齿轮有较松的公差，从而获得好的整体经济效益。表 10 - 25 给出了齿轮的尺寸公差，以供参考。表 10 - 26 和表 10 - 27 是基准面和安装面的形位公差要求。

表 10 - 25　　　　　　　　　齿坯的尺寸公差（供参考）

齿轮精度等级	4	5	6	7	8	9	10	11	12
孔尺寸公差	IT4	IT5	IT6	IT7	IT7	IT8	IT8	IT9	IT9
轴尺寸公差	IT4	IT5	IT5	IT6	IT6	IT7	IT7	IT8	IT8
顶圆直径偏差	IT7	IT7	IT8	IT8	IT8	IT9	IT9	IT10	IT10

注　1. 当齿轮各参数精度等级不同时，按最高的精度等级确定公差值；

　　2. 当齿顶圆不作为测量齿厚的基准时，齿顶圆的尺寸公差可按 IT11 级给定，但不大于 0.1mm。

表 10 - 26　　　　　　基准面与安装面的形位公差（摘自 GB/Z 18620.3—2002）

确定轴线的基准面	公　差　项　目		
	圆　度	圆柱度	平面度
用两个"短的"圆柱或圆锥形基准面上设定的两个圆的圆心来确定轴线上的两个点	0.04 (L/b) F_β 或 0.1F_p 取两者中小值		
用一个"长的"圆柱或圆锥形的面来同时确定轴线的位置和方向。孔的轴线可以用与之相匹配正确地装配的工作芯轴的轴线来代表		0.04 (L/b) F_β 或 0.1F_p 取两者中小值	
轴线位置用一个"短的"圆柱形基准面上一个圆的圆心来确定，其方向则用垂直于此轴线的一个基准端面来确定	0.06F_p		0.06 (D_d/b) F_β

注　L 为较大轴承跨距；D_d 为基准面直径；b 为齿宽，mm。

表 10-27　　　　　安装面的跳动公差（摘自 GB/Z 18620.3—2002）

确定轴线的基准面	跳动量（总的指示幅度）	
	径　向	轴　向
仅指圆柱或圆锥形基准面	0.15 (L/b) F_β 或 0.3F_p 取两者中大值	
一个圆柱基准面和一端面基准面	0.3F_p	0.2 (D_d/b) F_β

注　齿轮坯的公差减至能经济地制造的最小值。

齿面的表面粗糙度对齿轮的传动精度（噪声、振动）、表面承载能力（点蚀、胶合、磨损）和弯曲强度都会产生很大的影响。表 10-28 和表 10-29 为齿面和齿坯其他表面的粗糙度数值。

表 10-28　　　齿面的表面粗糙度（Ra）推荐值（摘自 GB/Z 18620.4—2002）　　　μm

模数 (mm)	齿轮精度等级								
	4	5	6	7	8	9	10	11	12
$m<6$		0.5	0.8	1.25	2.0	3.2	5.0	10	20
$6\leqslant m\leqslant 25$	0.32	0.63	1.0	1.6	2.5	4	6.3	12.5	25
$m>25$		0.8	1.25	2.0	3.2	5.0	8.0	16	32

表 10-29　　　齿坯其他表面的粗糙度（Ra）推荐值（摘自 GB/T 10095—1988）　　　μm

精度等级	6	7	8	9
基准孔	1.25	1.25~2.5		5
基准轴颈	0.63	1.25	2.5	
基准端面	2.5~5		5	
顶圆柱面	5			

五、图样标注

齿轮图样体现了设计要求和质量要求，是加工制造、检验、安装及生产质量管理的重要技术文件。在齿轮图样上应标注齿顶圆、分度圆直径及公差、齿宽、孔（或轴）直径及公差、定位面及其要求、齿轮表面粗糙度要求等。

新标准对齿轮在图样上的标注，只规定了在文件中需要叙述齿轮精度等级时应注明 GB/T 10095.1 或 GB/T 10095.2。关于齿轮精度等级与齿厚偏差的标注建议，有如下说明：

（1）若齿轮的检验项目同为某一精度等级时，可标注精度等级和标准号。如

7GB/T 10095.1—2001 或 7GB/T 10095.2—2001，表示齿轮的检验项目同为 7 级。

（2）若齿轮的检验项目精度等级不同时，要分别标注。如

6 (F_α)、7 $(F_p$、$F_\beta)$ GB/T 10095.1，表示齿廓总偏差 F_α 为 6 级，齿距累积总偏差 F_p 和螺旋线总偏差 F_β 为 7 级。

（3）齿厚偏差的标注按 GB/T 6443—1986《渐开线圆柱齿轮图样上应注明的尺寸数据》的规定，应将公法线长度的极限偏差数值注在图样右上角的参数表中。

六、齿轮精度设计示例

【例10-1】　某通用减速器中有一对直齿齿轮副，模数 $m=3$mm，齿形角 $\alpha=20°$，齿数 $z_1=32$，$z_2=96$，齿宽 $b=20$mm，轴承跨距85mm，小齿轮内孔直径为40mm，传递最大功率为5kW，转速 $n=1\,280$r/min，齿轮箱用喷油润滑，齿轮的工作温度 $t_1=60℃$，箱体的工作温度 $t_2=40℃$，齿轮材料为45号钢，其线膨胀系数为钢齿轮 $\alpha_1=11.5×10^{-6}$，铸铁箱体线膨胀系数为 $\alpha_2=10.5×10^{-6}$，生产条件为小批生产。已知齿厚上、下偏差通过计算分别为 -0.59mm 和 -0.126mm，试确定小齿轮精度等级、检验项目，并画出工作图。

解　（1）确定齿轮精度等级

采用类比法确定齿轮的精度等级。对减速器，主要要求运动平稳性，可根据圆周速度 v 来确定。

$$v=\frac{\pi dn}{60×1\,000}=\frac{\pi mz_1 n}{60\,000}=\frac{3.14×3×32×1\,280}{60\,000}=6.43(\text{m/s})$$

根据表10-15和表10-14，确定齿轮传动平稳性和载荷分布均匀性要求的精度等级为7级。因减速器对运动准确性要求不高，所以这一使用要求的精度等级确定为8级。

（2）确定检验项目及允许值

齿轮等级为中等，尺寸不大、生产为小批量，确定其检验项目如下：齿距累积总偏差 F_p（传递运动准确性检测项目）、单个齿距偏差 f_{pt} 和齿廓总偏差 F_α（传递运动平稳性检测项目）、螺旋线总偏差 F_β（载荷分布均匀性检测项目）。

表示为 8（F_p）、7（f_{pt}、F_α、F_β）GB/T 10095.1—2001，具体数值查表10-3～表10-6，得

$$F_p=53\mu m,\ \pm f_{pt}=\pm 12\mu m,\ F_\alpha=16\mu m,F_\beta=15\mu m$$

（3）确定公法线长度上、下偏差

因该齿轮为中小模数齿轮，所以，控制侧隙的指标为公法线长度上、下偏差。

跨齿数　　　　　　　　　　$k=\dfrac{z}{9}+0.5=\dfrac{32}{9}+0.5\approx 4$

公法线长度的公称值为　　$W=m[1.476(2k-1)+0.014z]=32.34$mm

查表10-13，得

$$F_r=43\mu m$$

公法线长度上下偏差为

$$E_{bns}=E_{sns}\cos\alpha_n-0.72F_r\sin\alpha_n=-59×\cos20°-0.72×43\sin20°=-66.03\mu m$$

$$E_{bni}=E_{sni}\cos\alpha_n+0.72F_r\sin\alpha_n=-126×\cos20°+0.72×43\sin20°=-107.811\mu m$$

公法线长度表示为　　　　　　　$W_{E_{bni}}^{E_{bns}}=32.34_{-0.108}^{-0.066}(\text{mm})$

（4）确定齿坯精度

根据齿轮结构，选择圆柱孔和一个端面作为基准。由表10-26确定：

圆柱孔的圆度公差为

$$0.06F_p=0.06×0.053=0.003(\text{mm})$$

齿顶圆直径　　　　　　　　$D_d=m(z+2)=102$mm

断面的平面度公差为

$$0.06×\left(\frac{D_d}{b}\right)×F_\beta=0.06×\left(\frac{102}{20}\right)×0.015=0.005(\text{mm})$$

由表 10 - 27 确定：齿轮端面在加工和安装时作为安装面，其对基准轴线的跳动公差为

$$0.2 \times \left(\frac{D_d}{b}\right) \times F_\beta = 0.2 \times \left(\frac{102}{20}\right) \times 0.015 = 0.015 (\text{mm})$$

齿顶圆不作为测量齿厚的基准，根据表 10 - 25，按 IT11，其直径公差带确定为 $\phi 102 h11 \left(^{\ 0}_{-0.22}\right)$ mm。

查表 10 - 28 和表 10 - 29 确定齿面和其他表面的表面粗糙度，标注在齿轮的零件图上。齿轮工作图样见图 10 - 31 所示。

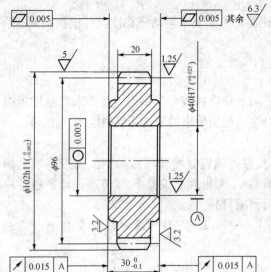

模数	m_n	3
齿数	z	32
齿形角	α_n	20
螺旋角	β	0
变为系数	x	0
精度等级		8 (F_p)、7 (f_{pt}、F_α、F_β) GB/T 10095.1—2001
齿距累积总公差	F_p	53
单个齿距极限偏差	$\pm f_{pt}$	± 12
齿廓总公差	F_α	16
螺旋线总公差	F_β	15
公法线长度 及极限偏差	$W \begin{array}{c} E_{bns} \\ E_{bni} \end{array}$	$32.34^{-0.066}_{-0.108}$

图 10 - 31　圆柱齿轮的零件图

第五节　齿轮旧国标（GB/T 10095—1988）的评定指标

新国标等同采用 ISO 标准，由两个标准和四个指导性文件组成；而 GB/T 10095—1988 标准等效采用 ISO 标准，且只有一项精度标准，两者差异很大。考虑到新、旧标准的过渡，现将旧标准的评定指标列于表 10 - 30。

对新旧标准中涉及的有关符号、术语等区别在表 10 - 31 中列出，以供对照使用。表 10 - 32 为基节齿距极限偏差数值表。

表 10 - 30　　　　　　单个齿轮的精度指标项目与检验组（GB/T 10095—1988）

公差组	评定指标	代号	对传动性能的主要影响	检验组
第 Ⅰ 公 差 组	切向综合公差	F_i'	主要影响传递运动的准确性	1. $\Delta F_i'$
	齿距累积公差（k 个齿距累积公差）	F_p、F_{pk}		2. ΔF_p（ΔF_{pk}）
	齿圈径向跳动	F_r		3. ΔF_r、ΔF_w[①]
	径向综合公差	F_i''		4. $\Delta F_i''$、ΔF_w[①]
	公法线变动量公差	F_w		5. 特例 ΔF_r

续表

公差组	评定指标	代号	对传动性能的主要影响	检验组
第Ⅱ公差组	一齿切向综合公差 一齿径向综合公差 齿形公差 基节极限偏差 齿距极限偏差 螺旋线波度公差	f'_i f''_i f_f $\pm f_{pb}$ $\pm f_{pt}$ $f_{f\beta}$	主要影响传递运动的平稳性	1. $\Delta f'_i$ ② 2. $\Delta f''_i$ ③ 3. Δf_f、Δf_{pb} ① 4. Δf_f、Δf_{pt} ① 5. Δf_{pb}、Δf_{pt} ④ 6. 特例 Δf_{pt} 7. $\Delta f_{f\beta}$
第Ⅲ公差组	齿向公差 接触线公差 轴向齿距极限偏差	F_β F_b $\pm F_{px}$	主要影响传递运动的载荷分布均匀性	1. ΔF_β 2. ΔF_b 3. ΔF_{px}、Δf_f 4. ΔF_{px}、ΔF_b
	齿厚偏差或公法线平均长度偏差	ΔE_s ΔE_{wm}	主要影响齿轮副侧隙	

① 在单项指标检测时，当其中一项指标超差，应按综合指标的检测结果作为验收齿轮的依据。

② 需要时，可检测 Δf_{pb}。

③ 需保证齿形精度。

④ 仅适用于 9～12 级。

表 10 - 31 GB/T 10095.1～2—2001、GB/Z 18620.1～4—2002 与 GB/T 10095—1988 术语、符号对照表

GB/T 10095.1～2—2001 GB/Z 18620.1～4—2002	GB/T 10095—1988	GB/T 10095.1～2—2001 GB/Z 18620.1～4—2002	GB/T 10095—1988
单个齿距偏差 f_{pt}	齿距偏差 Δf_{pt}	径向跳动 F_r	齿圈径向跳动 ΔF_r
齿距累积偏差 F_{pk}	k 个齿距累积误差 ΔF_{pk}		公法线长度变动 ΔF_w
齿距累积总偏差 F_p	齿距累积误差 ΔF_p		基节偏差 Δf_{pb}
齿廓总偏差 F_α	齿形误差 Δf_f		接触线误差 ΔF_b
齿廓形状偏差 $f_{f\alpha}$			轴向齿距偏差 ΔF_{px}
齿廓倾斜偏差 $f_{H\alpha}$		齿厚允许的上偏差 E_{sns}	齿厚上偏差 E_{ss}
螺旋线总偏差 F_β	齿向误差 ΔF_β	齿厚允许的下偏差 E_{sni}	齿厚下偏差 E_{si}
螺旋线形状偏差 $f_{f\beta}$	螺旋线波度误差 $\Delta f_{f\beta}$	法向侧隙 j_{bn}	法向侧隙 j_n
螺旋线倾斜偏差 $f_{H\beta}$		中心距偏差	中心距极限偏差 Δf_a
切向综合总偏差 F'_i	切向综合误差 $\Delta F'_i$	轴向平面内的平行度偏差 $f_{\Sigma\delta}$	x 方向轴线的平行度误差 Δf_x
一齿切向综合偏差 f'_i	一齿切向综合误差 $\Delta f'_i$	垂直平面上的平行度偏差 $f_{\Sigma\beta}$	y 方向轴线的平行度误差 Δf_y
径向综合总偏差 F''_i	径向综合误差 $\Delta F''_i$	齿轮接触斑点	接触斑点
一齿径向综合偏差 f''_i	一齿径向综合误差 $\Delta f''_i$		公法线平均长度偏差 ΔE_w

表 10 - 32 基节齿距极限偏差 $\pm f_{pb}$ （GB/T 10095—1988） μm

分度圆直径（mm）		法向模数 （mm）	精度等级			
大于	到		6	7	8	9
—	125	≥1～3.5	9	13	18	25
		>3.5～6.3	10	16	22	32
		>6.3～10	13	18	25	36

分度圆直径（mm）		法向模数 （mm）	精度等级			
大于	到		6	7	8	9
125	400	≥1～3.5	10	14	20	30
		>3.5～6.3	13	18	25	36
		>6.3～10	14	20	30	40
400	800	≥1～3.5	10	16	22	32
		>3.5～6.3	13	18	25	36
		>6.3～10	16	22	32	45

复 习 题

1. 齿轮轮齿同侧齿面的精度检验项目有哪些？当齿轮的用途和工作条件不同时，侧重点有何不同？

2. 齿距累积总偏差 F_p 与切向综合总偏差 F_i' 之间有何不同？

3. 影响齿轮副侧隙大小的因素有哪些？

4. 某减速器中直齿圆柱齿轮副，模数 $m_n = 2mm$，齿数分别为 $z_1 = 30$，$z_2 = 66$，小齿轮内孔 $d_1 = 20mm$，齿形角 $\alpha = 20°$，齿宽 $b = 16mm$，传递功率为 5kW，转速为 1 000r/min。该齿轮为小批量生产，试确定：

（1）齿轮精度等级；

（2）检验参数及允许值；

（3）齿轮副的法向侧隙及小齿轮的齿厚偏差；

（4）小齿轮的公法线长度及极限偏差；

（5）齿坯的技术要求，绘制小齿轮的工作图。

5. 已知直齿圆柱齿轮副，模数 $m_n = 5mm$，齿数分别为 $z_1 = 20$，$z_2 = 100$，齿轮内孔分别为 $d_1 = 25mm$，$d_2 = 80mm$，齿形角 $\alpha = 20°$，齿宽 $b = 20mm$，图样标注为 6GB/T 10095.1—2001 和 GB/T 10095.2—2001。

（1）查表确定两齿轮 f_{pt}、F_p、F_α、F_β、F_i''、f_i''、F_r 的允许值；

（2）确定大小齿轮内孔和齿顶圆的尺寸公差、齿顶圆的径向跳动公差及基准端面的端面圆跳动。

6. 如何考虑齿轮的检验项目？单个齿轮有哪些必检项目？

7. 对齿坯有哪些要求？

第十一章　尺　寸　链

第一节　基　本　概　念

在设计或生产实践中，经常遇到产品中零部件之间的尺寸关系、装配质量、技术要求等此类问题，这些问题都需要通过尺寸链的分析和计算来解决。

尺寸链是研究机械产品中尺寸之间的相互关系，分析影响装配质量的因素，决定各有关零部件尺寸和位置的适宜公差，从而保证产品装配质量与技术要求的设计方法。

一、尺寸链术语及定义

1. 尺寸链（dimensional chain）

在机器装配或零件加工过程中，由相互连接的尺寸形成封闭的尺寸组称为尺寸链，如图 11-1 所示。

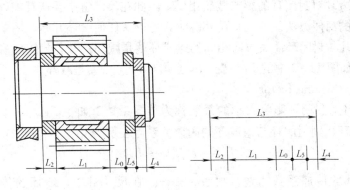

图 11-1　装配尺寸链

尺寸链具有封闭性和制约性的特征。封闭性是指尺寸链必须由一系列相互连接的尺寸排列成封闭的形式；制约性是指尺寸链中某一尺寸的变化，将影响到其他尺寸的变化。

2. 环（link）

尺寸链中的每一尺寸称为环。如图 11-1 中的 L_0、L_1、L_2、L_3、L_4、L_5。环一般用大写的拉丁字母表示。

3. 封闭环（closing link）

在装配或加工过程中最后形成的一环称为封闭环。封闭环一般用在大写拉丁字母加下脚标 "0" 表示。

对装配尺寸链，封闭环是装配后自然形成的尺寸；对零件工艺尺寸链，封闭环取决于零件的加工顺序，加工顺序改变，封闭环也随之改变，见图 11-2 中的 L_0。一个尺寸链中只能有一个封闭环。

4. 组成环（component link）

除封闭环之外的所有环称为组成环。组成环一般用在大写拉丁字母加下脚标阿拉伯数字 1、2、3、…，如图 11-1 中 L_1、L_2、L_3、L_4 与 L_5 所示。按组成环对封闭环的影响，又分为增环和减环。

（1）增环（increasing link）指尺寸链中某一组成环，由于该环的变动引起封闭环的同向变动，即该组成环增大时封闭环也增大，该组成环减小时封闭环也减小。如图 11-2 中 L_2 是增环。

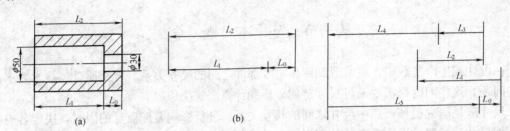

图 11-2　零件工艺尺寸链　　　　　　图 11-3　增环和减环的判别

（2）减环（decreasing link）指尺寸链中某一组成环，由于该环的变动引起封闭环的反向变动，即该组成环增大时封闭环减小，该组成环减小时封闭环增大。如图 11-2 中 L_1 是减环。

由于增环和减环对封闭环的影响截然相反，因此在尺寸链中要认真加以判断。这里介绍判别增环和减环的简便方法。即在画尺寸链时，可以从任何一环开始，用单向箭头顺序画出各环的尺寸线，凡与封闭环箭头方向相同的组成环就是减环；凡与封闭环箭头方向相反的组成环就是增环。如图 11-3 中的 L_1、L_3、L_4 是增环，L_2、L_5 是减环。

5. 传递系数（scaling factor）

表示各组成环对封闭环影响大小的系数称为传递系数。如令 L_1、$\cdots$、L_n，表示各组成环，L_0 表示封闭环，则封闭环与组成环的函数关系可表示为

$$L_0 = f(L_1, \cdots, L_n)$$

设第 i 组成环的传递系数为 ξ_i，则 $\xi_i = \dfrac{\partial f}{\partial L_i}$。在尺寸链中，增环的传递系数为正值，$\xi_i = 1$；减环的传递系数为负值，$\xi_i = -1$。

二、尺寸链的分类

按尺寸链的几何特征、功能要求、误差性质及环的相互关系与相互位置等的不同，可将尺寸链分为以下几类：

1. 长度尺寸链与角度尺寸链

长度尺寸链：指全部环为长度尺寸的尺寸链，见图 11-1。

角度尺寸链：指全部环为角度尺寸的尺寸链，见图 11-4。

角度尺寸链中的角度环用小写希腊字母 α、β、$\gamma\cdots$ 表示，脚标仍是在封闭环字母加下脚标"0"；组成环字母加下脚标阿拉伯数字 1、2、3$\cdots$。再有，不论是长度尺寸链还是角度尺寸链，对于同一尺寸链通常用同一字母表示。

2. 装配尺寸链与零件尺寸链

装配尺寸链：指尺寸链的各组成环属于相互联系的不同零件或部件，见图 11-1。

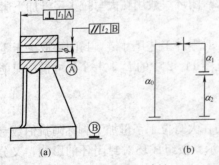

图 11-4　角度尺寸链

零件尺寸链：指尺寸链用于确定同一零件上各尺寸的联系，见图 11 - 2。

装配尺寸链与零件尺寸链统称为设计尺寸链。

3. 直线尺寸链、平面尺寸链与空间尺寸链

直线尺寸链：全部组成环与封闭环都位于同一平面且彼此相互平行的尺寸链，见图 11 - 1 和图 11 - 2。

平面尺寸链：全部组成环与封闭环位于一个或相互平行几个平面内，但某些组成环不平行于封闭环的尺寸链，见图 11 - 5。

空间尺寸链：组成环位于几个不平行平面内的尺寸链。空间尺寸链和平面尺寸链可用投影法分解为直线尺寸链，然后按直线尺寸链计算。

本书只介绍直线尺寸链的计算。

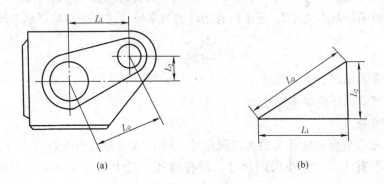

(a)   (b)

图 11 - 5 平面尺寸链

三、尺寸链的计算类型

尺寸链的计算是指计算尺寸链中各环的基本尺寸、极限偏差等。按计算尺寸链的目的要求和计算顺序不同，分为以下三类：

(1) 正计算。已知各组成环的基本尺寸和其极限偏差，求封闭环的基本尺寸及极限偏差。正计算常用于验算设计的正确性，属于校核计算。

(2) 反计算。已知封闭环的基本尺寸及极限偏差和组成环的基本尺寸，求各组成环的极限偏差。反计算常用于设计机器或零件时，根据使用要求合理地确定各零件的极限偏差，属于设计计算。

(3) 中间计算。已知封闭环和部分组成环的基本尺寸和极限偏差，求某一未知组成环的基本尺寸和极限偏差。中间计算常用于工艺设计，如基准换算、工序尺寸的确定等。

尺寸链的计算方法根据对产品互换程度要求的不同，分为完全互换法、大数互换法、分组互换法等几种。

第二节 尺 寸 链 的 计 算

对于机械产品，装配尺寸链的封闭环往往代表产品的装配质量或技术条件，组成环则是零部件的实际尺寸或实际偏差。如何根据产品的装配要求或技术条件，规定各零部件实际尺寸的允许偏差或公差，就需要进行尺寸链计算。

一、完全互换法（complete interchangeable method）

完全互换法又称极值互换法，这种方法的特点是从保证装配上完全互换的角度出发，以极限尺寸和极限偏差为出发点来计算封闭环或组成环的公差、极限偏差和极限尺寸的一种方法。

（一）基本公式

1. 封闭环基本尺寸

封闭环的基本尺寸 L_0 为各组成环的基本尺寸 L_i 与各自传递系数 ξ_i 之积的代数和。若有 m 个组成环，则有

$$L_0 = \sum_{i=1}^{m} \xi_i L_i$$

对于直线尺寸链，增环的传递系数 $\xi_i = 1$，减环的传递系数 $\xi_i = -1$，设 m 个组成环中有 n 个增环，则封闭环基本尺寸 L_0 等于所有增环的基本尺寸减去所有减环基本尺寸，即

$$L_0 = \sum_{z=1}^{n} L_z - \sum_{j=n+1}^{m} L_j$$

式中　L_z——所有增环的基本尺寸；

　　　L_j——所有减环的基本尺寸。

2. 封闭环极限尺寸

由上式可知：当所有增环为最大极限尺寸，所有减环为最小极限尺寸时，封闭环的尺寸最大；而当所有增环为最小极限尺寸，所有减环为最大极限尺寸时，封闭环的尺寸最小。即

$$L_{0max} = \sum_{z=1}^{n} L_{zmax} - \sum_{j=n+1}^{m} L_{jmin}$$

$$L_{0min} = \sum_{z=1}^{n} L_{zmin} - \sum_{j=n+1}^{m} L_{jmax}$$

3. 封闭环公差

将上述两式相减，对于直线尺寸链（因 $|\xi| = 1$），得封闭环的公差为

$$T_0 = \sum_{z=1}^{n} (L_{zmax} - L_{zmin}) + \sum_{j=n+1}^{m} (L_{jmax} - L_{jmin}) = \sum_{i=1}^{m} T_i$$

即封闭环的公差等于所有组成环的公差之和，其公差值最大。因此，在零件尺寸链中，一般选不重要的环作为封闭环。在装配尺寸链中，由于封闭环是装配的最终要求，当封闭环公差确定后，组成环数越多，各组成环的公差值就越小，使得制造成本提高。因此，在装配尺寸链中应尽量减少尺寸链的环数。

4. 封闭环的极限偏差

封闭环的上偏差为所有增环的上偏差之和减去所有减环的下偏差之和；封闭环的下偏差为所有增环的下偏差之和减去所有减环的上偏差之和，即

$$ES_0 = \sum_{z=1}^{n} ES_z - \sum_{j=n+1}^{m} EI_j$$

$$EI_0 = \sum_{z=1}^{n} EI_z - \sum_{j=n+1}^{m} ES_j$$

5. 验算

验算各组成环的公差之和是否与封闭环的公差相等。

(二) 计算

1. 正计算（校核计算）

有关封闭环或组成环公差的计算，是尺寸链计算需要解决的主要问题，现举例说明。

【例 11 - 1】 如图 11 - 6 所示，加工一阶梯套，已知尺寸 $L_1 = 16^{+0.2}_{0}$ mm，$L_2 = 10^{0}_{-0.1}$ mm，求面 I 和面 II 距离间的基本尺寸 L_0 及极限偏差。

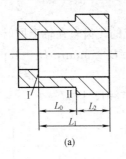 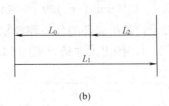

(a) (b)

图 11 - 6 阶梯套尺寸链

(a) 阶梯套；(b) 尺寸链

解 ①画出尺寸链，属于直线尺寸链，见图 11 - 6 (b)。画尺寸链时，可以从任一表面或轴线出发，依次画出每一环，环和环之间不能间断，最后构成封闭外形。

②确定封闭环。按加工或装配顺序确定封闭环为 L_0。

③确定增环和减环。L_1 为增环，L_2 为减环。

④计算封闭环的基本尺寸和极限偏差。

封闭环的基本尺寸 $L_0 = L_1 - L_2 = 16 - 10 = 6$mm

封闭环的极限偏差 $ES_0 = ES_1 - EI_2 = +0.2 - (-0.1) = +0.3$ (mm)

$$EI_0 = EI_1 - ES_2 = 0 - 0 = 0 \text{ (mm)}$$

封闭环的基本尺寸和极限偏差 $L_0 = 6^{+0.3}_{0}$ (mm)

⑤验算。由公式 $$T_0 = \sum_{i=1}^{m} T_i$$

封闭环的公差 $T_0 = 0.3 - 0 = 0.3$ (mm)

各组成环的公差 $$\sum_{i=1}^{m} T_i = 0.2 + 0.1 = 0.3 \text{(mm)}$$

计算结果一致，表明无误。

2. 反计算（设计计算）

反计算是根据封闭环的精度要求来设计组成环的公差，通常采用等公差法将封闭环的公差分配给各组成环，并确定各组成环的极限偏差。

对直线尺寸链，由公式 $T_0 = \sum_{i=1}^{m} T_i$，按等公差法分配，对于具有 m 个组成环的尺寸链，则任意组成环的平均公差为

$$T_i = \frac{T_0}{m}$$

计算得到各组成环的公差后，应再根据各环的基本尺寸大小、加工难易、功能要求等因素适当调整各组成环的公差，但应满足下式：

$$\sum_{i=1}^{m} T_i \leqslant T_0$$

在确定各组成环的极限偏差时，应先取某一容易保证的组成环作为调整环，其余组成环的偏差按"单向体内"原则来确定各环的极限偏差。即孔类尺寸的极限偏差按基本偏差"H"，轴类尺寸的极限偏差按基本偏差"h"，一般长度尺寸的极限偏差按基本偏差"JS"或"js"确定。

【例 11 - 2】 图 11 - 1 所示的齿轮部件，轴是固定的，齿轮在轴上回转，齿轮端面与挡圈的间隙要求为 0.1~0.35mm，已知 $L_1=30$mm，$L_2=L_5=5$mm，$L_3=43$mm，弹簧卡环宽 $L_4=3_{-0.05}^{0}$mm，试设计各组成环的公差和极限偏差。

解 ①按图 11 - 1，画出尺寸链，见图 11 - 7，为直线尺寸链。

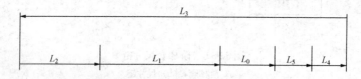

图 11 - 7　尺寸链

②确定封闭环、增环和减环。

L_0 为封闭环，根据题意，$ES_0=+0.35$mm，$EI_0=+0.1$mm，$T_0=0.25$mm；

L_3 为增环，其传递系数 $\xi=1$；L_1、L_2、L_4、L_5 为减环，其传递系数 $\xi=-1$。

③计算封闭环的尺寸，有

$$L_0 = L_3 - (L_1 + L_2 + L_4 + L_5) = 43 - (30 + 5 + 5 + 3) = 0$$

④计算各组成环的公差与极限偏差。

由公式 $T_i = \dfrac{T_0}{m}$，各组成环的公差 $T_i = \dfrac{0.25}{5} = 0.05$（mm）

按各组成环的基本尺寸及加工难易，调整各组成环的公差为：$T_1=T_3=0.06$mm，$T_2=T_5=0.04$mm，已知 $T_4=0.05$mm。

将 L_3 作为调整环，其余组成环的极限偏差按"单向体内原则"确定为

$$L_1 = 30_{-0.06}^{0}, L_2 = 5_{-0.04}^{0}, L_4 = 3_{-0.05}^{0}, L_5 = 5_{-0.04}^{0}$$

由上述公式，计算出调整环的极限偏差为

$$ES_3 = ES_0 + (EI_1 + EI_2 + EI_4 + EI_5) = +0.35 + (-0.06 - 0.04 - 0.05 - 0.04)$$
$$= +0.16 (\text{mm})$$

$$EI_3 = EI_0 + (ES_1 + ES_2 + ES_4 + ES_5) = +0.1 + 0 = +0.1 (\text{mm})$$

得调整环 $L_3 = 43_{+0.10}^{+0.16}$mm

⑤校核。

$$\sum_{i=1}^{5} T_i = T_1 + T_2 + T_3 + T_4 + T_5$$

$$= 0.06 + 0.04 + 0.06 + 0.05 + 0.04 = 0.25 (\text{mm}) = T_0$$

满足使用要求。

采用完全互换法计算尺寸链简便，但对环数多的尺寸链，会使各组成环的公差过小，加工很不经济。因此，此方法适用于环数不多于四环、精度要求不高的尺寸链。

二、大数互换法（statistical interchangeable method）

大数互换法是以保证零件大多数互换为前提，它是根据零件尺寸的实际分布特性，运用概率论来确定封闭环公差，因此也称为概率法。

零件在批量生产中，加工所得实际尺寸出现在极值的情况很少，大部分尺寸在平均值附近分布，即按正态分布，如图 11 - 8 所示。当这一批零件在装配时，同一零件的各组成环恰好都接近其极限尺寸的情况就更少。因此用完全互换法求零件尺寸公差是不合理的。而大数法就是按正态分布的规律计算尺寸链。本节仍只介绍直线尺寸链的计算。

用大数互换法计算尺寸链，封闭环与组成环的基本尺寸计算公式与完全互换法相同，所不同的是公差和极限偏差的计算要运用概率论来确定。

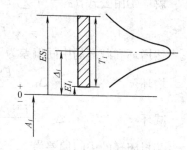

图 11 - 8 尺寸的正态分布

1. 封闭环的公差

在大批量生产中，当各组成环的尺寸在极限尺寸范围内是相互独立的随机变量，且服从正态分布时，则封闭环的尺寸也必然按正态分布。根据概率统计原理，得

$$T_0 = \sqrt{\sum_{i=1}^{m} T_i^2}$$

即封闭环的公差等于各组成环公差的平方和再开方。

2. 封闭环的中间偏差

封闭环的中间偏差等于所有增环的中间偏差之和减去所有减环的中间偏差之和，即

$$\Delta_0 = \sum_{z=1}^{n} \Delta_z - \sum_{j=n+1}^{m} \Delta_j$$

式中　Δ_z——组成环中任一增环的中间偏差 $\Delta_z = (ES_i + EI_i)/2$；

　　　Δ_j——组成环中任一减环的中间偏差 $\Delta_j = (ES_j + EI_j)/2$。

3. 封闭环的极限偏差

$$ES_0 = \Delta_0 + \frac{1}{2} T_0$$

$$EI_0 = \Delta_0 - \frac{1}{2} T_0$$

4. 组成环的极限偏差

$$ES_i = \Delta_i + \frac{1}{2} T_i$$

$$EI_i = \Delta_i - \frac{1}{2} T_i$$

5. 组成环的平均公差

对直线尺寸链，在给定封闭环公差，求解各组成环公差分配的反计算中，按等公差法分

配，对于具有 m 个组成环的尺寸链，则任意组成环的平均公差为

$$T_i = \frac{T_0}{\sqrt{m}}$$

大数互换法适用于成批生产、组成环环数较多或封闭环公差要求较严的尺寸链。

【例 11-3】 用大数互换法计算例 11-1 中封闭环 L_0 的公差及极限偏差。

解　①由公式 $T_0 = \sqrt{\sum\limits_{i=1}^{m} T_i^2}$，得封闭环 L_0 公差为

$$T_0 = \sqrt{T_1^2 + T_2^2} = \sqrt{0.2^2 + 0.1^2} = 0.22(\text{mm})$$

②增环和减环的中间偏差为

增环　　　　　　$\Delta_1 = \dfrac{ES_1 + EI_1}{2} = \dfrac{0.2 + 0}{2} = +0.1(\text{mm})$

减环　　　　　　$\Delta_2 = \dfrac{ES_2 + EI_2}{2} = \dfrac{0 + (-0.1)}{2} = -0.05(\text{mm})$

③封闭环的中间偏差为

$$\Delta_0 = \sum_{z=1}^{n} \Delta_z - \sum_{j=n+1}^{m} \Delta_j = \Delta_1 - \Delta_2 = 0.1 - (-0.05) = +0.15(\text{mm})$$

④封闭环的极限偏差

$$ES_0 = \Delta_0 + \frac{1}{2}T_0 = 0.15 + \frac{0.22}{2} = +0.26(\text{mm})$$

$$EI_0 = \Delta_0 - \frac{1}{2}T_0 = 0.15 - \frac{0.22}{2} = +0.04(\text{mm})$$

因此得 $L_0 = 6^{+0.26}_{+0.04}\text{mm}$。

通过与［例 11-1］尺寸链的解法相比较，用大数互换法计算出的封闭环精度高于完全互换法。

【例 11-4】 用大数互换法计算［例 11-2］中各组成环的公差和极限偏差。

解　① 计算各组成环的平均公差，得

$$T_i = \frac{T_0}{\sqrt{m}} = \frac{0.25}{\sqrt{5}} = 0.11(\text{mm})$$

②确定各组成环公差。

估计各组成环公差为 IT10 及按其基本尺寸及加工工艺性，取各环的公差为 $T_1 = T_3 = 0.11\text{mm}$，$T_2 = T_5 = 0.08\text{mm}$，已知 $T_4 = 0.05\text{mm}$。

③校核该封闭环的公差。

$$T_0 = \sqrt{\sum_{i=1}^{m} T_i^2} = \sqrt{0.11^2 + 0.08^2 + 0.11^2 + 0.05^2 + 0.08^2} = 0.198(\text{mm}) \leqslant 0.25\text{mm}$$

满足要求。

④确定各组成环极限偏差。

仍以 L_3 作为调整环，其余各环按单向体内原则确定为

$$L_1 = 30^{\ 0}_{-0.11}\text{mm}, L_2 = 5^{\ 0}_{-0.08}\text{mm}, L_4 = 3^{\ 0}_{-0.05}\text{mm}, L_5 = 5^{\ 0}_{-0.08}\text{mm}$$

⑤计算各组成环的中间偏差，得

$$\Delta_1 = \frac{ES_1 + EI_1}{2} = \frac{0 + (-0.11)}{2} = -0.055(\text{mm})$$

$$\Delta_2 = \frac{ES_2 + EI_2}{2} = \frac{0 + (-0.08)}{2} = -0.04(\text{mm})$$

$$\Delta_4 = \frac{ES_4 + EI_4}{2} = \frac{0 + (-0.05)}{2} = -0.025(\text{mm})$$

$$\Delta_5 = \frac{ES_5 + EI_5}{2} = \frac{0 + (-0.08)}{2} = -0.04(\text{mm})$$

$$\Delta_0 = \frac{ES_0 + EI_0}{2} = \frac{0.1 + (0.35)}{2} = 0.225(\text{mm})$$

⑥确定组成环 L_3 的中间偏差和极限偏差。

由公式 $\Delta_0 = \sum_{z=1}^{n} \Delta_z - \sum_{j=n+1}^{m} \Delta_j$ ，因 L_3 为增环，其余各环 L_1、L_2、L_4、L_5 为减环，得

$$\Delta_3 = \Delta_0 + (\Delta_1 + \Delta_2 + \Delta_4 + \Delta_5) = 0.225 + (-0.055 - 0.04 - 0.025 - 0.04) = 0.065(\text{mm})$$

$$ES_3 = \Delta_3 + \frac{1}{2}T_3 = 0.065 + \frac{0.11}{2} = +0.12(\text{mm})$$

$$EI_3 = \Delta_3 - \frac{1}{2}T_3 = 0.065 - \frac{0.11}{2} = +0.01(\text{mm})$$

于是得 $L_3 = 43^{+0.145}_{+0.035}$ mm。

通过与［例 11 - 2］尺寸链的解法相比较，用大数互换法计算使组成环得到较大公差，比完全互换法经济合理，有明显的经济效益。该计算法对于环数多、精度要求高的尺寸链具有实用意义。

第三节 尺寸链的其他解法

完全互换法和大数互换法是保证完全互换性计算尺寸链的基本方法，但对高精度零部件，用上述方法计算会使得封闭环的公差过小，造成加工困难。在这种情况下，可用下列方法来求解尺寸链。

一、分组法（dividing group method）

分组法是对零部件按其实际尺寸大小分为若干组，各对应组之间进行装配，保证配合性质。

具体的步骤是：先用完全互换法计算出各组成环的公差和极限偏差；再将相配合各组成环公差扩大到经济可行的制造公差，按扩大后的制造公差加工零部件；然后把相互配合的零部件按尺寸大小分组、装配，使得同组内零部件互换，不同组间不能互换。这样，既扩大了各组成环公差，容易加工，又保证了配合要求。

【例 11 - 5】 如图 11 - 9 所示为内燃机中活塞销与连杆孔的装配，基本尺寸为 $\phi 25$，要求 $X_{max} = 0.085$mm，$X_{min} = 0.075$mm，试用分组法确定配合零件的公差。

解 ①计算配合公差，得

$$T_f = X_{max} - X_{min} = 0.085 - 0.075 = 0.01(\text{mm})$$

由 $T_f = IT_孔 + IT_轴$，如果取 $IT_孔 = IT_轴 = 0.005$mm，相当于 IT3，对大批量生产，工艺难度大，因而采用分组法。

②确定分组数。

见图 11 - 10，将孔、轴公差放大四倍，为 0.02mm，相当于 IT6，较为合理，分组数取

4．活塞销轴按基轴制加工，即 $\phi 25^{\ 0}_{-0.02}$ mm，连杆孔按 $\phi 25^{+0.08}_{+0.06}$ mm 加工。给四个组分别作标号，对应组之间进行装配，各组尺寸依次计算见表 11 - 1。

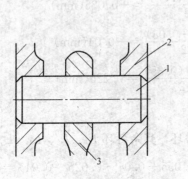

图 11 - 9　活塞销和连杆装配图
1—活塞销；2—活塞；3—连杆

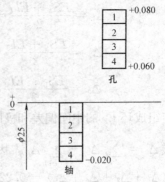

图 11 - 10　分组装配公差带图

表 11 - 1　　　　　　　　　　　　活塞销轴与连杆孔的分组尺寸

组　别	I	II	III	IV
活塞销轴尺寸	$\phi 25^{\ 0}_{-0.005}$	$\phi 25^{-0.005}_{-0.010}$	$\phi 25^{-0.010}_{-0.015}$	$\phi 25^{-0.015}_{-0.020}$
连杆孔尺寸	$\phi 25^{+0.080}_{+0.075}$	$\phi 25^{+0.075}_{+0.070}$	$\phi 25^{+0.070}_{+0.065}$	$\phi 25^{+0.065}_{+0.060}$
极限间隙	$X_{\max}=0.085$mm, $X_{\min}=0.075$mm			

　　分组法的优点是组成环能获得经济可行的公差。缺点是增加了分组工序，生产组织较复杂，存在一定失配零件。分组法适用于封闭环精度要求很高、生产批量很大而组成环环数较少的尺寸链。

　　二、调整法（assembly adjusting method）

　　该方法的特点是装配时可调整事先选定的某一组成环（补偿环）的实际尺寸或位置，使封闭环达到其公差与极限偏差要求。该方法不用切去多余的金属，而是通过改变补偿件的位置或更换补偿件的方法来改变补偿件的尺寸，使封闭环达到其精度要求。调整法一般分为固定调整法和可动调整法两种。

　　1．固定调整法

　　在尺寸链中选定补偿环，并根据需要将补偿环按尺寸大小分成若干组，装配时从合适的尺寸组中选择一个补偿环装入预定位置，使封闭环达到规定要求。如图 11 - 1 所示，可选尺寸为 L_2 的垫圈作为补偿环（调整环），通过选择合适尺寸的垫圈来达到保证封闭环 L_0 的装配精度。

　　2．可动调整法

　　在尺寸链中选定补偿环，通过移动或转动该件的位置来保证封闭环的要求。图 11 - 11 所示为机床上用螺钉调整镶条位置以满足装配精度要求。

　　调整法的优点是可使组成环的公差充分放宽。缺点是在结构上必须有补偿件，增加了零部件的数量，使结构变得复杂。调整法适用于多环高精度的零部件。

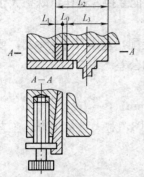

图 11 - 11　可动调整法

三、修配法（assembly repairing method）

修配法的特点是装配时，通过修配方法来改变事先选定的某一组成环（称补偿环）的尺寸或位置，使封闭环达到其公差与极限偏差要求。常用修刮、研磨等加工方法。

修配法的优点是可以扩大各组成环的制造公差。缺点是增加修配工序，需要熟练技术工人，零件不能互换。修配法普遍应用于单件或小批生产的零部件。

复 习 题

1. 什么是尺寸链？尺寸链由哪几种环组成？各环之间有什么关系？

2. 尺寸链有哪几种？各有何特点？

3. 图 11 - 12 所示为齿轮中心孔的剖面图，加工顺序为：（1）镗孔至 $L_1 = 84.6^{+0.087}_{0}$；加工键槽尺寸 L_2；（3）热处理；（4）磨孔至 $L_3 = 90.4^{+0.22}_{0}$，试计算工序尺寸 L_2 的基本尺寸和极限偏差。

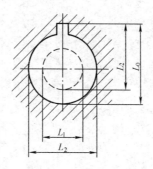

图 11 - 12 题 3 图

参 考 文 献

［1］方昆凡. 公差与配合实用手册. 北京：机械工业出版社，2006.

［2］孙玉芹，袁夫彩. 机械精度设计基础. 第 2 版. 北京：科学出版社，2007.

［3］孔庆华，母福生，刘传绍. 极限配合与测量技术基础. 第 2 版. 上海：同济大学出版社，2008.

［4］廖念钊，古莹菴，莫雨松. 互换性与技术测量. 第 5 版. 北京：机械工业出版社，2007.

［5］毛平准. 互换性与测量技术基础. 北京：机械工业出版社，2007.

［6］王玉. 机械精度设计与检测技术. 北京：国防工业出版社，2007.

［7］杨沿平. 机械精度设计与检测技术基础. 北京：机械工业出版社，2004.